Entscheidung in Taos County

The Summer of Love

Jennifer Jones-Joyce
& Rudy Namtel

edition compact

Bibliografische Information der Deutschen Nationalbibliothek:
Die Deutsche Nationalbibliothek verzeichnet diese Publikation in
der Deutschen Nationalbibliografie, detaillierte Daten sind im
Internet über http://dnb.dnb.de abrufbar.

Impressum

© 2014 All Rights Reserved
Jennifer Jones-Joyce: *Entscheidung in Taos County* (ungekürzte edition compact)
2. Auflage der edition compact (Okt 2014)
Text: Jennifer Jones-Joyce / Rudy Namtel
Covergestaltung: Rudy Namtel
Fotos: Rudy Namtel
www.RudyNamtel.de

Herstellung und Verlag:
BoD - Books on Demand, Norderstedt

ISBN 978-3-7386-0463-4

Eine Geschichte?	3
Wüste	4
2010 - Endlich frei	11
2010 - Familienbande	17
1966 - Cleo	21
2010 - Gewittersturm	29
1966 - Randy	38
1966 - Xmas	44
2010 - Crossing Route 66	55
1967 - Be-In	59
1967 - Ehe	69
2010 - Las Vegas, NM	77
1967 - Mister Poonjee	83
1967 - Beatles	95
2010 - Santa Fe	103
1967 - Aufbruch	110
2010 - Easy Ride	117
1967 - New Buffalo	123
2010 - Pueblo	128
2010 - Arroyo Hondo	138
1968 - Blonde Babe	145
2010 - Die Fotografin	152
2010 - Verlust	158
2010 - Vergangenheit	164
2010 - Palomas	176
2010 - La Güera	182
2010 - Abschied	189
2010 - The End	194

Das Ende?	197
Anmerkungen	205
Über die Autoren	206
Taschenbücher	207

Eine Geschichte?

Wie seltsam die Erlebnisse eines mir bis dato unbekannten Menschen das eigene Leben verändern können.

Hatte ich so etwas erwartet? – Nie und nimmer.

Mag sein, dass Sie es verstehen werden. Mag sein, dass nicht.

Ich schrieb doch nur auf, was einem jungen Mann widerfuhr. Und tauchte dabei ein – in den Lebensausschnitt nicht nur einer, sondern gleich zweier anderer Generationen.

Sie werden sehen: es geht in den Geschehnissen nicht um mich. Ich komme darin gar nicht vor. So dachte ich zumindest – bis ich das vermeintliche Ende der Reise in Worte gefasst hatte. Und da war es dann, dieses Etwas. Eine Begegnung mit einem zweiten Gesprächspartner, die nur der Abrundung dienen sollte und wider jede Erwartung dazu führte, dass ein anderes Abenteuer mit dem Schluss beginnt - meines. Die Zeit wird es zeigen. Sie werden den Aufbruch mit dem Ende lesen.

Auf jeden Fall musste ich für diesen Roman nach jener zweiten Begegnung noch einmal mit dem Anfang wieder aufsetzen – dem richtigen Anfang, der mich über vierzig Jahre in die Vergangenheit führte. Die Geschichte der Reise sollte von mir neu erzählt werden. Komplett. Die erste Version erblickte nie das Licht der Öffentlichkeit. Sie halten hier bereits die endgültige Fassung in den Händen.

Und doch haben die Erlebnisse noch nicht den letzten Schlussstrich erreicht. Die Geschichte, um die sich dieses Buch dreht, ist jetzt zwar vollständig erzählt, mit einem abschließenden Ende für die Beteiligten, aber ein neues, ungeschriebenes Kapitel wurde bereits aufgeschlagen. Für mich, die Unbeteiligte. Etwas Unbekanntes beginnt.

Folgen Sie mir. Auf die Reise des Robert Waldner ...

Wüste

Der leichte, die nackte Haut an Armen und Beinen streichelnde trockene Wind bot flüsternd, manchmal auch mit leisem Pfeifen durchsetzt, die einzige Geräuschkulisse - mehr konnte die Frau mit ihren noch halb betäubten Sinnen nicht wahrnehmen. Erst nach und nach mischten sich auch andere akustische Signale in das Einheitssäuseln wie jenes zarte Aufeinanderschlagen loser, vielleicht aufgewirbelter Zweige oder das Reiben verdorrter Grashalme. Der Flügelschlag eines Vogels zog seine Bahn irgendwo hoch über sie hinweg. Der ausgedörrte Geruch einer kargen Landschaft passte zu dem, was ihre Finger auf dem knochenharten Boden zwischen den spröden Gräsern ertasteten. Staub auf einem Grund wie Beton. Vereinzelte, gröbere Körner gaben dem feinen Sand zwischen Zeigefinger und Daumen mehr Kontur. *Eine Wüste?*

Die kleinen Bodenunebenheiten drückten sich in ihre linke Wange. Sie lag auf dem Bauch und hatte den Kopf nach rechts gedreht, damit ihr Atem von Staubkörnern frei bliebe. Doch war diese Position tatsächlich eher zufällig, denn sie hatte diese Haltung nicht bewusst eingenommen. Erst während sie begonnen hatte, ihre Sinne zu sortieren, formte sich die Vorstellung über die augenblickliche Lage ihres Körpers in dem Gewirr ihrer Gedanken.

Noch bevor ihre Zunge die Oberfläche des Mundes abgetastet hatte, spürte sie die schmerzhaften Risse in den ausgetrockneten Lippen. Der wenige Speichel, den die Zunge zu verteilen suchte, schien zu verdampfen, noch bevor er seine etwas Feuchtigkeit spendende Wirkung entfalten konnte.

Die brennende Sonne hatte den Schweiß auf ihrer Haut schon in einen hauchdünnen, klebrigen Panzer verwandelt. Sie spürte anhand der Strahlenstärke den schon hohen Stand des Feuerballs. Stand die Sonne senkrecht über ihr? Oder doch ganz anders? Sie konnte ihre Wahrnehmungen nicht sortieren. Welche Jahreszeit herrschte jetzt überhaupt? Das Zeitgefühl war ihr abhanden gekommen. Feinen Stichen gleich malträtierten die Strahlen die helle Haut ihrer Beine, Arme und intensiv spürbar auch ihrer Schultern. Aber weitaus stärker peinigte sie ein heftiger Schmerz an der rechten Schädelseite. Was war das? Wie ein Radar checkte sie in Gedanken ihren Körper von den Füßen bis zum Kopf. Sie erhielt langsam die Kontrolle über die einzelnen Teile zurück. Nur die linke Schulter blieb zunächst wie taub. Sie konzentrierte ihre Gedanken stärker darauf. Ein stechender

Schmerz aus derselben Körperregion gewann langsam Oberhand. Sie brach ihren Check ab. Lieber ein taubes Gefühl als einen Schmerz.

Noch immer waren die Finger ihrer rechten Hand und ihre Zunge die einzigen Körperteile, von denen eine erkennbare Bewegung ausging. Selbst das Ein- und Ausatmen war optisch nicht wahrzunehmen. Ihr Brustkorb lag wie regungslos – ein deutliches Zeichen ihrer Kraftlosigkeit, mit der sie langsam ihr Bewusstsein zurückgewann. Ihre Augen waren nach wie vor geschlossen.

Ihre Augen! Sie versuchte, sie zu öffnen. Verklebt. Die Lider des linken waren zusätzlich durch die Lage ihres Kopfes massiv am Öffnen gehindert, aber beim rechten sollte es doch irgendwie gelingen! Sie beherrschte das Auseinanderbewegen nur so weit, dass helle Lichtstrahlen durch den schmalen, mit Feuchtigkeit getränkten und verklebten Schlitz blendeten. Das war nicht nur Schweiß, der die oberen und unteren Wimpern zusammen hielt. Dafür war die aufliegende Masse zu dick, das fühlte sie. Mühsam versuchte sie es noch einmal. Der Spalt wurde größer, sie konnte erste Einzelheiten ihrer direkten Umgebung erkennen. Grashalme, Sand, ihre eigene rechte Hand – mehr nicht. Bei dieser Kopfposition kein Wunder. Halt, noch etwas!

Um Himmels Willen!

Trotz der hohen Temperaturen gefror ihr das Blut in den Adern. Ein Schlangenkopf! Ihr stockte der Atem. Heilfroh, ihre Hand nicht zum Öffnen des Auges zu Hilfe genommen und dadurch eine größere Armbewegung ausgeführt zu haben, fixierte ihr Blick das Reptil. An den markanten Schuppen erkannte sie die Klapperschlange. Wieso wagte das Tier sich so nah an sie heran? Seine feinen Sensoren hätten schon längst das Vorhandensein eines menschlichen Körpers signalisieren und es so vom Näherkommen abhalten müssen. War ihre Körpertemperatur schon so weit abgesunken? Oder hatte die Außentemperaturen ein so hohes Niveau erreicht, dass das Empfinden der Schlange keinen Unterschied mehr signalisierte? Die Frau wusste es nicht. Es spielte auch keine Rolle. Wichtig war nur, dass ihre Ohren keinerlei Anzeichen eines Rasselns wahrnehmen konnten. Das Tier war also nicht gereizt. Wenigstens das. Gäbe Gott, dass das so bliebe!

Regungslos starrte sie auf die züngelnde, geschuppte Fratze. Mein Gott! Den Geruch eines menschlichen Körpers hätte das Tier schon längst registrieren müssen. Aber was passierte eigentlich, wenn das Viech ihrer Gegenwart wirklich bewusst würde? Biss es dann zu? Oder was? Sie wusste es nicht. Sie erkannte zwar die Schlange und ihre genauere Art, hatte aber nicht den blassesten

Hauch einer Ahnung bezüglich möglicher Verhaltensweisen des Reptils. *Was passiert, wenn das Biest zubeißt?* Starr, mit ganz schwachem Atem und unbewegten Augenliedern, hoffte sie angstvoll. Nur nicht regen! Und genauso bewegungslos presste sich die Schlange an den Boden zwischen den Grashalmen. Starr, mit ausdruckslosen Augen. Fixierte dieser kalte Blick ihren Körper? Noch mehr Schweiß, als die Hitze sowieso schon aus ihren Poren presste, sammelte sich auf der nackten Haut. Schon eine Berührung mit dem Schuppenwurm hätte bei ihr unter normalen Umständen für eine Panik-Attacke ausgereicht. Und jetzt wurde sie sogar durch einen möglichen Biss bedroht! Sie hätte nie geglaubt, dass sie in einer solchen Gefahr ihre Muskeln so ruhig halten konnte. Nur überleben!

Durch den schmalen Sehschlitz hindurch erkannte sie die Bewegung eines weiteren Etwas am Rande ihres Blickfeldes. Hell-beige, fast weiß, mit roten Ringen. Wie ein bunter Kinderstrumpf. Aber nur das Muster! Dieses weiß-rot geringelte Etwas schlängelte sich von der Seite her auf die Fratze zu. Mein Gott! Jetzt gegen zwei Vipern? Doch urplötzlich schnellte die farbige Natter auf die noch immer tief gepresst liegende erste der beiden zu, umschlang sie in Windeseile und presste sich um sie herum gewunden immer kräftiger zusammen. Ein Schlangenkampf auf Leben und Tod spielte sich unmittelbar vor ihren Augen ab. Eng miteinander verwoben rollten die Reptilien über die Grashalme von der Frau weg. Dann verharrten sie nach wenigen Augenblicken, ohne ihre Positionen zu verändern. Ganz offensichtlich drückte der Angreifer immer fester zu. Die Klapperschlange biss zurück und bohrte ihre Zähne in das Fleisch des Gegners. Doch das geringelte Reptil ließ nicht ab und presste weiter. Schließlich erschlaffte sein Opfer reglos in ihrer Wicklung. Der Sieger stülpte das weit aufgerissene Maul über den Kopf der Klapperschlange. Nach und nach verschwand das Opfer in dem rot geringelten Körper.

Die Frau beobachtete das Geschehen starr, unfähig zu jeglicher Bewegung.

»¿Cómo está? ¿Está bien?«

Die Stimme des Mannes schreckte sie auf. Ihr Körper wollte herumfahren, doch brachte sie nur ein leichtes Anheben des Kopfes zustande, um ihn doch sofort wieder von einem ausatmenden Stöhnen begleitet kraftlos in den Sand fallen zu lassen. Sie konnte Spanisch weder sprechen noch verstehen, aber sie ordnete die Sprache nach ihrem Klang ein. Am Tonfall glaubte sie zu erkennen, was der Mann gefragt hatte.

»¿Cómo está?«, wiederholte er.

Jetzt konnte sie einen dunkelfarbigen, abgewetzten Lederstiefel nur zwei Fuß neben der von ihrer Mahlzeit aufgeplusterten Schlange erkennen, nachdem der Mann einen Schritt nach vorn getreten war.

»¿Hey?«

Nachdem sie auch diese Frage unbeantwortet ließ, versuchte der Mann es in gebrochenem Englisch.

»Wie gehen? Alles okay?«

Obwohl der Kopf noch immer im Sand lag, nickte sie, so dass sich ihre linke Gesichtshälfte im Staub rieb.

»Sieht aber nicht gut aus.«

Sie wusste nicht, was er meinte, schaffte es aber, ihr rechtes Auge noch ein wenig weiter zu öffnen, so dass sie etwas besser zu ihm aufschauen konnte. Die Sonne stand direkt hinter ihm und blendete mit ihrer Stärke den Blick. Seine Gesichtszüge blieben der Frau verborgen. Langsam kniete er neben ihr nieder und hielt mit einer Hand ihren Kopf, während er mit der anderen vorsichtig ihren Körper auf den Rücken drehte.

»¡Madre mia!«, entfuhr es ihm.

Vorsichtig tastete er ihre linke Schulter ab. Doch die Frau registrierte das kaum. Ihr Blick war wieder ängstlich zu der geringelten Schlange gerichtet, die keine Anstalt machte, sich fortzubewegen.

»Die ... die Schlange!«, röchelte sie.

»Schlange gut. Keine Sorge!«

»Aber ... wenn sie beißt?«

»Schlange gut. Nicht giftig. Freund.«

Der Mann sprach dann von einer Königsschlange, doch der Name sagte ihr nichts. Kreuchendes Getier sagte ihr nichts. Schlangen sagten ihr nichts. Außer, dass sie ekelig und gefährlich sind.

»Was passiert?«

Sie konnte auf seine Frage nichts antworten. Vielmehr hätte sie selbst gern die gleiche Frage gestellt. Was war passiert?

»Wunde nicht gut.«

Dabei tastete er wieder ihre Schulter ab.

»Wunde am Kopf auch nicht gut, aber nicht so schlimm wie andere.«

Sie lag noch immer am Boden und griff sich mit ihrer rechten Hand an das rechte Auge, um die feuchte Masse zu entfernen, die sie beim Öffnen des Auges so behindert hatte. Gleichzeitig richtete der Mann ihren Oberkörper auf, dass sie sitzen konnte. Als sie auf die rote Flüssigkeit in ihrer Hand blickte, wurde ihr klar, dass sie mit blutüberströmtem Kopf zwischen den Gräsern gelegen hatte. Ihr langes, blondes Haar war von oben bis unten eingenässt.

»Was habe ich?«

»Blut am Kopf und an der Schulter. Sieht aus wie Schlag und Bisswunde, vielleicht Puma.«

Er tastete jetzt den Kopf ab.

»Was passiert?«

Sie starrte ihn nur an, sagte aber nichts. Ihr Blick verriet die Verwirrung, die seine Feststellungen bei ihr auslösten.

»Du überfallen?«

»Ich ... ich weiß es nicht.«

»Hm. – Wo du herkommen?«

»Ich -« Sie stockte. Dann vollendete sie langsam, sehr zögerlich: »... ich weiß es nicht.«

Ihre Augen hatten sich an das Licht gewöhnt. Sie erkannte jetzt den prüfenden Blick in dem von Falten geprägten, zerfurchten Gesicht des Mannes. Ihr Helfer war wohl ein Mexikaner oder Indianer. Sie konnte das noch nie so genau voneinander unterscheiden. Er schüttelte ganz leicht den Kopf.

»Du nicht wissen. Seltsam.«

Von seinem Gürtel löste er eine mit einem Karabinerhaken eingehängte Feldflasche, öffnete sie und hielt der Blondine die Öffnung an den Mund. Hastig nahm sie jeden Schluck. Gierig trank sie das lauwarme Wasser, während der Mann ihren Kopf mit einem Griff in ihren Nacken stützte.

»Wie heißt du?«, fragte er weiter.

Die Frau blickte zur Seite, überlegte krampfhaft. Sie biss sich mit den Zähnen verlegen auf die Unterlippe. Es lag ihr auf der Zunge, und doch brachte sie ihre Gedanken nicht in der notwendigen Klarheit zusammen.

»Ich ... ich ... Scheiße! Das gibt's doch nicht!« Nach einer kurzen Pause drang es stärker aus ihr heraus. Nach wie vor kraftlos, aber doch in einem Aufschrei rief sie: »Mein Gott! Bin ich denn bescheuert?«

»Und du nicht wissen, wo du wohnen?«

Sie schüttelte leicht den Kopf. Die Schmerzen in ihrer Schulter, die jetzt in ihrem körperlichen Empfinden einen heftiger werdenden, quälenden Raum einnahmen, unterbanden ein stärkeres Schütteln. Resigniert presste sie hervor:

»Ich verstehe es nicht. – Ich .... – Taos! Irgendwas mit Taos. – Und ich? Was ist passiert? --- Und wo bin ich hier?«

Der Mann sagte nichts. Er riss einen Stofffetzen, den er von der Frau unbemerkt irgendwo hervorgekramt hatte, in mehrere Bahnen, die er zusammenknotete. Das so entstandene Band benutzte er, um ihren linken Arm angewinkelt unterhalb ihrer Brust zu fixieren. Dann kniete er zu ihrer Rechten nieder, fasste mit seinem linken Arm um ihren Rücken herum und schob seinen rechten unter ihre Oberschenkel. So griff er sie und erhob sich mit ihr auf seinen Armen in die Höhe. So schwach die Frau auch war – diese Aktion bekam sie voll bewusst mit. Sie war über die Kraft und Geschmeidigkeit dieses nicht mehr jungen Mannes sehr erstaunt. Sie war sicherlich kein Schwergewicht, aber trotzdem empfand sie die Aktion des Mannes bewundernswert – sich einfach mit ihrem Gewicht in seinen Armen mühelos aus der knienden Position erheben - Respekt!

Während sie durch die Wüstengegend getragen wurde, vorbei an vereinzelt stehenden baumhohen Kakteen, vor allem aber niedrigem Buschwerk, pochte der Schmerz von Schulter und Kopf stärker im Rhythmus gegen die Schritte des Mannes an. Ihr Bauch krampfte. Die Kraftlosigkeit warf sie zurück in einen Zustand heftiger Wahrnehmungsstörungen. Die im Auf und Ab der Bewegung vorbeitanzende Welt erschien ihr immer verschwommener. Wieder verlor sie das Bewusstsein.

Wie von fern hörte sie das Aneinanderschlagen von tönernen Töpfen oder Geschirr. Vielleicht auch Flaschen oder Gläser. Als sie die Augen öffnete, blickte sie auf die offen liegenden Dachbalken. Das Haus musste sehr einfach gebaut sein.

Wo bin ich?

Die aufliegenden Holzplanken zeigten ihre unverkleideten Strukturen. Ob obenauf irgendwelche Schindeln lagen oder diese Bretter direkt die Dachfläche bildeten, konnte sie nicht erkennen.

Ihre Hand ertastete einen Stoffbezug mit einer Art Matratze darunter. Anscheinend lag sie auf einem Bett oder einem Sofa.

Das Drehen des Kopfes zur Seite fiel ihr schwer. Doch jetzt konnte sie den Mann an einem Tisch stehen sehen. Er füllte eine Flüssigkeit aus einer großen Schale in einen kleinen Becher. Er drehte seinen Kopf und blickte sie über seine Schulter an.

»Ah! Wieder wach. Du fühlst dich besser?«

Sie wollte nicken, doch das gelang ihr in ihrer Kraftlosigkeit nicht. Sie öffnete den Mund.

»Ja.« Doch klang dieses Wort eher wie das Krächzen eines Raben. Die Trockenheit in ihrem Mund ließ ihre Stimmbänder verkleben. Sie verspürte Durst, unbändigen Durst.

Mit zwei Bechern, einem kleinen und einem großen, kam der Mann herüber.

»Hier, trink!«

Er hatte den kleinen Becher abgestellt. Mit der freien Hand stützte er ihren Kopf, während er das andere Gefäß an ihren Mund hielt, damit sie erste Schlucke nehmen konnte. Mit geschlossenen Augen trank sie gierig. Es schmeckte extrem nach Zwiebel, zumindest kam es ihr so vor. Dennoch genoss sie in ihrer Erschöpfung, wie das Wasser durch die Kehle ran und das Leben in ihrem Innern wiedererweckte. Als der Becher halb geleert war, legte sie eine Pause ein und nahm drei tiefe Atemzüge. Erleichterung! Sie wollte wieder ansetzen, doch der Mann hatte das Wasser bereits auf dem kleinen Tischchen neben dem Bett abgestellt.

»Nicht zu hastig. Nicht gut.«

Er ließ sie erst noch gut eine Minute in Ruhe ihre Luftzüge schnappen. Dann durfte sie den Rest Der Flüssigkeit trinken.

»Besser?«

Sie nickte. *Yep!* Sie konnte wieder nicken. Langsam kam die Kraft zurück. Wenig, aber spürbar.

»Was ist mit ... mit den Wunden?«

»Kopf nicht so schlimm. Und Schulter ist verbunden.«

Sie spürte, dass sie ihren linken Arm nicht bewegen konnte. Scheinbar hatte der Mann den Arm fixiert. Ob immer noch so provisorisch wie in der Wüste oder anders, konnte sie nicht erkennen. Das war jetzt auch egal. Dass ihre Lebensgeister wieder zurück kamen – nur das zählte jetzt.

»Du weißt wieder, was passierte?«

Sie dachte angestrengt nach. Doch ohne rechten Erfolg.

»Nein. Ich weiß es nicht. Das Letzte, an das ich mich erinnere, ist Taos. Ich war in Taos. ... Nein – Arroyo. In Arroyo.«

»Weit weg von hier.«

»Weit? Wo bin ich?«

»Tief im Süden. – Aber nicht so wichtig. Ich werde dir helfen, dass du wieder kommst zu Kräften. Und dich erinnerst.«

Er griff den kleinen Becher.

»Hier, das wird dir gut tun.«

Er führte das Tongefäß an ihren Mund.

»Alles. Du musst alles trinken.«

Ekelig! Der bittere Geschmack traf sie wie ein Keulenschlag. Doch sie riss sich zusammen und leerte den Becher in einem Zug.

In ihrem Körper breitete sich Wärme aus. Gleichzeitig zog sich ihr Bauch zusammen. Ihr Magen schien zu rebellieren. Ein heftiger Kampf tobte unterhalb ihres Zwerchfells. Ein Nebel legte sich um ihre Gedanken, um nur wenige Augenblicke später blitzartig zu verschwinden. Ihre Augen spielten ihr einen Streich, oder? Was war das? Sie blickte den Mann an.

Doch sie sah nur in eine plötzlich aufgetauchte, blendende Lichtkugel.

Wo zieht er mich hin?

Ganz langsam, Bild für Bild, kamen Teile ihrer Erinnerung zurück.

2010 - Endlich frei

Robert Waldner stand ziemlich verlassen neben seinem Fahrrad am Straßenrand. Erste Schweißtropfen bildeten sich auf seiner Stirn unterhalb des dunkelblonden Haaransatzes. Die Zweifel, die jetzt in dem Deutschen aufstiegen, nagten schwer an seinem Selbstbewusstsein. Das alles schien sich doch als eine verrückte Schnapsidee herauszustellen. Ausgerechnet mit dem Fahrrad! Er wollte doch schon lange aus dem Stadtgebiet von Atlanta herausgeradelt sein. Das hatte ihn jetzt doch schon fast eine weitere Stunde gekostet. Seine Planung erwies sich gleich zu Beginn als löchrig. Aber war das wichtig?

Dabei hatte es mit der pünktlichen Landung doch so schön begonnen. Auch das Bereitstellen des Fahrrades an der Gepäckausgabe und der Gang durch den Zoll waren wie geplant verlaufen, wenn auch die Wartezeit auf das Bike erheblich länger gewesen war als erwartet. Und dann spielte ihm die Straße – oder er selbst? – einen gehörigen Streich. Nach Entsorgung der Fahrrad-Verpackung, der Re-Montage von Lenker und Pedalen sowie dem Anbringen der Taschen hatte Robert sich umgezogen und wollte tatendurstig das Fahrrad besteigen. Doch fand er tatsächlich keine Straße, die er so recht fahren konnte – oder wollte. Der Camp Creek Parkway schien ihm entgegen seiner Planung nicht zum Befahren geeignet. Unabhängig davon, ob er hier radeln dürfte oder nicht, verspürte er nicht die geringste Lust, seine Reise auf einer Straße zu beginnen, die einer jener berühmten Autobahnen in seinem Heimatland glich, dazu noch ohne Standstreifen. Obwohl das hier keine Interstate war, so stellte er doch in Frage, ob seine zweirädrige Anwesenheit zwischen den Autos in diesem Brückengewirr überhaupt erlaubt war. Er kam sich ob seiner Vorbereitung ziemlich naiv vor.

Dabei war er zuvor schon einen nicht unerheblichen Kompromiss eingegangen. In seiner Wunschvorstellung hatte er sich auf einem Ozeanfrachter zwischen Europa und den USA gesehen. Aber die alte Seefahrer-Romantik war wohl bereits lange so überholt wie Schwarz-Weiß-Fernseher. Statt reduzierte Reisekosten zu ermöglichen hätte ihm eine solche Passage ein größeres Loch in die Kasse gerissen als der komfortable, schnelle Atlantik-Flug. Die Romantik, die bei seinem spontanen, aus Verärgerung heraus gefassten Entschluss zu dieser Reise eine treibende Rolle gespielt hatte, war gleich zu Beginn auf der Strecke geblieben.

Robert erkannte, dass er sein Fortkommen weg vom Airport hätte anders organisieren müssen. Ein Transport des Rades und seiner Selbst in einem Auto oder ähnlichem aus dem Stadtgebiet heraus wäre richtiger gewesen. Doch wollte er jetzt auch nicht zu sehr an sich selbst herummäkeln. Vieles hatte ja richtig funktioniert: der Flug, der Fahrrad-Transport, die Einreise-Formalitäten, das Handy mit der lokalen Prepaid-Karte, der richtige Mix der Zahlungsmittel. Sogar die Landkarten für den ersten Teil der Strecke hatte er sich im Vorfeld besorgt. Vor allem der Abbruch seines Lebens in Deutschland hatte geklappt. Doch konnte er das jetzt schon wirklich beurteilen?

Er schob sein Rad neben sich her, begab sich zur Info-Tafel der MARTA, der lokalen Transportgesellschaft, und studierte die Umgebungskarte. Er müsste nur zwei Stationen weit fahren, um in ein Stadtgebiet mit vielen kleinen Straßen zu gelangen. Dort sollte er auf jeden Fall seine ersten Kilometer auf dem Weg nach Westen finden können.

Neben ihm suchte eine junge Frau mit langen, blonden Haaren und einem Globetrotter-Rucksack ebenfalls die Karte ab. Sie hielt einen maschinengeschriebenen Zettel in der Hand und glich die Notizen mit Straßennamen in dem Plan ab. Kurz warf sie einen Blick hinüber aufs Fahrrad und dann mit einer flüchtigen, bewundernden Gesichtsmimik auf Robert selbst. Der junge Mann fühlte sich schlagartig unwohl, als ihm in den Sinn kam, wie er in seiner schwarzen Radlerhose und dem vielfarbigen, grellen Trikot auf die Frau wirken musste.

»Du bist nicht Amerikanerin, stimmt's?«, fragte er auf Englisch, nachdem er Wortfetzen auf dem Blatt vage erkannt hatte.

»Stimmt«, reagierte sie höflich, aber vorsichtig zurückhaltend. »Oh, ich sehe.« Sie deutete auf den schwarz-rot-goldenen Aufkleber auf einer der Packtaschen am Fahrrad. »Deutscher?«, fragte sie in seiner Landessprache.

»Ja. Du auch?«

Sie schüttelte den Kopf und lachte. »Gott sei Dank nicht. Aus Holland.« Doch das hätte sie gar nicht mehr hinzufügen müssen. Ihre Aussprache des ›Gott sei Dank‹ war Beleg genug. »Mit dem Fahrrad geflogen?«

»Hm.« Robert nickte stolz grinsend. »Na ja – nicht so ganz. Im Flugzeug mitgenommen.«

Die Blonde lachte laut auf. Robert genoss seinen Scherz.

»Und, wohin?«, fragte sie.

»Mal sehen. Erst einmal in Richtung Westen. – Na ja, sollte ich hier je wegkommen.«

»Wieso?«

»Schau dich um. Hier gehen nur Autos.«

Die Frau blickte tatsächlich einmal in die Runde.

»Ach so. Und jetzt Zug?«

»Klar, wenn sie Fahrräder mitnehmen. Du auch?«

»Jou.«

Gemeinsam studierten sie das Info-Board weiter. Robert war beruhigt. Die Fahrrad-Mitnahme würde kein Problem sein. Sie stellten fest, dass sie in die gleiche Richtung fahren müssten. - Hier gab es sowieso nur eine Linie. Richtung Innenstadt.

»Und wohin reist du?«, fragte Robert, als sie gemeinsam auf den Zug warteten.

»Zunächst nach Florida, aber erst in zwei Tagen. Später dann in Richtung Westen.«

»Mhm.« Mehr brachte er nicht hervor und schwieg.

Der Zug fuhr ein. Robert schätzte sich glücklich, dass die Frau nach dem Einstieg sich nicht irgendwo einen Platz suchte, sondern neben Robert und seinem Rad stehen blieb. Verstohlen musterte er sie etwas genauer. Das lange, glatt fallende blonde Haar reichte ihr bis auf Brusthöhe. Grün-blaue Augen, eine leichte Stupsnase. Er schätzte ihr Alter auf zweiundzwanzig.

Draußen flog das Airport-Areal an den Fenstern vorbei.

»Du bleibst also zwei Tage hier in Atlanta?«

»Jou. Im Youth Hostel.«

»Gibt es denn hier in Atlanta Besonderes zu sehen?«

»Pffft – keine Ahnung. Aber wenn ich schon einmal hier bin, dann schaue ich auch. Wäre doch blöd, jetzt sofort in den Greyhound zu steigen und weiterzureisen. Meine Reise beginnt hier – also gucke ich auch hier.«

Da war was dran. So hatte Robert den Beginn seiner Reise noch nicht gesehen. Er war noch keinen Meter geradelt und musste schon erkennen, dass die Art seiner Fortbewegung ihm bereits Scheuklappen verpasst hatte. Als eine Maxime seiner Fahrt hatte er festgelegt, Großstädte – oder vielleicht Städte überhaupt – zu meiden, da sie für einen Radfahrer kein sonderlich gutes Pflaster schienen. Freiheit, die er gerade durch diese Form der Reise zu gewinnen geglaubt hatte, ging tatsächlich verloren. Selbst ein Fahrrad konnte eine Last sein. Aber er wusste auch, dass das aus einem differenzierten Blickwinkel heraus betrachtet sehr wohl anders aussehen konnte. Er brauchte zum Fortkommen nichts und niemanden – keinen Bus, kein Benzin, keinen Flieger, keine Bahn. Nun ja – beinahe, sonst stände er jetzt nicht hier in dem Waggon.

»Wie weit nach Westen willst du fahren?«

Robert zuckte mit den Schultern. »Ich weiß es nicht. New Mexico, nach Santa Fe will ich auf jeden Fall, dann eventuell nach Arizona, vielleicht sogar bis zum Pazifik. Oder ich biege vorher schon nach Süden ab. Mal sehen. Mexiko, Guatemala, Nicaragua, Panama. Vielleicht auf ein Schiff – ich habe keine Ahnung. Einfach raus, einfach die Welt erleben.«

»Wow! Und ich dachte, meine Reise wäre schon ein Kracher. In meinen zehn Wochen will ich Florida, den ganzen Westen und Südwesten kennenlernen. Das groovt! Im August geht es dann von Los Angeles zurück nach Amsterdam.«

»Und das machst du alles allein? – Respekt!«

Dann schwiegen sie und schauten durch das Fenster dem Treiben auf dem Bahnsteig zu, als der Zug an der Station College Park hielt.

Der Ruck des Anfahrens schien auch Robert einen Ruck zu geben.

»Ich heiße übrigens Robert. Und du?«

»Marlies.«

»Machst du die ganze Reise mit den Greyhound-Bussen?«

»Ja, habe ich vor. Zumindest soweit es geht.«

»Und wenn es einmal nicht geht?«

»Dann wird es schon etwas anderes geben – oder?«

Irgendwie schien ihre Art zu reisen auch nicht schlecht zu sein. Ein ungutes Gefühl stieg in Robert auf. Er hatte sein Abenteuer noch gar nicht recht begonnen – und schon stellte er seine gewählte Reiseform in Frage. Er zweifelte und war sich seiner Sache unsicher. Das gleiche Problem, wie immer. Er dachte für einen kurzen Augenblick an Britta.

Die Station East Point nahte.

»Hier muss ich raus. Wow, war nett, dich kennenzulernen.«

»Freute mich genauso, Robert. Ich wünsche dir eine famose Reise.«

»Ich dir auch.«

Als er auf dem Bahnsteig stand und mit beiden Händen das Fahrrad hielt, blieben seine Blicke an dem Gesicht der jungen Frau hinter den Fensterscheiben des Zuges hängen. Marlies erwiderte den Kontakt während des Anfahrens und winkte. Dann fühlte Robert sich allein, als der Zug hinter der nächsten Rechtsbiegung verschwunden war. Die ebenfalls ausgestiegene Fahrgäste, nur zwei, eilten mit großen Schritten auf den Ausgang zu.

Robert folgte ihnen. Beim Überqueren der zweigleisigen Bahnlinie über eine kleine Fußgängerbrücke spürte er zum ersten Mal auf dieser Reise das volle Gewicht seiner Fuhre, als er seinen Drahtesel die Treppenstufen hinauftrug. Auf Grund des Abwiegens für die Flugreise hatte Robert eine klare Vorstellung von der Zahl – doch jetzt drückten die fast fünfzig Kilogramm in dieser Premiere schwer auf seine Schulter. Sein Körper stemmte die Last trotzdem locker weg. Robert fühlte sich fit, spürte das regelmäßige Krafttraining, das er während seines Studiums zweimal die Woche betrieben hatte.

Jenseits der zur Bahn in Nord-Süd-Richtung parallel laufenden Hauptstraße kaufte er sich in einem Shop noch zwei Plastikflaschen mit Wasser für die Getränkehalter am Rad. Sein Blick fiel auf einen Zeitungsständer mit den örtlichen Newspapern. Neben der Hauptschlagzeile über eine Obama-Rede las er die kleinere Überschrift »*Movie Maker Dennis Hopper Passed Away*«. Dennis Hopper war tot. Auch wenn das kein Filmemacher und Schauspieler seiner Generation war, so spielte dieser Mann eine gewichtige Rolle in seinen Vorstellungen und Träumen zu dieser Reise. Sein eigener Vater und, so glaubte Robert, auch sein Großvater waren Fans von »*Easy Rider*« gewesen. Robert hatte viel aus diesem Film in sich aufgesogen. Seine ausgemalten Visionen des Erlebens weiter Landstriche auf zwei Rädern hatten daraus ihren Ursprung gesogen. Jetzt war diese Ikone am Vortag gestorben. Ein schlechtes Omen? Wohl eher nicht. Denn das Ereignis war bei Hoppers langer Krankheit mehr oder weniger für die nahe Zukunft erwartet worden

Bilder der Harleys in grandiosen Landschaftskulissen bauten sich vor Roberts geistigem Auge auf. Dennis Hopper mit wehenden Haaren neben seinem Freund Peter Fonda vor Felsen aus rotem Sandstein. Wäre ein Motorrad nicht doch die bessere Wahl gewesen? – Eine unnütze Frage. Robert besaß weder Motorrad noch Motorradführerschein. Er hatte schnell aufbrechen wollen. Irgendwelche großartigen Aktionen im Vorfeld der Reise hatten sich verboten. Es hatte auch so schon lang genug gedauert. Also hatte er erst gar keinen Gedanken daran verschwendet, eine weitere Führerscheinklasse oder gar ein Motorrad zu erwerben. Ganz abgesehen von den übermäßigen finanziellen Anforderungen, die das erfordert hätte, - es hätte auch den unbändigen Reiz des Erfolgs durch eigene Muskelkraft torpediert.

Muskelkraft! Jetzt endlich begann seine mit dem eigenen Körper vorangetriebene Fahrt. Durch ein Wohngebiet mit Straßennamen wie Cheney Street, Neely Avenue und Ware Avenue suchte er sich seinen Weg, um schließlich über den Headland Drive eine der vielen Ausfallstraßen in Richtung Westen zu erreichen. Robert würde auf seiner Fahrt noch unzählige kleine Straßen mit irgendwelchen Namen erleben, doch diese Handvoll Namen seiner ersten Kilometer prägten sich ihm ein. Alle späteren würde er schnell wieder vergessen.

Vorbei an den aus Holz gebauten, pastellfarben gestrichenen Einfamilienhäusern radelte er bei herrlichem Sonnenschein. Glück gehabt! Ein Start im Regen hätte wahrlich alles verwässert. Einzelne Bäume spendeten hier oder da Schatten. Doch die meiste Zeit brannte die links stehende Sonne auf ihn nieder. Sein Kopf erhielt einen guten Lichtschutz durch den Helm mit dem aufgesetzten Sichtschirmchen sowie die Sonnenbrille. Seine Hände steckten in den gepolsterten, offenen Handschuhen. Doch sein Nacken und seine Arme mussten allein mit dem aufgetragenen Sonnenöl zurechtkommen. Robert würde in den nächsten Tagen sehen, ob das ausreichte.

Er kam in der ersten Stunde gut voran. Doch wurde die Landschaft zunehmend hügeliger, als er es im Vorfeld vermutet hatte. Schnell prägten Rhythmuswechsel seine Tour. Mal laufen lassen, mal kräftig in die Pedale treten. Er war noch nicht fit. Robert spürte den Jet-Lag, der mit seiner Müdigkeit das Strampeln schwerer machte, als ihm lieb war. Die Zeitumstellung forderte ihren Tribut. Hatte er bei der Landung noch gehofft, gleich heute im restlichen Verlauf des Tages fünfzig Kilometer oder mehr fahren zu können, stellte er sich nun auf eine Planänderung ein. Bereits nach dreißig Kilometern begann Robert, nach einem geeigneten Motel Ausschau zu halten. Ein Campingplatz kam für ihn heute nicht in Frage – das war schon vor der Tour klar gewesen. Am ersten Tag nur nichts übertreiben! Der Körper musste sich umstellen.

In Douglasville wurde er fündig. In dem kleinen, einfachen Motel schien er zunächst der einzige Gast zu sein. Sicher würde sich das zum späteren Abend hin noch ändern. Die Uhr zeigte jetzt erst kurz nach fünf. Die Inhaberin schaute ungläubig, als sie das Fahrrad sah und Roberts Geschichte hörte. Bis wo er denn fahren wolle?

»Das ist nicht Ihr Ernst, oder?«

»Doch. Ich habe viel Zeit.«

»Mit einem Fahrrad durch die Staaten – hat man so etwas schon gehört? ...«

Sie schüttelte ein jedes Mal den Kopf und lachte, wann immer sie den Deutschen im Laufe der nächsten zwei Stunden irgendwo am Gebäude sah.

Robert zog sich früh zurück. Nach einer kurzen Mahlzeit schlief er sehr bald ein. Sein Fahrrad stand wohlbehütet im Zimmer direkt neben seinem Bett.

2010 - Familienbande

Robert fühlte sich deutlich besser. Er hatte sich vorgenommen, keinerlei Hektik aufkommen zu lassen. Die mehr als zehn Stunden Schlaf hatten geholfen, seine innere Uhr wenigstens ein bisschen anzupassen. Aus seiner schwachen Erinnerung wusste er, dass er noch zwei, drei Tage damit kämpfen würde. Doch das damalige Erleben lag schon zu lange zurück, als dass er jetzt einen genauen Tagesablauf für seine Kräfte hätte ableiten können.

Damals – er und sein Vater. Mein Gott! Schon fünfzehn oder sechzehn Jahre her. Die Bilder in seinem Gedächtnis zeigten Plätze, Landschaften und Menschen, jedoch in Nebelwatte gepackt. Einzelne Namen und Begriffe wirkten wie Zugriffsschlüssel in dem Labyrinth der Vergangenheitsfragmente. Die damalige Reise, die am Rande durch eine Suche geprägt worden war, die ihm ohne Sinn schien, mit der er nichts hatte anfangen können. Eine Reise in einem fremden Land, bei der sein Vater mehr und mehr den gemeinsamen Trip in eine Suche nach dessen eigener Mutter, Roberts Großmutter, gewandelt war. Der Neunjährige hatte keinerlei Vorstellung mit dem Begriff ›Oma Elisabeth‹ verbunden. Verdammt lange her.

Alles fiel ihm heute leichter als am gestrigen Nachmittag. Seine Tritte fanden ihren kraftvollen Rhythmus, er war hellwach. Schnell lernte er, auf die unzähligen Schlaglöcher zu achten. Der Straßenzustand entsprach nicht unbedingt seinen Erwartungen, aber es war schon okay. Größeres Kopfzerbrechen bereiteten ihm die Autofahrer. Er musste schnell feststellen, dass diese einen Umgang mit Radlern auf der Straße offensichtlich nicht gewohnt waren. Entweder überholten sie ihn so knapp, dass er um seine Unversehrtheit fürchten musste, oder sie bremsten hinter ihm fast panisch ab und schienen sich nicht zu trauen, ihn zu überholen. Beides erfüllte ihn mit Unbehagen. Einzig die Trucker in ihren riesigen Ungetümen verhielten sich der Situation angemessen und überholten ihn mit dröhnendem Hupen in gebührendem Abstand – vorausgesetzt, der übrige Verkehr ließ dies zu. Letzteres war leider nicht immer der Fall. Dann näherten sich die seitlichen Lichterketten der Sattelschlepper und noch bedrohlicher die riesigen, wummernden Reifen auf chromblitzenden Felgen bis auf weniger als einen Meter an den einsamen Radler heran. Robert war heilfroh, dass solche gewagten Manöver nur sehr selten erfolgten.

Obwohl er fast ohne Unterbrechung nur durch Waldgebiete radelte, entdeckte er keine wirkliche Spur von Einsamkeit. Dominierten zunächst Kleinbetriebe oder auch Steinbrüche das Bild, so folgten später Wohnsiedlung auf Wohnsiedlung, eine jede hübsch in die Landschaft links oder rechts der Straße eingebettet, wobei der Abstand zwischen solchen Hausansammlungen auch einmal mehrere Kilometer betragen konnte. Der Charakter der US 78 änderte sich wenig, allerdings ließ die Anzahl der Hügel spürbar nach. Schlaglöcher gab es nun keine mehr. Dafür musste Robert immer stärker ein wachsames Auge auf die mit Bitumen geflickten Längsstreifen im Asphalt achten. Jetzt hatte er zwar noch trockene Bedingungen, doch bei Regen könnten die Teerflecken zu bösen Rutschfallen werden.

Bald lief die Straße parallel zu einer Bahnlinie. Heimatliche Gefühle kamen auf, als er am späten Vormittag einen Ort namens Bremen passierte, auch wenn er keineswegs aus Norddeutschland stammte. Heimat. Was hatte er jetzt zurückgelassen? Seinen Job, in den er noch gar nicht richtig hineingewachsen war? Nein, sicher nicht. Die Stelle hatte ihm noch nichts bedeutet. Vor mehr als einem halben Jahr hatte er sein Studium des Maschinenbaus beendet. Hätte er diese Reise damals schon antreten sollen? Der Zeitpunkt wäre sicher besser gewesen. Sogar das Geld hätte für das Unterfangen gereicht, wobei sich die Situation jetzt natürlich durch das halbe Jahr zusätzlichen Ansparens mit einem richtigen Gehalt stark gebessert hatte. Aber das alles war nicht der Grund dafür, dass er nicht schon im Herbst letzten Jahres aufgebrochen war. Britta hatte ihn gehalten – und war gleichzeitig zum akuten Grund für seinen jetzigen Aufbruch geworden. Britta! Seine Tritte wurden kräftiger, als er an sie dachte.

Ihre Trennungsentscheidung hatte ihn ins Mark getroffen. Warum eigentlich? Hatte er es wirklich nicht kommen sehen? Britta hatte schon immer mit ihm gemacht, was sie wollte. Er hatte es mit sich machen lassen. Ihr ganzes Gesäusel während seines Studiums von Familie und Kindern – alles Makulatur. Nichts stimmte. Oder es stimmte doch, aber nur zu ihren Bedingungen. Und als er nach vielen Diskussionen endlich mit seinem frischen Studienabschluss von der Ruhr-Uni in der Tasche zugestimmt hatte, da ließ sie ihn doch hängen. Britta hatte die Lust verloren, die Lust an ihm, ihrem Spielzeug. Zumindest war es Robert so vorgekommen. Britta war ihm in jeder Beziehung über den Kopf gewachsen. Frustriert hatte er sich dann entschlossen, alles hinzuschmeißen und abzubrechen. Die Klamotten packen und einfach weg. Weg aus der Beziehung. Weg aus dem Job. Weg von der Familie. Wirklich? Weg von der Familie? Wovor rannte er weg?

Irgendwie haben wir Waldners ein verdammt schlechtes Händchen.

Robert schrieb seinen Schiffbruch mit der ein Jahr jüngeren Britta einem unausgesprochenen Familienmakel zu. Nein, keinem Familienmakel – einem Männermakel. Es kam ihm vor, als hätten alle Männer in der Familie das Unglück mit Frauen gepachtet. Seinem Opa Philipp war die Frau trotz ihres damals erst wenige Monate alten Kindes Günther fortgelaufen. Roberts Vater und seine Mutter hatten sich getrennt, als er gerade acht Jahre alt geworden war. Der Fluch der frühen Heirat. Günther und seine Jugendliebe Elke hatten gegen den Willen der Brauteltern geheiratet, als Elke gerade volljährig geworden war. Zwar kamen sie zehn Jahre nach ihrer Trennung doch wieder zusammen, aber Robert verfluchte die Zeit, da ihm die Familienidylle gefehlt hatte. Auch als alle wieder vereint waren, war bei ihm nie wieder das Gefühl einer glücklichen Geborgenheit aufgekommen. Wie auch? Und seit Vaters Unfalltod vor drei Jahren war auch der Kontakt zur Mutter fast gänzlich wieder versiegt. Sie hatte ihr neues Leben gefunden. Die zehn Jahre wirkten nach.

Mit einem Schuss innerer Wut trat er kräftig in die Pedale. Der leichte Gegenwind erfrischte, doch er erschwerte gleichzeitig seine Fahrt. Robert ließ sich dadurch in keiner Weise stören. Das spornte ihn sogar an.

An einer Tankstelle zu seiner Rechten wollte ein Mann gerade in sein Auto einsteigen. Er erblickte Robert und hielt in seiner Bewegung inne. Mit einem breiten Grinsen reckte er dem Fahrradfahrer den erhobenen Daumen entgegen. Robert lächelte im Vorbeiradeln und nickte. Dann wanderte sein Blick wieder nach vorn auf das Asphaltband, das sich hier für mehr als geschätzte fünf Kilometer schnurgerade zum Horizont zog. Hätte es nicht kleine, flüchtige Begebenheiten wie diese am Straßenrand gegeben – die Fahrt wäre schnell zu einem eintönigen Strampeln verkommen. Attraktiv Sehenswertes gab es nicht.

Robert war froh, seine Reise nicht als absolutes ›Mal Sehen‹-Event angegangen zu haben, welches rein von Zufällen bestimmt würde, sondern sich für die ersten Wochen konkrete Ziele gesetzt zu haben. Wobei diese Fixpunkte dann durchaus doch zufälligen Charakters waren. Denn was hieß schon ›Ziele‹? Letztlich auch nur Punkte auf einer Landkarte, die Robert als Feld für seinen Traumversuch auserkoren hatte. Mit einzelnen Orten verband er tatsächlich etwas, doch waren diese Vorstellungen nur fast verschüttete Erinnerungen an ein Zusammensein mit seinem Vater. Los Angeles und Santa Barbara an der Küste, Albuquerque und Santa Fe im Landesinnern. An mehr erinnerte sich Robert nicht. Er verband auch keine Bilder mit diesen Ortsnamen. Stattdessen standen die Begriffe für gemeinsame Tage mit dem Vater, für Hitze und auch für Kälte, Gespräche über eine Oma, die er nicht kannte. So jung er auch gewesen war, hatte er damals doch gespürt, wie viel Hoffnung sein Vater in den Besuch verschiedener Orte im Westen gelegt hatte, alles aus dem Wunsch heraus, die Mutter zu finden, eine Mutter, die er sich immer gewünscht hatte. Als der kleine Robert einmal nachgefragt hatte, ob sein Vater denn wirklich wüsste, dass Oma Elisabeth tatsächlich hier gewesen wäre, hatte sein Vater nur schweigend den Kopf geschüttelt. Später hatte der Junge dann herausgefunden, dass seine Großmutter irgendwann einmal einen Brief an seinen Opa geschickt hatte, in dem sie ohne Ortsnennungen von dem neuen Leben und der großen Freiheit an der amerikanischen Westküste berichtet und für das Verlassen ihres Kindes um Entschuldigung gebeten hatte. Ein Brief, der in Santa Fe abgestempelt worden war. Es war der einzige Brief und die einzige Bitte um Entschuldigung geblieben. Niemand wusste, was aus ihr geworden war. Und daran hatte auch die Suche von Sohn und Enkel nichts ändern können.

Robert konnte jetzt nachvollziehen, dass sein Vater damals die Tour nicht nur aus Reiselust, sondern auch aus einem Gefühl der Hoffnung und Wehmut angetreten hatte. Vielleicht hatte nur der kleine Junge an seiner Seite verhindert, dass auch er einfach mit einem Fahrrad aus seinem gewohnten Leben ausgebrochen war. Robert konnte sich nicht konkret vorstellen, wie es mit einem Kind wäre. Aber hätte er jetzt eines – wäre er dann genauso aufgebrochen? Sicher nicht.

Doch er hatte nun einmal keinen Nachwuchs, war frei, ungebunden. Wenn auch jetzt erst, nachdem Britta ihm so sehr zugesetzt hatte.

Britta!

Robert erwischte sich dabei, dass er überhaupt nicht mehr auf die Straße achtete und wie in Trance vor sich hin strampelte. Schlecht. Er riss sich zusammen, wischte die nachhängenden Gedanken weg. Auch wenn es hier eintönig zu sein schien – alles war neu für ihn. Jede Kleinigkeit. Es gab viel zu sehen, wenn er es nur bemerkte. Und das wollte er. Auf die Facetten achten und daraus seinen Lebensmut und Tatendrang ziehen.

Robert fühlte sich stark. Am Ende des Tages hatte er über einhundert Kilometer abgespult. Trotz seiner Anstrengung verzichtete er auf irgendwelchen kostenintensiven Komfort eines Motels und suchte sich beim Country Court Inn in Deamanville zwischen den riesigen Wohnmobilen einen Platz für sein Zelt. Der Inhaber der Anlage hatte Mitleid mit dem abgekämpften Radler und erlaubte ihm dies, obwohl das Areal ganz offensichtlich nur für die Recreation Vehicles eingerichtet war.

Beim Einschlafen ging Robert das fantasievolle Bild von sich selbst, seinem Vater und Britta auf Pferden im Monument Valley nicht aus dem Kopf. Er sah sich, tief nach vorn gebeugt. Sein Kopf lag dicht über dem Hals des Tieres. Seine Hände krallten sich in die Mähne des Hengstes, während sein Blick hinüber zu Britta wanderte, die einige Meter rechts von ihm ähnlich tief geduckt und ohne Sattel auf einem prächtigen Rappen durch den Roten Sand stob. Sie lachte, ihre Haare tobten wild im Wind des schnellen Ritts. Sie trieben ihre Pferde durch die Weite des Tals, vorbei an den mächtigen Buttes, jenen imposanten Felskuppen, die er aus unzähligen Western seiner Jugend und Kindheit kannte. Und weit vor ihnen ritt Roberts Vater, dem sie wie einem Häuptling blind ins Abenteuer folgten.

In diesen Traum tauchte Robert tiefer und tiefer ein.

1966 – Cleo

Ihre weite, orangefarbene Batik-Hose war zu dünn für diesen kühlen Novembertag. Zwar sanken die Temperaturen hier in San Francisco nicht so stark, wie sie es von der Ostküste gewohnt war, doch auch ein sogenanntes ›mildes‹ Klima bot keine Garantie für immerwährenden Sonnenschein, wie sie erkennen musste. Ganz im Gegenteil. Als Cleo vor einem Vierteljahr endlich hier angekommen war, hatten sie die fast täglich auftauchenden Nebelbänke über der Bucht und zwischen den Hochhäusern in ein unerwartetes Erstaunen versetzt. Die Stadt der Blumenkinder im Nebel – ihre Illusionen von stetig wiederkehrenden Sonnenstrahlen waren dahin. Wenigstens die zu ihrem farbefrohen sonstigen Outfit unpassende Parka-Jacke trotzte jetzt der Kühle ausreichend.

Ein zu einem schmalen Streifen gefaltetes, in der Grundfarbe hellgrünes und mit farbigen Ornamenten durchsetztes Tuch hinderte als Stirnband um ihren Kopf ihr langes, blondes, mittig gescheiteltes Haar am zu wilden Spiel im Wind, als sie in wippendem Schritt die Folsum Street entlang ging. Cleo hatte ihren halb-täglichen Job in dem kleinen Coffee Shop an der Ecke Langton Street beendet. Es war noch früh am Nachmittag. Das Treiben auf der Straße folgte dem zu dieser Tageszeit üblichen Rhythmus. Chromblitzende Straßenkreuzer fuhren in weiten Abständen vorbei, dazwischen die grün-weißen Busse der San Francisco Muni, der städtischen Transportgesellschaft, und dann und wann ein VW Käfer. Vereinzelte, bieder gekleidete Frauen mit hochtoupierten Frisuren spazierten auf dem Bürgersteig. Einige blieben hier und da stehen und schauten sich Angebote in Fensterauslagen an. Geschäftsleute in ihren grauen Anzügen hasteten vorbei. Doch die meisten Passanten ähnelten, abgesehen von ihren engen Röhrenjeans, mit den farbenfrohen Pullovern in grellen Farben eher Cleo. Hier und da sah man auch Menschen in demonstrativ zur Schau getragenen Militärjacken, obwohl sie ganz offensichtlich nicht der Armee angehörten, wie man an ihren langen Haaren ohne jeden Zweifel erkennen konnte. Bunte Stirnbänder waren en vogue.

Cleos Blick fiel auf die Schlagzeilen im Zeitungsständer vor dem Buchladen an der Kreuzung mit der 7th Street. »*Ronald Reagan gewinnt Wahl / Unser nächster Gouverneur*«.

Cowboy, dachte Cleo, und ihr kam das eine oder andere B-Movie vergangener Zeiten mit Reagan in einer Hauptrolle in den Sinn. Mein Gott, ist das schon lange her! Doch Urzeiten waren es wohl kaum. So alt war sie nun doch nicht. Und er auch nicht, wenn auch deutlich älter als sie. *Der hat doch gerade erst noch gedreht. Wie war der Titel dieser Western-TV-Serie im letzten oder vorletzten Jahr –* ›*Death Valley Days*‹? Wahrlich nicht ihr Fall. Mit ihren zweiundzwanzig Jahren war sie noch jung – und kam sich doch so alt vor. Alt gemessen an dem, was sie schon erlebt hatte. Alt bezogen auf das, was sie vielleicht in den letzten zwei, drei Jahren schon hätte erleben können, wenn ... - Wäre sie doch nur schon früher hier gewesen! Hier war die neue Welt geboren worden. Ein revolutionärer Traum des Zusammenlebens. Geschaffen durch Menschen so jung wie sie, Frauen und Männer, losgelöst von den Vorstellungen ihrer Eltern. Mit Visionen für die Zukunft.

Ein kleiner Junge kam um eine Ecke gerannt und stolperte, als sein Fuß am Bordstein abrutschte. Cleo regierte blitzschnell und konnte seinen Sturz auffangen. Der kleine Mann wusste nicht recht, wie ihm geschah. Sein Gesicht löste sich erst nach zwei Sekunden aus der Schreckstarre. Er begann zu lächeln, als er dankbar in Cleos Augen schaute.

»Danke, Ma'am.«

Mit einem erleichternden Seufzer löste er sich aus ihrem stützenden Griff und rannte weiter. Cleo sah ihm lächelnd hinterher.

Vor drei Monaten hatte sie ihren ersehnten Schritt gewagt, hatte Anfang August ihre Reise im Zug quer über den Kontinent in nervöser Anspannung erlebt, die trotz der langen Fahrtzeit nicht nachließ – nicht in Ohio, nicht in den weiten Ebenen Nebraskas, erst recht nicht beim atemberaubenden Überqueren der Rocky Mountains. Sie hatte beschlossen und die Überzeugung gewonnen, dass 1966 ihr Jahr werden würde, der entscheidende Einschnitt in ihrem Leben. Es gab so viel, so unendlich viel, das sie hinter sich gelassen hatte. Aber es musste sein. Die San Francisco Bay hatte sie aufgesogen. Jetzt war sie ein Teil dieser in einem neuen Geist pulsierenden Stadt geworden.

Cleo bog in die Harriet Street ein. Nach wenigen Schritten erreichte sie das Haus, in dem sie vor einigen Wochen zu ihrer großen Glückseligkeit in einer kleinen Kommune Aufnahme gefunden hatte. Die in einem cremig-hellen Grün eingefärbte Hausfront stand direkt am Bürgersteig, bündig mit den beiden Nachbarhäusern lückenlos in einer Reihe. Kleine eingearbeitete Erker lockerten ebenso wie ähnliche am rechten Nachbarhaus die Fassade auf und versprachen dem Betrachter, dass das Innere der Wohnanlage gemütliche Ecken bot. Durch die Tür neben dem Garagentor trat Cleo ein und stieg die Treppe zu dem Stockwerk darüber hinauf.

»Hi, bin zurück!«, rief sie in die Wohnung hinein, als sie ihre Jacke an einen der Wandhaken hängte. Angela streckte den Kopf aus der Küche heraus. Ihre großen Augen strahlten fast kreisrund, als sie die Heimkehrerin ansah. Das breite Lachen in ihrem kaffeebraunen Gesicht repräsentierte wie immer den warmherzigsten Willkommensgruß, den Cleo sich nur vorstellen konnte. Angela war der gute Geist der Truppe. Als einzige Farbige in dem Heer der lokalen Hippies kam ihr eine Ausnahmestellung zu. Sie war der Exot – nicht nur in dieser Wohnung, sondern in dem ganzen Block. Chinesen gab es in diesem etwas heruntergekommenen Vergnügungsviertel reichlich. Aber Briketts? Cleo hatte sich geschüttelt, als sie das erste Mal die diskriminierende Bezeichnung für Farbige gehört hatte. Selbst die progressiven Hippies – die meisten aus gutem Hause – kämpften in einer Form mit Vorurteilen, die Cleo sich vorher nicht hatte vorstellen können. Sogar die Kommunen waren auf ihre Art elitär, obwohl es ihnen an weltlichen Statussymbolen zuhauf fehlte und sie unkonventionelle Formen des Zusammenlebens suchten. Briketts hatten hier nichts verloren. Im Allgemeinen zumindest. Angela war die große Ausnahme. Und Cleos beste Freundin.

»Hi, Cleo! Die anderen sind auch hier.«

Cleo umarmte Angela, ging dann an ihr vorbei in die große Gemeinschaftsküche. Am Tisch saßen Ben und die Rote Lory. Charly stand am Herd als Wächter der heißen Töpfe und heute Angelas rechte Koch-Hand. Cleo warf ihre Arme auch um Charlys Hals, dann drückte sie Lory einen Begrüßungskuss auf und beugte sich schließlich zu Ben hinunter, um ihn wortlos etwas länger zu herzen.

»Was gibt's?«

»Spaghetti, Schätzchen.« Angela fuhr mit ihrer Lippe genüsslich über ihre Oberlippe, als schleckte sie sie ab.

»Großartig. Habe einen Mordshunger.« Cleo setzte sich auf den Stuhl neben Ben. »Und? Wie war euer Vormittag?«

»Normal.« Ben zuckte dabei mit den Schultern.

»Ach was! Von wegen normal. Charly hat einige neue Riffs geübt. Klang richtig gut.« Lory schwärmte von den Gitarren-Übungen ihres Freundes, spielte während dieser Worte mit einem Finger in den Locken ihrer langen, roten Haare. »Und dann hat er noch *Mr. Tambourine Man* nur für uns zum Besten gegeben. – Echt, Charly, den Song hast du drauf, als sänge Bob persönlich.« Dabei lächelte Lory den Gelobten an, ihre Bewunderung war nicht gespielt.

Cleo stand auf und ging hinüber zum Küchenschrank, griff die mit dem Aufkleber ›Kasse‹ gekennzeichnete Dose und steckte eine Fünf-Dollar-Note und einige Münzen hinein. Sie schätzte, dass sich jetzt ungefähr vierzig Dollar angesammelt hatten.

»Mein Beitrag für heute«, grinste sie Angela an und kniff ein Auge zu. »War ein guter Tag.«

Dann setzte sie sich wieder in die Runde. Charly und Angela tischten auf. Während des Essens tauschten alle ihre Berichte über die sonstigen Unwichtigkeiten des Vormittags aus, bevor ihre Themen zu Bedeutsameren wie dem seit einem Monat geltenden LSD-Verbot oder den Musik-Ereignissen und privaten Happenings der nächsten Tage schwenkten. Vor allem Lory und Charly waren wie immer bestens informiert. Dazu trug sicher auch bei, dass Charly viel in den Straßen von San Francisco musizierte, um die Haushaltskasse nachhaltig aufzufüllen. Charly und seine Gitarre waren ein Begriff an der Bay. Sein langes, schwarzes Haar fiel glatt bis auf die Schultern, wenn er es nicht wie heute zu einem Pferdeschwanz gebunden hatte. Sein Oberlippenbart unterstrich sein mystisches, südländisches Aussehen, das aber jedem Fremden einen falschen ersten Eindruck vermittelte, da Charlys Familie aus Nordeuropa stammte und schon seit Generationen in Oregon lebte.

So angeregt die beiden sowie Cleo und Angela schwatzten, so ruhig wohnte Ben der Diskussion bei. Das war so seine Art. Er hielt sich lieber zurück, spielte mit dem Besteck, brummelte nur dann und wann etwas durch seinen Bart, der gemeinsam mit dem genauso krausen Haupthaar den dunklen Rahmen für sein Gesicht formte. Nicht ohne Grund nannte Cleo ihn oft liebevoll ihr ›Bärchen‹. Auch sein leichter Bauchansatz und das pausbäckige Gesicht untermauerten den Kosenamen des Dreiundzwanzigjährigen.

Nach der Mahlzeit zogen sich alle zurück. Cleo relaxte bei Ben. In dem karg eingerichteten Raum hingen Poster der Byrds, der Beatles und von Jefferson Airplane an der Wand. Dazwischen, kleiner, aber zentral angeordnet, ein Foto des ermordeten John F. Kennedy und seines Bruders Robert, der verbliebenen großen Hoffnung der jungen Generation Amerikas. Eine dicke Matratze lag ebenerdig, daneben stand ein kleiner Tisch. Statt eines Schrankes beherbergte ein offenes, bis zur Decke reichendes Regal Bens Habe. Eine bauchige Lampe aus Reispapier baumelte mittig an einem langen Kabel von der Decke.

Als sie nebeneinander auf der Matratze lagen, strich das ›Bärchen‹ seiner Partnerin sanft über den Körper. Cleo drehte sich ab.

»Sorry, Ben, aber ... mir ist nicht danach. Es passt zurzeit auch nicht.«

Ben verstand. Cleo war unpässlich. Er rechnete die Tage, zu denen ein gemeinsamer Verkehr gefahrlos möglich war, nie so genau nach. Er verließ sich da ganz auf das vermeintlich schwache Geschlecht. Cleo war das sehr recht. So hatte sie immer die Kontrolle. Und sie nutzte diese aus. Sie brauchte das. Ben war ein lieber Kerl, aber für sie nur das, mehr nicht. Sie genoss seine Nähe, das Gefühl der Geborgenheit. Und sie liebte die revolutionäre Zeitenwende, durch die man seine Zuneigung, seine Liebkosungen und sogar den Flüssigkeitsaustausch ohne Trauschein nicht wie ein Schwerverbrecher verheimlichen musste. Wenn ihre Eltern sie so erleben würden – sie würden es nicht verstehen, Cleo vielleicht verstoßen. Doch verstand sie den Begriff der freien Liebe nie so weit, dass es jede munter mit jedem treiben sollte. Auch wenn sie sogar schon Nächte mit Charly verbracht hatte. Aber das war etwas anderes. Charly war nicht ›jeder‹. Er gehörte zur Familie. Und Ben hatte geschluckt, aber verstanden. »Nur wer Freiheit liebt, kann binden«, hatte Cleo gesagt. Und Ben hatte genickt.

Gab es doch tatsächlich niemanden, für den Cleo sich bedingungslos in Liebe gehen lassen würde. Für Ben nicht, für Charly nicht, für niemanden. Sie wünschte sich so jemanden herbei, auch wenn sie das nie offen eingestehen würde. So etwas war out. Komplett out. War nicht angesagt. Doch Cleo spürte ihre Sehnsucht. War es nicht dieses Gefühl, das sie seit ihrem Verlassen der Ostküste immer wieder trieb?

Sex war auch ihr wichtig, sehr sogar. Aber nicht jederzeit. Cleo hoffte inständig, dass niemand mitbekäme, dass sie schon seit vielen Wochen die Pille nahm, die ihr vorkam wie eine Gabe der Götter, und somit nicht mehr auf das Ausrechnen angewiesen war. Und noch inständiger, dass Ben sie nicht verdammen würde, sollte dieses kleine Geheimnis eines Tages platzen. Weh tun wollte sie ihm nicht. Sie genoss den gemeinsamen Sex. Aber tief in ihrem Innern wusste sie: nicht aus Liebe.

»Na klar, Cleo. Ist schon okay.« Ben lächelte verständnisvoll. »Einen besonderen Musikwunsch?«, fragte er, als er zu dem Plattenspieler hinübertapste.

»Die Byrds wären nicht schlecht. Oder die Jeffersons.«

Mit einem kurzen Ratschen fand die Nadel die Rille. Während die Stimmen von Roger McGuinn und David Cosby die fünfte Dimension besangen, fingerte Ben zwei Stückchen Löschpapier aus einem Umschlag, den er zwischen den Büchern des Hängeregals hervorgezaubert hatte.

»Hier, Honey. – Ist doch okay, oder?«

»Ja, Ben, sehr sogar.«

Cleo nahm den mit LSD getränkten Schnipsel entgegen und legte ihn auf die Zunge.

»Komm, Cleo, wir verdunkeln.«

Sie kannten die Wirkung von hellem Licht während eines Trips nur zu gut. Die Reise war weitaus angenehmer, wenn man jegliche grelle Blendung ausschloss. So standen sie am Fenster, um die Vorhänge zuzuziehen. Sie hatten keine Eile. Bis zur Entfaltung der Wirkung würden noch einige Minuten vergehen.

»Schau, sie sind wieder da.«

Ben zeigte nach unten auf die andere Straßenseite. Vor der gegenüberliegenden Lagerhalle parkte der alte, ursprünglich einmal gelbe Schulbus aus den dreißiger Jahren, den die Merry Pranksters mit grellen Leuchtfarben in ausschweifenden und fantasievollen Ornamenten und Formen bemalt hatten. Sie setzten ihn für weite Reisen oder lokale Events publikumswirksam ein, auf denen sie ihren eigenen Horizont sowie den der anderen Menschen mit und ohne Drogen, aber immer mit viel Musik und Lautsprecher-Tamtam erweiterten.

»Ist Ken dabei?«

Ben schüttelte mit dem Kopf. Er konnte Ken Kesley, den Anführer der verrückten Truppe, nirgends entdecken.

»Aber die meisten anderen sind da.«

Er hatte schnell sechs oder sieben Leute gezählt, alle in weißen Overalls mit aufgenähten, über den ganzen Rücken reichenden dunkelblauen, runden Patches, die jeweils einen großen, weißen Stern in der Mitte und zwölf kleine um ihn herum zeigten.

»Aber das sieht mehr nach Abreise auf, als dass sie wirklich wieder da sind.«

Die Männer und Frauen luden Sachen in den Bus, die sie zum Teil aus der Lagerhalle holten, zum anderen Teil auf dem freien Gelände an der Halle einsammelten.

»Kennst du den da?«

Cleo zeigte auf einen der Overall-Männer rechts neben dem Bus. Er trug mittellanges, dunkelblondes Haar, sein Kinn schien im Gegensatz zu dem der anderen Männer frisch rasiert. Das kantige Gesicht wirkte schlank.

»Ich weiß nur seinen Namen. John. Er ist erst seit wenigen Tagen dabei.«

»John ...«, murmelte Cleo. Ihr Blick klebte an dem Gesicht des bisher Fremden. Sie wusste nicht, ob das Kribbeln in ihrem Bauch von der Droge oder dem Anblick kam.

»Ob die Acid-Test-Graduation vorige Tage ihre Abschiedsvorstellung war?«

Cleo spielte auf das farbenfrohe Spektakel zu Halloween mit seinen skurrile, kunstvolle Darbietungen, Rock-Musik und ausgeflippten Selbstdarstellungen an. Tagelang hatten die Pranksters die Lagerhalle hergerichtet – und dann waren alle gekommen, um dabei zu sein. Wirklich alle. Es schien, als hätte sich die gesamte In-Crowd San Franciscos in ihrer Straße getroffen. Ein Mega-Happening.

»Ich weiß nicht, Cleo. – War schon extrem. So viele Leute der ›feineren Gesellschaft‹ habe ich selten bei den Tests gesehen. Schick herausgeputzt, edle Schuhe, sogar angelegte Klunker. Das war schon ein komischer Misch-Masch. Ich fürchte, jetzt wollen alle an der Bewegung teilnehmen. Selbst das Fernsehen war da. Jeder will ein Hippie sein. So sieht es jedenfalls aus.«

»Ob ein jeder von denen schon einmal Acid genommen hat?«

»Garantiert nicht. Die kennen bestenfalls die drei Buchstaben, das L, das S und das D. Aber auf einem Trip waren die meisten von denen, die Halloween dabei waren, mit Sicherheit noch nicht. – Das Wort Acid sagt denen bestimmt etwas. Aber die wissen überhaupt nicht, worum es wirklich geht.«

»Wissen wir es?«

»Bisher schon. Zum Beispiel auch jetzt.« Dabei lachte Ben und zog den Vorhang zu. »Komm, Baby, auf die Reise!«

Cleo warf noch einen letzten Blick auf John, dann griff sie die andere Stoffbahn und beförderte sie mit einem Schwung vor das Fenster.

Die Klänge aus der Musik-Anlage fingen sie ein. David Crosby sang in steter Folge den Satz, dass er nicht wüsste. Rogers hell klingende Gitarre gab wieder und wieder die hinwegtragende Antwort, als Cleo und ihr Bärchen sich auf der Matratze austreckten und mit geschlossenen Augen dem folkloristischen Rock der Byrds lauschten. Ben drehte nach kurzer Unterbrechung die Platte auf die andere Seite, und die Gitarrenklänge katapultierten sie mehrstimmig *Eight Miles High*. Erste Farben tanzten vor Cleos Pupillen. Sie streckte sich auf der Matratze aus. Die Luft begann zu flimmern. Die Vorhänge an den Fenstern wiegten sich hin und her, immer schneller. Ben mit seinem grün-violetten Gesicht tanzte vor ihr auf und ab. Die hellen Gitarrensounds verschmolzen zu einem noch helleren, engel-ähnlichen Gesang. In Paul McCartneys Poster-Gesicht quollen die Augen langsam hervor, bildeten elastische Röhren, die mit der Pupille Cleo ins Visier nahmen und zurückfederten. Die Gläser in John Lennons Nickelbrille wechselten ihr Aussehen wie zusammenfließende Farben. Obwohl Cleo die Matratze in ihrem Rücken spürte, empfand sie das Schweben ihres Körpers wie ein Auflösen in sphärischen Klängen. Bens Gesicht hatte jetzt eine rot-gelbe Färbung angenommen. Sein vorher schwarzes Haupt- und Barthaar rahmte es schlohweiß ein. Cleo hätte ihm gern ihre Hand in die Locken gesteckt, doch sie konnte sich nicht rühren.

»Du brauchst jetzt eine Santa-Claus-Mütze«, flüsterte sie. Doch sie spürte, dass keine Silbe über ihre Lippen kam. Beim Gitarrensolo des Byrds-Stücks entrückte sie wie eine abhebende Rakete. So müssten sich die Astronauten des Apollo-Programms fühlen, wenn sie demnächst erstmals zum Mond aufbrechen würden. Oder hatte sich Gordon so gefühlt, als er bei seinen letzten Erdumkreisungen die Kapsel verlassen durfte? Ihre Gedanken schweiften in das Innere einer Gemini-Kapsel. Dort mit der richtigen Musik dabei sein – das wär's. In wenigen Tagen startete die nächste ...

In diesem Mix aus verklärten, skurrilen Wahrnehmungen, hinwegtragender Musik und realistischen Gedanken trieb Cleo in einem Glücksgefühl, dass sie ohne Drogen selten empfand. Diese Leichtigkeit erschien ihr als das Erstrebenswerteste auf der Welt. – Zumindest in diesem Augenblick.

Sie kuschelte sich an Ben. Obwohl die Dämmerung noch nicht eingesetzt hatte, eröffnete sie die sich lückenlos anschließende Nacht, als sie sich trotz ihrer vorgegebenen Unpässlichkeit nicht wehrte, während Ben ihr das Shirt abstreifte.

So endete der Tag, an dem Cleo zum ersten Mal John gesehen hatte.

2010 - Gewittersturm

Die Wolkenfront weit vor ihm verhieß nichts Gutes.

Robert strampelte in seinen Gefühlen für und wider Britta. Nun kämpfte er sich schon den siebten Tag über die Highways. Doch er hatte seine Ex-Freundin noch immer nicht abschütteln können.

Er war im Staat Georgia gestartet, hatte Alabama durchquert. Jetzt kämpfte er sich im Bundesstaat Mississippi dem gleichnamigen Fluss entgegen. In dem topfebenen Land wechselten sich Felder und Grasflächen ab. Vereinzelte Bäume oder hier und da auch kleine Baumgruppen boten die einzigen Abwechslungen in dem auf den Radfahrer frustrierend wirkenden Anblick.

Und nun zu allem Überfluss die tiefdunkle, graue Wand über die gesamte Breite des Horizonts!

Die bisher vorherrschenden weißen Wolken vor blauem Himmel hatten sich verzogen und ein Szenario zurückgelassen, das Robert bei seinen Reiseplanungen als den schlimmsten möglichen Fall eingestuft hatte – er allein auf seinem Rad in der Mitte von Nirgendwo, konfrontiert mit heftigen, unausweichlichen Regenstürmen durchsetzt mit Blitzen. Das Donnergrollen allein würde ihm nicht wehtun – aber dessen Ursache war der schlimmste Feind: elektrische Ladung, die ihren Weg des geringsten Widerstands suchen würde - ihn.

Batesville, der letzte Flecken, lag schon zu weit hinter ihm. Ein Rennen zurück in diese Richtung würde er gegen diese übermächtige, alles verschlingende Macht verlieren. Weder links noch rechts in der Landschaft konnte Robert irgendwelche Ortschaften oder Häuser entdecken. Lediglich vor ihm, vielleicht noch drei Kilometer entfernt, bot sich ein kleines Haus nur wenige Steinwürfe neben der Straße als Rettungsanker an. Robert strampelte, was das Zeug hielt. Die Wand vor ihm wuchs immer bedrohlicher. Irgendwo da vorn, es mochten mittlerweile nur noch sechs oder acht Kilometer sein, verschwand die Straße in dem dunklen Grau. Er wusste um die rasenden Geschwindigkeiten, die solche Stürme entwickeln konnten. Er hatte keine andere Wahl und hielt mit aller Kraft darauf zu. Dieses Haus oder keines.

Jetzt waren es wohl nur noch vier Kilometer, die ihn von diesem Dunst-Koloss trennten. Doch hatte er viel auf dem Weg zu seinem ersehnten Ziel gut gemacht. Das war vielleicht noch ein Kilometer, mehr nicht, da war er sich sicher. Er legte sich ins Zeug, was seine Beine hergaben. Erste Tropfen fielen. Ein Anlegen der Regenkleidung kam jetzt für ihn nicht mehr in Frage. Lieber durchnässt werden als in den Gewittersturm selbst hinein geraten. Robert kämpfte und schnaubte.

Als das Wasser bereits wie ›Katzen und Hunde‹ herunter peitschte, klopfte Robert heftig an der Tür des Holzhauses, konnte das Prasseln des Regens kaum übertönen. Wenige Sekunden später wurde ihm geöffnet.

»Guter Gott!«, tönte es ihm entgegen. Zweifelsfrei kein Gruß. Die Frau in ihrem bunten Blümchen-Hausmantel starrte ihn entgeistert an, blickte dann an ihm vorbei. Ihre Augen suchten den nicht eingezäunten, ungepflasterten, bis vor wenigen Minuten wahrscheinlich noch staubigen Vorhof ab.

»Kein Auto ... Sie sind mit dem Fahrrad hier?«

Die Abfolge ihres Ausrufs, ihres Absuchens und ihrer erstaunten Frage erfolgte so schnell, dass Robert nicht einmal einen Gruß dazwischen schieben konnte. Stattdessen schnaubte er noch immer außer Atem nach seinem Parforce-Ritt. Jetzt endlich war es an ihm.

»Entschuldigen Sie, Ma'am. Ich bin heute auf dem Weg nach Helena. Aber ich werde es jetzt nicht einmal bis zum nächsten Ort schaffen. Können Sie mir Schutz gegen das Monster dort bieten? Es würde mich sehr freuen.«

Robert wusste nicht, ob sein Gesichtsausdruck das Mitleid der Dame oder ihr Misstrauen wecken würde. Aber er war entschlossen, diesen Ort nicht vor Ende des Sturms zu verlassen – ob im Haus oder außerhalb.

»Aber natürlich! Kommen Sie herein, junger Mann! Schnell herein!«

Robert atmete tief aus. In seiner Erleichterung wollte er gerade den Schritt hinein machen, als ihm etwas siedend heiß einfiel.

»Oh, `tschuldigung, Ma'am. Mein Rad – kann ich das auch irgendwie unterstellen?«

Er hatte das dumpfe Gefühl, dass der Sturm das Gepäck auf und seitlich an seinem Fahrrad arg zerfleddern, womöglich sogar alles miteinander fortwehen würde.

»Natürlich! Nur herein damit.«

Sie hielt ihm die Tür auf, damit er seine Fuhre hinein schieben konnte. Ganz offensichtlich hatte die Frau keine Probleme damit, dass der Holzboden des weiten Flures nun mit Wasserpfützen überdeckt und durch den Dreck der Reifen beschmutzt wurde. Sie bat ihn, seine nasse Überkleidung abzulegen und an einem der Wandhaken aufzuhängen.

Robert wechselte schnell sein Hemd und folgte der Frau in den Wohnraum. Dieser füllte die gesamte Breite dieser Hausseite aus. Die Fenster der Vorderfront gaben den Blick in Richtung des Highways frei, die rückwärtigen, vor denen eine offene Küchenecke in das Zimmer integriert war, den auf die Weite der Felder. Wobei das Wort ›Weite‹ jetzt doch maßlos übertrieben war. Denn das tiefdunkle Grau hatte dem Panorama auf beiden Seiten jegliche Ferne geraubt.

An der Giebelseite streckte sich ein Kamin mit offener Feuerstelle nach oben – das einzige gemauerte Hausteil, soweit Robert das einschätzen konnte.

»Kaffee?«

Robert hatte diese Standardfrage schon erwartet – nein, erhofft. Obwohl die Außentemperaturen weiß Gott nicht niedrig waren, sondern im Gegenteil eher warm und schwül, spürte er ein leichtes Frösteln. Dieser Mix aus Anstrengung, Feuchtigkeit vom Schweiß und dem ersten Regen sowie der jetzt nach dem Gewaltritt der letzten Kilometer schleichend Besitz ergreifenden Erschöpfung schrie nach Kaffee.

»Gern, Ma'am, mit dem größten Vergnügen.«

Dankbar griff er den Pott. Der Dampf des heißen Getränks schlug sich auf seinem angeschwitzten Gesicht nieder, als er die Tasse ansetzte und beim Schlürfen seine Nasenspitze in den Becher ragte.

»Sie reisen wahrlich außergewöhnlich.«

Die Feststellung der Frau freute Robert. Schön, dass das Gespräch nicht mit der üblichen Frage nach der Herkunft begann, woher er komme, aus welchem Land, sondern mit einem Lob für seine extreme Idee. Sie hatte ihn offenbar nicht als Ausländer erkannt. Es erfüllte Robert mit Stolz. Wie hatte er immer an seiner Aussprache der fremden Sprache gefeilt. Es schien ihm vollauf gelungen zu sein.

Die Einfachheit des Hausäußeren setzte sich hier im Innern fort. Billige Tapeten klebten an den Wänden. An zwei, drei abgerissenen Ecken blitzte zwischen den blassen Blümchenbildern das nackte Holz darunter hervor. Vier Fotos in einfachen, unverglasten Plastikrahmen auf dem Kaminsims zeigten eine Personengruppe – jede Abbildung dieselben Menschen, doch zu unterschiedlichen Zeiten und an unterschiedlichen Orten. Zweifellos die Gastgeberin. Dazu ihr Mann und ihre beiden Kinder?

Das Trommeln des Regens auf das Dach und gegen die Fenster nahm zu. Prasseln, dem Stakkato eines Maschinengewehrs gleich. Robert blickte zum Fenster hinaus und starrte einige Augenblicke lang in das Wasserwerk.

»Normal?«

»Normal, junger Mann. Sie sind nicht von hier, stimmt's?«

»Stimmt, Ma'am. Nicht einmal aus Amerika. – Aus Deutschland.«

»Deutschland? Gosh!«

Sie stand da und schüttelte ihren Kopf.

»Da wollte ich auch schon immer gerne einmal hin. Bier trinken auf dem Oktoberfest. Aber es hat sich nie ergeben. Außerdem ... Ist es dort nicht sehr gefährlich?«

»Gefährlich, Ma'am? Was meinen Sie?«

»Nun ja, so dicht am Iran?«

Robert war perplex. Der Mund stand ihm offen. *Dicht am Iran?*

»Aber – das sind drei- oder viertausend Kilometer bis ... also zweitausend Meilen bis dorthin. Das ist doch nicht ›dicht‹.«

Die Frau blickte ihn skeptisch an. Glaubte sie ihm nicht?

»Zweitausend Meilen? Sicher? – Und wenn schon, das ist verdammt dicht an einem Pulverfass.«

Ihr Nicken gab ihren Worten den letzten Nachdruck. Robert erwiderte nichts. Robert staunte.

»Aber wahrscheinlich fühlen Sie sich im Schutz durch unsere Army ziemlich sicher. Das kann ich gut verstehen.«

Roberts Mund stand noch immer offen. Dann rappelte er sich zu einer kurzen Antwort auf.

»Ja, Ma'am, so wird es sein.«

Er wusste nicht, ob er loslachen sollte. Die Army beschützte Deutschland vor dem Iran. Mein Gott, was wäre ohne die Army passiert? Wäre Deutschland schon vom Islam überrollt und ein Land voller Moscheen geworden? Robert grinste.

»Und die Politik-Veränderung durch Obama scheint es noch einfacher zu machen.«

»Was meinen Sie, junger Mann?« Die Frau sieht in wie entgeistert an. »Obama? Der Herr hätte uns besser vor diesem Muslim verschont. Ein halber Afrikaner ist Präsident. Gott gebe uns einen Amerikaner zurück in das Amt.«

Oje. Da hatte Robert wohl kräftig ins Fettnäpfchen getreten.

»Bush demonstrierte die Stärke, die die Welt verstehen muss. Aber Obama? Unser mächtiges Land hat jemand besseren verdient. Nicht so einen Schwachkopf. Und Linksverdreher.«

Robert nickte.

»Sicher, Ma'am, sicher.«

Er nippte wieder an seinem Kaffee und hoffte, dass er nicht weiter über dieses Thema sinnieren müsste.

»Schmeckt der Kaffee?«

»Oh ja, Ma'am. Danke.«

Sie nickte erfreut und lächelte.

»Sagen Sie es, wenn Sie noch einen wollen. Ja, ich weiß, mein Kaffee ist wahrlich nicht schlecht."

Das Prasseln der Sintflut hatte mittlerweile etwas heimelig Gemütliches bekommen, obwohl der Lärm einen Hang zum Ohrenbetäuben hatte. Neben dem Kaffeeduft umströmte das Gefühl von Gemütlichkeit Roberts Sinne.

»Wie lange wird das anhalten, Ma'am?«

Sie zuckte mit den Schultern.

»Keine Ahnung.«

Sie griff die Fernbedienung, die auf dem Couchtisch lag, und schaltete den Fernseher ein. Flink zappte sie zu einer lokalen Wetterstation durch. Robert verfolgte die von Störungen unterbrochenen Farbenspiele auf der Landkarte von Mississippi und die durchlaufenden Orts- und Temperatur-Angaben.

»In der Nacht ist es vorbei.«

Robert konnte ihre Zeitangabe nicht recht einordnen. Meinte sie die dunkle Nacht oder den Abend? Beides war bei diesem Ausdruck möglich. Doch beides war auch egal. Wann auch immer das Monster da draußen vorbeigezogen sein würde – es wäre für eine Weiterfahrt zu spät. Und Robert wüsste nicht, wohin er sich wenden sollte. Er hatte zu wenig an Vorstellung von dieser Gegend. In seinem Tagesplan hatte er sich zu sehr auf das Überqueren des Mississippis und das Erreichen der Gegend um Helena verlassen. Makulatur.

»Was schlagen Sie vor, Ma'am? Bis wohin kann ich nach dem Sturm noch fahren?«

Die Frau zog ihre Augenbrauen hoch.

»Sie machen Witze. Das sollten Sie sich aus dem Kopf schlagen. Sie wollen doch nicht wirklich in die Dunkelheit radeln, oder?«

Natürlich wollte Robert nicht. Er schüttelte den Kopf.

»Sie bleiben hier, junger Mann.«

»Ich ... ähm ...«

Die Gedanken schossen Robert wild im Kopf umher. Wie sollte er reagieren. Er war heilfroh über das Angebot. Aber eine Gegenleistung müsste nach seiner Meinung sein. Jedoch wollte er die Frau keineswegs mit einer angebotenen Bezahlung brüskieren.

»... ich ... Also das kann ich so nicht annehmen.«

„Sie können, junger Mann, Sie können."

»Wie ... wie macht man das denn bei Bed and Breakfast?«

Sie blickte ihn an. Ihr Gesichtsausdruck wandelte sich in ein breites Lächeln.

»Nun ja, was bezahlen Sie denn auf einem Campingplatz?«

»Ganz unterschiedlich. Je nach Gegend und Ausstattung zwischen zehn und fünfundzwanzig Dollar.«

»Okay, junger Mann. Sagen wir zwanzig – und ich mache Ihnen noch ein komfortables Frühstück. Zum Abendessen sind Sie natürlich herzlich von mir eingeladen. Ich habe noch eine riesige Pizza im Tiefkühler. Abgemacht?«

Ihr Lächeln war entwaffnend. Für eine Übernachtung war der Preis hoch. Doch mit den Mahlzeiten wiederum niedrig. Und Robert hatte ein Problem gelöst. Er hatte ja keine wirkliche Wahl.

»Abgemacht, Ma'am.«

»Ach, hören Sie doch auf mit dem ›Ma'am‹. Ich bin Rita.«

»Ich heiße Robert.«

Nicht ganz überraschend hatte Rita kein Gästebett zur Verfügung. Aber Robert erklärte sich mit dem Sofa einverstanden. Er zog es sowieso vor, in seinem Schlafsack zu nächtigen. Nachdem dies geklärt war, machten sie es sich gemütlich. Rita hatte eine weitere Ladung Kaffee produziert. So hockten sie dann in den beiden Sesseln und lauschten dem noch immer heftigen Trommeln auf dem Dach.

Robert ließ den Blick noch einmal kreisen.

»Schön hast du es hier, Rita. Wirklich schön.«

Er schloss seine Feststellung mit einem demonstrativen Lachen ab, als er Rita ansah. Erst jetzt versuchte er, ihr Alter zu schätzen. Sie mochte etwa doppelt so alt sein wie er, vielleicht etwas jünger. Bisher hatte er nicht darüber sinniert. Sah eine typische amerikanische Hausfrau so aus? Sie war sicher nicht auf Besuch eingestellt gewesen. Dennoch schien sie keinerlei Problem damit zu haben, dass sie mit ungemachten Haaren und in einer Art Bademantel einem Fremden gegenüber saß. Das war sicherlich nie und nimmer typisch. Erst jetzt, auf den zweiten Blick fiel ihm auf, dass ihr Gesicht komplett geschminkt war, obwohl das nicht zu übersehen gewesen war. Seine Gedanken hatten bisher mehr um das Monster als um seine Gastgeberin gekreist.

»Na ja, geht so.« Erst Ritas Erwiderung erinnerte ihn wieder an seine Feststellung. »Das Leben hätte auch anders laufen können.«

Schlechter oder besser? Robert traute sich nicht, die Frage zu stellen.

»Du lebst allein?«

Rita zuckte ein wenig, als sie diese Frage hörte. Sie kniff die Augen ganz leicht zusammen und fixierte Robert. Nach wenigen Sekunden löste sich die Anspannung wieder.

»Ja, meistens allein.«

Robert nickte mehrfach mit kurzen Bewegungen und hoffte, dass sein Blick so etwas wie Bewunderung ausdrückte.

»Das hier ist eine Farm?«

»Hm, Farm ist etwas hoch gegriffen. Aber doch, ja. Sie wirft nur nicht so viel ab.«

»Genug zum Leben?«

»Ach, Schätzchen, das reicht hinten und vorne nicht. Ohne die Unterstützung durch meinen Sohn – er ist gerade in Afghanistan – und die Lebensversicherung meines Mannes – Gott habe ihn selig – sähe es alt aus. Aber alles zusammen – ja, das reicht.«

Hatte Robert bei den ersten Worten noch geglaubt, Rita würde in eine Art Selbstmitleid abdriften und, wenn es ganz schlecht liefe, sogar in einen Tränenausbruch abgleiten, so schaute er jetzt in ein wahrlich vergnügtes Gesicht. Rita lachte.

»Ist es nicht sehr einsam hier draußen?«

»Du sagst es.«

»Warum gehst du nicht fort?«

»Weg? Wie denn? Einfach alles hier stehen und liegen lassen? Und wovon soll ich dann leben? Wo wohnen?- Einfach weg. Das wär's.«

»Verkaufe ...«

»Verkaufen?«, fuhr sie ihm dazwischen. Robert glaubte in dem Moment, ihre Sentimentalität tief getroffen zu haben. Aber er irrte.

»Das hier kauft doch keiner. Käme einer und böte mir nur einen halbwegs annehmbaren Preis – du glaubst gar nicht, wie schnell ich hier weg wäre. Aber das ist aussichtslos. Kein Mensch kauft hier draußen. Nicht einmal zum Viertel des Wertes. Schau dir die riesigen Farmen mit den hochindustrialisierten Abläufen an. Die machen uns Kleine alle platt. Seit Jahrzehnten schon. Und kommen selbst kaum über die Runden. Das Farmer-Dasein ist kaputt. Vergangenheit. Der alte, weite Westen stirbt.«

Robert verstand, zumindest glaubte er das. Rita erzählte noch viel über das Leben hier draußen. Von alledem blieb bei ihm nur eines hängen – Einsamkeit und Langeweile. Als wäre der Fernseher die einzige Verbindung in die Welt. Unterbrochen von den Erinnerungen an ihren Mann und der Sehnsucht und Sorge bei den Gedanken an ihren Sohn.

»Er kämpft für unsere Stärke. Ich bin sehr stolz auf ihn.«

Doch ihr Gesicht sprach etwas anderes. Während sie so erzählte, wurde Robert bewusst, wie sehr er und alle Deutschen mit dem Frieden der letzten Jahrzehnte verwöhnt worden waren. Keine kriegerischen Aktionen zwischen dem Ende des zweiten Weltkrieges und den Einsätzen in Afghanistan. Und die Amerikaner? Sie kamen nie zur Ruhe. Auf den Koreakrieg folgte das Säbelrasseln über Kuba. Dann Vietnam. Ein Schlachtfeld, das mit dem Riss durch die US-Bevölkerung seinen schmerzvollen Ableger mitten hinein in die Vereinigten Staaten legte. Scharmützel mit Teheran, Überfall auf Grenada, dann der Irak-Krieg und jetzt Afghanistan. Irgendwo brannte immer etwas.

Und Rita war stolz.

Als sie die Pizza servierte, kramte sie aus einem der Küchenregale noch eine Flasche Rotwein hervor. Zur Feier des Tages. Robert zog es beim ersten Schluck sämtliche Mundmuskeln zusammen. Doch er machte gute Miene.

Zweiundzwanzig war Jason, ihr Sohn. Kräftig gebaut. Ein wahres Mannsbild. So beschrieb sie ihn. Rita erwartete einen spürbaren

Aufschwung für die Farm, wenn Jason wiederkäme. Irgendwann. Sie glaubte nicht mehr daran, von hier dauerhaft wegziehen zu können.

Von ihrer Tochter hatte sie schon lange nichts mehr gehört. Sie war drei Jahre zuvor von einem Tag auf den anderen verschwunden. Mit irgendeinem Dahergelaufenen. Zwar hatte es danach noch einzelne Anrufe von der Westküste gegeben, doch die jetzt Vierundzwanzigjährige hatte seit fast zwei Jahren nun nichts mehr von sich hören lassen. Tränen rannen über Ritas Gesicht.

»Scheiß Land«, rutschte es ihr heraus.

Robert konnte fast greifen, wie sich ihre Gedanken im Kreis drehten. Vorsichtig und behutsam lenkte er das Gespräch auf Deutschland, berichtete von der kleinen Nation jenseits des großen Teiches. Er spürte, wie Rita sich beruhigte und an den klischeehaften Bildern von Burgen, Schlössern und Flüssen hängen blieb. Ihr Mann war vor langer Zeit für drei Monate in Europa stationiert gewesen, bei ›Kaaserslotern‹. Robert lachte, verstand aber, welchen Ort in der Pfalz sie meinte.

Es hatte aufgehört zu regnen. Das Prasseln war einer Ruhe gewichen, die nur dann und wann von dem Getöse eines vorbeidonnernden Trucks unterbrochen wurde. Die Müdigkeit war in Robert schon seit geraumer Zeit hochgekrochen. Als er zurückhaltend andeutete, dass es Zeit für ihn wäre, sprang Rita gleich auf, um ihm das Sofa herzurichten.

»Lass. Danke. Ein Bettlacken ist okay. Den Rest mache ich mit meinem Schlafsack.«

Robert war froh, als Rita sich schließlich zurückgezogen hatte. Er nutze das Spülbecken im Küchenblock für das abendliche Waschen und Zähneputzen. Er wollte nicht riskieren, Rita im Bereich des Bads über den Weg zu laufen. Er suchte einfach seine Ruhe.

*

Das Brutzeln der Eier und des Specks in der Pfanne weckte Robert. Rita blickte grinsend mit einem schnarrenden »Morning« zu ihm hinüber. Robert erinnerte sich. Er hatte am Abend erwähnt, dass er sehr früh wieder aufbrechen wollte. Und seine One-Night-Wirtin wollte anscheinend einen perfekten Service liefern. Wecken auf die angenehmste Weise. Robert sprang ins Bad. Ritas Aktivitäten lieferten ihm die Gewähr, dass es jetzt frei war.

Zehn Minuten später genoss er das reichhaltige Mahl. Eier, Bacon, Brownies. Er musste aufpassen, nicht zu viel zu essen, denn das würde ihm auf den nächsten Kilometern böse aufstoßen. Er wurde mütterlich versorgt.

Als er eine Dreiviertelstunde später vor dem Haus sein Rad bestieg und sich dabei umsah, bekam er zum ersten Mal einen objektiveren Eindruck von dem Anwesen. Am gestrigen Abend hatte er hier seine Zuflucht gefunden. Die Hütte war ihm als der begehrenswerteste Platz unter der Himmelskuppel vorgekommen. Jetzt sah er das Elend in seiner ganzen Pracht. Blankes Holz, der Farbanstrich war weitgehend verwittert, das Dach versprühte weniger Vertrauen, als es nach den Erfahrungen des gestrigen Tages verdiente. Davor stand Rita und winkte, als verabschiedete sie sich von Jason. Eine Mutter schickte ihren Sohn auf Reisen.

Robert kamen die zwanzig Dollar, die er Rita auf den Tisch gelegt hatte, auf einmal schäbig vor. Ja, es war angemessen, vor allem in Anbetracht seines Budget-Rahmens – und doch viel zu wenig.

Während er sich in Richtung des Mississippi Rivers abmühte, kreisten die Gedanken um die Frau, um Jason, um ihre Tochter, um diesen verlassenen Flecken Erde. Er stellte sich vor, Rita wäre seine Mutter, er selbst Jason, irgendwo im Kampfeinsatz auf einem fremden Kontinent. Er tauchte tiefer ein in die Vorstellung von einem Farmer in einer verlorenen Schlacht. Stolz, Amerikaner zu sein.

Er kämpfte sich durch das eintönige und langweilige Land. Schon nach vier Stunden konnte Robert den Mississippi entdecken. Eine Stunde später hatte er ihn überquert. Er wollte heute schon früh nach einem Campingplatz Ausschau halten.

Lediglich eine Randnotiz war noch besonders bemerkenswert, obwohl Robert selbst sie in keiner Form wahrnahm: er hatte seit dem gestrigen Sichten der Wetterfront nicht ein einziges Mal an Britta gedacht.

1966 - Randy

Die Tage nach dem Blick auf die Pranksters in der Harriet Street liefen ab wie immer.

Doch Cleos Gedanken nicht.

Wie ein Virus hatte sich die Erinnerung an diesen John in ihrem Kopf eingenistet. Wie konnte das sein? Ein Mann, den sie noch nie zuvor und dann schließlich nur für wenige Augenblicke aus einiger Entfernung gesehen hatte, fesselte ihre Ideen und Empfindungen verbunden mit der Frage, ob denn seine Sprache und sein Verhaltensformen diesen ersten optischen Eindruck bestätigen würden. Ein seltenes, lange nicht mehr erlebtes Gefühl beschlich Cleo. Echte Sehnsucht nach einem Mann. Vage zusammengezimmert, rational durch nichts begründbar. Doch das war egal. Nicht einmal der Beginn ihrer Bindung an Philipp hatte damals solche Flugzeuge im Bauch zum Fliegen bringen können. Cleo verstand sich selbst nicht mehr. Das Gemeinschaftsgefühl in der Kommune verlor seine antreibende Wirkung auf die Frau.

Jeden Tag hoffte sie darauf, sein Gesicht irgendwo auf den Straßen San Franciscos zu erspähen. Vorsichtig und zurückhaltend erkundigte sie sich hier und da nach den Pranksters. Doch niemand schien die Truppe nach Halloween irgendwo in der Stadt nochmal erlebt zu haben. Zweifellos gehörte sie selbst zu den wenigen, die die wilde Horde noch eine Woche später in dem Viertel entdeckt hatten.

Ob Ben mehr wusste? Ihn wollte Cleo keinesfalls fragen. Er tat ihr schon leid genug. Sie wusste, dass er in ihrer Beziehung mehr sah, als sie zulassen wollte. Ben war ihr liebes Bärchen – mehr nicht.

An jenem Tag um den zwanzigsten November bediente Cleo die wenigen Gäste im Coffee Shop. Aus den Lautsprechern tönten wie schon so oft im vergangenen Sommer die Mamas und Papas mit ihrem *Monday, Monday*. Der im krassen Kontrast zu dem Song blasende, kühle Bay-Wind trieb die Menschen in der Straße vor sich her. Carl, der Inhaber des Ladens liebte dieses Wetter. Zwar hielt es die Menschen stärker in den Häusern, und um diese Jahreszeit konnte man auch die wenigen Tagestouristen sowieso an einer Hand abzählen, aber der Kaffeeduft lockte jene Passanten, die trotzdem über den Bürgersteig hasteten, umso stärker an. Obwohl zu solchen Bedingungen die Emsigkeit in der Folsom Street stark heruntergeschraubt war, fanden sich somit doch mehr Menschen als sonst vor der Theke ein, um sich an einem heißen Getränk oder einem Imbiss aufzuwärmen.

Cleo stockte der Atem, ihr Herz tanzte, als die Glöckchen der Tür anschlugen und die beiden jungen Männer den Shop betraten. John! Sie kannte den Mann an seiner Seite mit dem Oberlippenbart und dem kurz geschnittenen, schwarzen, zurückgekämmten, mit irgendeiner Creme eng an den Kopf gepressten Haar nicht. Sie hatte auch nur Augen für John. Zwar trug er heute keinen Overall, aber dennoch empfand Cleo sein Aussehen genauso, wie ihre Gedanken der letzten Tage es eingemeißelt hatten.

»Tädäää!«

Ein Bein weit von sich gestreckt und die Arme ausgebreitet posierte Johns Begleiter wie ein Harlekin, der eine Attraktion ankündigt. Die anderen Gäste drehten ihre Köpfe.

»Ich nehme einen Kaffee. Und du, Randy?«

Cleo stutzte bei den Worten des Spaßmachers. Randy? Dann musste sich Ben geirrt haben. Denn der Mann vor ihr war zweifelsfrei jener, den sie vom Fenster aus gesehen hatte.

»Mir das Gleiche, Peter.«

Cleo nickte. Sie hatte verstanden, ohne dass einer der beiden noch eine förmliche Bestellung aussprechen musste. Durch ihren tagtäglichen Umgang mit Kunden brauchte Cleo sich nicht einmal ein großes Herz zu fassen, um direkte Fragen zu stellen. Small-Talks belebten das Geschäft. Und wenn ein Wort einmal direkter und persönlicher platziert wurde, bauchpinselte das die Gäste umso mehr – vor allem die männlichen.

»Okay, Jungs. Hier der erste – und dieser für dich, Randolph.«

Dabei lächelte Cleo John alias Randy mit einem Augenzwinkern zu.

»Randolph? - Oh. Ich heiße nicht Randolph.«

Nur einen winzigen Augenblick schaute Randy verwirrt, dann lachte er.

»Oh, `tschuldige! Ich dachte ... Weil Randy ...«, stammelte Cleo, da sie sein Lachen nicht deuten konnte.

»John, Baby. John.« Er unterstrich seine Worte mit einem breiten Grinsen. »Randy ist mein Spitzname, von Randerak. Mein Name ist John Randerak.«

»Ah.« Sie nickte. »Nett, dich kennenzulernen. Ich bin Cleo.«

Ihr freundlicher, im Service geübter Blick untermauerte ihre neue gegenseitige Bekanntschaft. Zwar stellte sie den beiden noch den Kaffee hin, aber dann stockte die Folge ihrer gewohnt emsig ablaufenden Handbewegungen. Ihr Blick haftete Sekunden lang an Johns Augen. Blau. Welch schöner Kontrast zu dem Dunkelblond. Seine Wangenknochen hoben sich leicht aus dem hellhäutigen Gesicht hervor. Seine Nase schien länger als die der meisten Menschen, aber in keiner Weise störend. Überhaupt nicht. Vielmehr unterstrich sie die ovale Gesichtsform mit dem kantigen Kinn. Die schmalen Lippen kamen durch das Nichtvorhandensein eines Bartes wunderschön zur Geltung – zumindest empfand Cleo das so. Sie schreckte auf, wurde gewahr, dass sie in Augenblicke eines Tagtraumes abgerutscht war. Sie blickte sich um. Keiner hatte es bemerkt, so schien es. Bis auf John, der sie umso intensiver anlächelte.

Sie nahm ihr Herz in die Hand. Diese Chance wollte sie nicht verstreichen lassen.

»Du wohnst hier in der Gegend?«

John nahm einen kleinen Schluck.

»Nicht direkt. Oder nicht mehr direkt. Bis vor einigen Tagen hatte ich meine Bleibe in der Harriet Street.«

»Ich weiß«, antwortete Cleo mit einem Zwinkern.

»Oh, du ...«

»Klar, denn ich lebe dort. – Und wo wohnst du jetzt?«

»Ich konnte oben in The Haight eine Unterkunft finden.«

»Haight–Ashbury! Verstehe. Nicht schlecht.«

Cleo verzog ihren Mund in starker Bewunderung. Die Gegend um die Kreuzung jener beiden Straßen galt nicht etwa als bessere Wohngegend, ganz im Gegenteil – doch war sie zu einem Zentrum der Kulturrevolution der jungen Menschen geworden. Cleo kannte den Distrikt. Ab und zu führte ihr Weg dorthin, wenn sie die Ruhe und das Grün des Golden Gate Parks suchte. Oder wenn kleine musikalische Acts in dem Viertel stattfanden oder gar etwas Großes wie jener Event. Vor etwas mehr als einem Monat, genau an dem Tag, an welchem das LSD-Verbot in Kalifornien offiziell in Kraft getreten war, hatte sie sich in der Menge jener Hunderte bewegt. Cleos Gedanken schweiften zurück ...

... Gemeinsam stiegen sie in der städtischen Hügellandschaft die ansteigende Haight Street zwischen den viktorianischen Häusern entlang. Angela, Ben, Lory und Charly nahmen die neue Mitbewohnerin in ihre Mitte. Sie waren sich sicher, dass die heutige Love Pageant Rally von kolossaler Bedeutung für sie selbst wie für alle jungen Menschen in San Francisco sein würde. Auch sie wollten sich gegen das neue Gesetz wehren, das sie mit ihren transzendentalen Erlebnissen in die Nähe von Verbrechern rückte. Ein lächerliches Gesetz! Oben auf der Höhe bogen sie nach rechts in die Lyon Street ab und erreichten nach zwei Häuserblocks eine schmale Grünanlage jenseits der Oak Street. Hier in dieser ›Panhandle‹ genannten Verlängerung des Golden Gate Parks mit ihren Rasenflächen zwischen den zahlreichen Bäumen sollte das Happening stattfinden. Noch immer die mehr als drei Meilen Fußweg mit dem langen Anstieg in den Knochen, fing zunächst Enttäuschung Cleos Gefühle ein. Sie hatte gehofft, von hier oben die Golden Gate Bridge sehen zu können. Doch sowohl die Bäume als auch die dahinter liegenden Häuser versperrten einen Blick. Aber die vielen Stimmen und die in dem Gewirr ver-

nehmbaren Lieder ließen ihr Herz bald in angestachelter Erwartung höher schlagen.

Die Freunde konnten schlecht abschätzen, wie viele Hippies das wohl sein mochten. Vielleicht achthundert, möglicherweise tausend, es konnten gar zweitausend sein. Doch Zahlen spielten für die fünf keine große Rolle. Die Lebenslust in den Songs, die Nachricht, die in den vielen demonstrativ zur Schau getragenen Blumen lag, und das gemeinsame Tanzen strahlten eine bedeutend größere Wirkung aus. Die Leute lachten, sprangen umher, einige spielten Fangen in der Sonne dieses Donnerstags.

Die Rote Lory und Angela drehten sich mit ausgebreiteten Armen zu den mal sanften Folk-Rock-Melodien, mal hell kleingenden, schnell heruntergerissenen Gitarrensoli der Grateful Dead. Jerry Garcia, der Gitarrist mit dem abstehenden dichten, schwarzen Haarwuchs und den riesigen Koteletten, die als Backenbart bis hinunter zum Hals reichten, jagte wie ein Derwisch mit den Fingern über die Saiten. Cleo wiegte ihren Kopf hin und her, nahm die Refrain-Folgen auf, summte mit. Ausgelassen feierte die kleine Gruppe aus der Harriet Street nur wenige Schritte von der kleinen Bühne entfernt. Cleo drehte sich in die Tänze ihrer Freundinnen hinein. Dann und wann scherte Lory aus und fotografierte die Freunde mit ihrer Kamera.

Cleo bekam eine Gänsehaut, als sie Big Brother and the Holding Company hörte, deren Frontfrau Janis mit einer unsagbar röhrenden Stimme bluesige und rockige Songs in die Menschenmenge feuerte. Die Luft vibrierte. Die texanische Sängerin blinzelte zwischen ihren langen dunkelblonden Haaren hindurch über den Rand ihrer Nickelbrille mit den riesigen kreisrunden Gläsern ins Publikum und brüllte ihr »Down On Me«. Ihre Beine in den engen Jeans stampften im Takt, und ihr Oberkörper tanzte und verbog sich in einer sehr weiten, über die Hose hängende schwarzen Seidenbluse. Lory und Charly wippten in Ekstase, die Stimme nahm gefangen. Ihre Vorfreude auf die Konzerte der Band an den beiden nächsten Abenden im Avalon Ballroom putschte sie zusätzlich auf. Das wollten sie sich nicht entgehen lassen.

Die Masse drängte sich um die Bühne. Alle träumten, sangen und schwärmten von Liebe, manche hielten das Friedenszeichen in die Höhe. Einige der Pranksters tanzten auf dem Dach ihres leuchtfarbenfrohen Busses, dessen Kunstname FURTHUR mit zwei U weit sichtbar über der Windschutzscheibe als Fahrtziel prangte. Ein Wortspiel, abgeleitet von further – weiter - und future - Zukunft. Weiter, immer weiter. In eine bessere Zukunft. Eine neue Bewegung hatte sie erfasst – alle hier. Jeder von ihnen war gespannt, wohin der Weg ihres neuen Community-Verständnisses und ihrer neuen Lebensphilosophie führen würde. Eine bunt zusammengewürfelte Masse junger Menschen unterschiedlicher Herkunft in einer weit tragenden Welle eines neuen Zeitverständnisses, beflügelt von Hoffnung und zusammengeschweißt durch die Ablehnung jener Gewalt, die zwar weit weg in Asien ausgeübt wurde, aber Amerika hier im Herzen erschütterte.

Jemand verlas ein Manifest gegen das gesetzliche Verbot. Einig schoben kleine Pillen in ihren Mund.

Weiter ...

Johns Augen pressten sich wieder in ihr Bewusstsein. Auch jetzt vibrierte die Luft – aber ganz anders als damals. Nur Cleo konnte es spüren. Oder auch John? Fühlte er es?

»Bist du schon lange in San Francisco, John?«

»Nein, äh ...«

Sie verstand seinen Blick sofort. Offensichtlich hatte er die Vorstellung ihres Namens vor wenigen Minuten überhört.

»Cleo. Ich heiße Cleo.«

»Schön, dich kennenzulernen.«

»Freut mich auch. Kommst du öfter hier vorbei? Ich bin ja nur vormittags hier.«

Sie lachte ihn an und vergaß, dass sich noch andere Kunden in dem Shop befanden.

»Nein, bisher nicht. – Aber das kann sich ja ändern. Ich werde dich zum nächsten Event einladen.«

»Event?«

»Was so jeden Tag passiert, Party hier, Musik-Performance da. – Bei uns läuft immer etwas.«

Sein Lachen schlug eine Kerbe in ihr Herz, als markierte ein Revolver-Held den Griff seines Colts. Er sollte jetzt einfach nur hier bleiben, nicht mehr gehen.

Das Klingeln des Glöckchens an der Tür schreckte auf. Zwei Frauen in Cleos Alter betraten den Shop. Die eine trug ein buntes Tuch um den Kopf gewunden, die andere ein schmales, mit indianischen Ornamenten verziertes Stirnbändchen. Ihre Körper steckten trotz des unfreundlichen Wetters in leichten, pastellfarbenen Batik-Gewändern.

»Hey, Guys, da seid Ihr ja.«

Sie stürzten auf die beiden Männer zu. Die erste mit den langen blonden Haaren fiel John um den Hals, die andere mit extrem kurzem, brünettem Schopf Peter. Cleo fühlte den stechenden Schmerz in ihrer Brust. Ein Kloß blockierte ihre Kehle.

»Können wir?«

John nickte, Peter legte zwei Quarter auf den Tresen.

»Stimmt so.«

Und schon verließen die vier den Shop. Doch in der Tür drehte John sich noch einmal um und zwinkerte der Bedienung hinter der Theke zu.

»Bye.«

Dann verschwand er. Das helle Bimmeln des Türanschlags klang für Cleo wie ein Totenglöckchen. Sie schluckte schwer, ging zum Fenster und schaute den Vieren nach, als diese in lautem Lachen tänzelnd und sich gegenseitig schubsend die Folsom Street zwischen den vorbeifahrenden Autos überquerten. Auf der anderen Straßenseite hüpfte John und schlug die Beine in der Luft aneinander. Ein Fuß knallte dabei gegen eine der runden Blechtonnen zwischen den Hauseingängen. Der Deckel rutschte herunter und rollte scheppernd einige Meter, bevor er von dem nächsten Treppenaufgang abrupt gestoppt wurde und in einer ohrenbetäubenden Kreiselbewegung austrudelte. John riss seinen Kopf in die Höhe, lachte laut auf und warf seine Arme um beide Frauen. Eng umschlungen hüpften das Quartett weiter und kümmerte sich nicht um den nun offenen Abfalleimer und den verloren liegenden Deckel.

1966 - Xmas

In den Wochen nach ihrem Kennenlernen begegnete Cleo John zwar dann und wann, doch immer nur flüchtig, meistens während ihres Dienstes im Coffee Shop. Trotz allen Hoffens und Bemühens ergab sich nicht mehr. Keine Event-Einladungen. Nur schneller Small Talk. Als drehte sie sich im Kreis, liefen die Tage in einem revolvierenden Einklang ab – eine Eintönigkeit, die aber tatsächlich keine war. Nie zuvor war sie in solch einem Maße in die Kraft der Musik eingestiegen. Zunächst geführt von Menschen wie Charly oder der Roten Lory - auch Ben prägte ihren Geschmack mit seinen Vorlieben – und später dann in eigenem Entdeckerdrang eroberte sie die Songs der Beatles, der Grateful Dead, Jefferson Airplane oder jener Janis Joplin aus dem Golden Gate Park für sich. Die Harmonien fanden ihren Eingang in die psychedelischen Erlebnisse während der Acid-Trips.

»Folgt mir in das gelbe U-Boot«, pflegte Charly seine das Bewusstsein erweiternden Ausflüge einzuleiten, bevor er eine Pille oder ein Stückchen Löschpapier einschob. Neue Klänge fanden ihren Weg in die faszinierenden neuen Arrangements der Beatles. *Revolver* – für das Sich-Drehen, alles erfuhr eine Umkehr. Revolvieren - nicht ohne Grund in der Sprache verwandt mit der Revolution. Der Klang der Sitar trug Cleo jedes Mal weit fort, wenn sie ihren absoluten Lieblingssong *Love You To* hörte. Eine neue Welt schien sich zu öffnen. Die Visualisierungen und Lehren aus Indien schwappten in die Weltanschauungen der jungen Menschen in der Bay. Die Friedenslehren des Buddhismus und Hinduismus stachelten an.

Cleo verspürte den Drang und gleichzeitig die Macht, alles verändern zu können. Wenn sie nur die richtigen Menschen um sich herum hatte. Gemeinsam waren sie stark. Die Welt aus den Angeln heben. Alles richtiger und besser machen als die Eltern. Wenn es sein müsste, alles niederwalzen. In ihren Schuhen war sie bereit, alles niederzurennen. *These Boots Are Made For Walking*. Sie trug jetzt ihr Haar wie Nancy Sinatra, und fühlte sich, als wäre sie genauso. Immer weiter. *Keep On Runnin'*.

Obwohl sie bisher nie eine Aversion gegen das Militär gehabt hatte (wie auch, wo doch ihr Vater als Berufssoldat immer ein Verständnis in der Familie für die Belange der Army erzeugen konnte), fand sie sich auf einmal auf der anderen Seite des Risses durch die amerikanische Nation wieder. Sergeant Barry Sadlers Ballade über die Green Berets und Barry McGuires *Eve Of Destruction* spalteten die Gesellschaft. Entweder war man für den Krieg in Vietnam oder dagegen. Cleo war dagegen. Und damit doch auch gegen ihren Vater. Wie die vielen anderen jungen Menschen in ihrem Umfeld bekämpfte sie durch das Anlegen von Blumen die brutale Gewalt gegen unschuldige Asiaten in weit entfernten Ländern, in denen Amerika nichts zu suchen hatte. Flower Power hatten sie die mächtige Kraft getauft. Power to the People.

Aber die Demonstration gegen Krieg und das, was viele einfach nur ›das Establishment‹ nannten, dominierte trotzdem nicht das Leben. Weder ihres und noch das der Gruppe. Ganz gleich, ob die Rote Lory, Charly, Angela oder Ben – alle wollten in erster Linie eine neue Form des Lebens für sich im ganz kleinen Verbund finden. Und im großen Miteinander mit anderen einfach anders leben. Dieses ›große Miteinander‹ - in aller Freiheit, vor allem der persönlichen, ohne Hierarchien. Keine autoritäre Struktur sollte die Menschlichkeit zerstören, keine Macht des Konsums. Und vor allem keine Gewalt.

Make Love, Not War.

Und dennoch gab es immer wieder Tage, an denen Cleo sich einsam fühlte. Allein wie *Eleanor Rigby*. Dann vermisste sie ihre

Familie und spürte, an manchen Tagen bis zur Verzweiflung, dass ihr jemand fehlte, der sie noch inniger und stärker tragen konnte als die Gruppe. Und sie versank in ihrer Schuld, dachte unter dem Druck ihres quälenden Gewissens an den Wurm, den sie im Gefühl ihrer eigenen Ausweglosigkeit verlassen hatte. In solchen Momenten gingen ihre Gedanken zurück zu jenen beiden Tagen im November, an denen sie John gesehen hatte. Dann legte sie Musik der Beach Boys auf – ein probates Mittel, um der eigenen Niedergeschlagenheit zu entfliehen.

»Wieder *Wouldn't It Be Nice*?«

Cleo öffnete bei Angelas Frage die Augen, zog ein breites Grinsen auf, anstatt ein »Ja« zu erwidern.

»Hey, Angela, komm herein!«

Die Freundin legte sich neben sie auf die Matratze. Bis zum Ende des Songs schwiegen beide. *Wäre es nicht schön, gemeinsam zu leben*. Auch das war eine aufbauende Erfahrung. Obwohl John nicht hier war und Cleo auch keine große Hoffnung hegte, ihn so schnell wiederzusehen, flößte ihr die Erinnerung an ihn immer wieder neue Kraft ein. Der Song trieb ihre Gedanken an.

Als die letzten Takte verklungen waren, fragte Angela in den Beginn des nächsten Stückes auf der Langspielplatte hinein:

»Du träumst wieder von ihm?«

»Hmhm. – Ja ...«

»Ach, Honey. Das wird schon.« Dabei legte Angela ihre Hand auf Cleos Schulter. »Aber jetzt steht erst einmal anderes an. Was meinst Du, was machen wir Weihnachten?«

Cleo blickte erstaunt zurück. An dieses Fest hatte sie noch keinen ernsthaften Gedanken verschleudert. Weihnachten. Dieses Fest ohne die Familie? Eine Vorstellung, die sie seit ihrem Aufbruch von der Ostküste geblockt und weit von sich gehalten hatte. Ohne die Familie? Cleo hatte die ganze Zeit über gewusst, dass diese fast existentielle Frage sie begleiten würde. Ob nun verpackt in das Bild eines Familienfestes oder eines Christbaumes oder als Bild eines Kindes. Ein Leben ohne die heimatliche Familie? Sie war sich immer gewahr, dass ein Entfliehen vor dieser Frage nicht möglich war. Und doch hatte sie gehofft, dass niemand sie mit der Nase darauf stoßen würde. Wie jetzt Angela mit ihren harmlosen Worten. Dabei musste Cleo doch wissen, dass das unmöglich war. Das Fest kam unvermeidlich. Und das Leben auch – mit allen familiären Bindungen.

Sie wich aus und stand auf. Am Plattenspieler stoppte sie das Abspielen von *Pet Sounds* und legte die Single *Good Vibrations* auf.

»Ich weiß nicht. Habt ihr Ideen?«

»Sollten wir. Es sind ja nur noch vier Tage bis dahin.«
»Und was?«
»Der favorisierte Vorschlag ist eine Santa-Party. Jeder nimmt in einem weihnachtlichen Outfit teil. Und gemeinsam unternehmen wir einen Christmas-Trip. – Natürlich ohne Weihnachtsmusik. Da haben wir besseres. Vielleicht sogar live.«

Cleo zögerte. Sie kämpfte in ihrem Innern, schob schließlich die Bedenken beiseite. Die Hoffnung, in der Gemeinschaft mit den anderen ein Stück in ihrem Leben weiterzukommen und Vergangenes zu vergessen, obsiegte.

Zwar ohne Hektik, aber doch in angespannter Vorbereitung bereitete die Gruppe in den nächsten Tagen alles vor. Cleo mittendrinn. Sie alle wollten es zu etwas ganz Besonderem machen. Keinesfalls etabliert. Und doch schlichen sich Vorbereitungsmuster ein, die Cleo bekannt vorkamen. Viel Wein, roter wie weißer, Gebäck und Kaffee, besondere Süßigkeiten fanden sich in den aufgefüllten Vorräten wieder. Auf dem Plattenteller lag häufiger das *Christmas Album* der Beach Boys auf, das Lory im Frühjahr irgendwo in der Stadt als Schnäppchen ergattert hatte. Und – es gab einen Baum. Wenn auch einen sehr normalen, unweihnachtlichen Laubbaum, dem sämtliche Blätter fehlten und den Charly stattdessen in grellen, leuchtenden Farben angestrichen hatte. Lory legte sich sogar ein kleines Musikprogramm zurecht, in dem Charly als enthaltener Live-Act unverzichtbar war. Und sie hatten Kerzen. Viele Kerzen. Wobei das nichts Besonderes darstellte, denn zu jeder möglichen Gelegenheit im gesamten Jahr leuchteten sie ihre Zimmer mit natürlichem Feuerschein aus, wenn sie wärmende oder romantische Atmosphäre suchten, um vielleicht auf eine Trip zu gehen oder Zärtlichkeiten auszutauschen. Kerzen hatten sie immer griffbereit.

Der Abend vor Weihnachten war gekommen.

Lory agierte als Zeremonienmeisterin. Die vier anderen und Harry, ein weißer Freund von Angela, mussten vor dem Zimmer warten. Charly hatte sich eine rot-weiße Santa-Claus-Mütze über den Kopf gestülpt, kleinste Glitzersternchen verwandelten Angelas Krauskopf in eine Milchstraße. Cleo erschien in ihrem weißen Shirt, den langen, glatt fallenden Haaren und dem schmalen Stirnband mit den aufgenähten weißen Pappsternen wie ein Engel.

Lory zündete die Kerzen an, ließ die Fenstervorhänge beiseite, obwohl die Nacht schon angebrochen war, und legte eine Schallplatte, DIE Schallplatte, auf. Bei den ersten Klängen der Beach Boys öffnete sie die Tür. *I'm Dreaming Of A White Christmas* – ausgerechnet. Lory freute sich diebisch.

»Die Beach Boys sind doch wahrlich keine Vertreter traditioneller Weihnachtsmusik, oder? Also passt es doch.«

Die anderen lachten.

»Schon okay, Lory.«

In tatsächlich ehrfurchtsvoller, feierlicher Stimmung traten alle ein. Keiner sprach, oder wenn doch, dann nur flüsternd. Dumpfe Atmosphäre erfüllte den Raum. Ein wahres Heer an Kerzen illuminierte die Wände. Sie standen auf den Regalen, in den Fenstern, auf dem Fußboden. Als Kerzenständer fungierten leere Flaschen, manche durch den häufigen Gebrauch in dieser Funktion schon über und über mit Wachs bedeckt, und Teller, die für die heutige Nacht zweckentfremdet wurden. Räucherstäbchen verteilten ihren sanften Nebel und tauchten den Raum in einen süßlichen Duft.

Als alle auf den Matratzen Platz genommen hatten, summten sie die letzten Takte des Liedes noch mit. Dann ging Angela in die Küche und holte die vorbereitete Sangria. Als sie eine LP der Supremes mit Weihnachtsliedern hervorkramte, erntete sie heftige Ablehnung.

»Beach Boys geht ja noch, aber bitte nicht die Ladies«, erboste sich Charly.

Angela wagte nicht, dem Musik-Guru der Truppe zu widersprechen. Lory ging zum Plattenspieler und drehte die LP um. Auf dieser Seite präsentierten die Beach Boys ausschließlich neue Songs aus ihrer Feder – zwar auch Weihnachtslieder, aber das hätten von den Melodien und hellen Gitarrenklängen her genauso gut irgendwelche Sommerhits über Strand und Girls aus ihrem Repertoire sein können. Lebenslust im mehrstimmigen Gesang.

Jeder schenkte sich Sangria ein. Ben drehte eine Runde Zigaretten für alle. Einer nach dem anderen zündete sich einen Glimmstängel an. Genüsslich pafften sie und waren willens, sich von weihnachtlicher Stimmung einfangen zu lassen.

Lory sprang hoch und legte endlich etwas anderes auf. Zu *A Hard Day's Night* der Beatles wurde es rockiger. Sie schnappte sich Charlie, Cleo ihr Bärchen und Angela griff sich Harry. Sie hüpften durch das Zimmer, sprangen, zuckten zu den lauten Rhythmen. Charly grölte mit.

»... *Yeah!* ...«

Seine Arme wirbelten wild durch die Luft, seinen Kopf schleuderte er heftig hin und her, dass sich sein langes Haar, das unter der Santa-Mütze herunterbaumelte, um sein Gesicht legte und an den Schweißperlen kleben blieb. Cleo versuchte, es ihm nachzumachen. Ihr noch längeres Haar bot die besten Voraussetzungen. Die nach oben gereckten Arme bewegten sich in rhythmischen, aber gegenläufigen Bewegungen zu ihrem Kopf.

»... and I dooooo.«

Der Abend entwickelte sich zu dem erhofften ausgelassenen Miteinander. Bis irgendwann Charly die Gitarre ergriff, um die Phase des Geschenke-Platzierens einzuleiten. Der Plattenspieler wurde abgeschaltet.

»*Yesterday* ...«

Schon nach den ersten Takten sangen alle leise zum Klang der Saiten mit. Cleo zuckte zusammen. Warum gerade dieses Lied, verdammt? Die Erinnerung an vergangenes Glück durch eine das Herz berührende Musik über Gestern und Schwierigkeiten versetzten ihr einen sentimentalen Stich. Tränen sammelten sich in ihren Augen. Dennoch sang sie fast flüsternd weiter, wenn auch die Stimme mehrfach versagte.

Zum Ende des Liedes erhob Charly vor den Schlusstakten seine Stimme. Die anderen blickten ihn an und verstanden seinen Wink, nicht weiter mitzusingen. Charly wollte ein modifiziertes Ende präsentieren. Statt des üblichen Schlusses sang er die letzte Zeile: »And bless you all on christmas day«.

Andächtiges Schweigen. Charly lächelt in die Runde.

»Ich gebe ja zu: Idee geklaut beim Weihnachtsgruß der Beatles im letzten Jahr. Aber mehr als passend. Ich wünsche euch ein frohes Fest.«

Alle stimmten untereinander in die gegenseitigen Glückwünsche ein. Ben umarmte Cleo, Harry Lory, Charly Angela, Cleo Lory. Als Angela Cleo in den Arm nahm und ihre Tränen sah, streichelte sie das Gesicht der Freundin.

»Was ist, Honey?«

Cleo schüttelte nur den Kopf und blickte zur Seite.

»Komm, Cleo. Was ist? Lass es raus.«

Cleo rang nach Worten, schluckte, holte tief Luft.

»Ich ... ich ... ach, lass.«

Nach wie vor hielt sie ihr Gesicht weggedreht. Für wenige Augenblicke tobte ein heftiger Kampf der Gefühle in ihr. Wie schon so oft, aber noch nie so heftig, seit sie San Francisco erreicht hatte. Allein sein beim Fest der Familien. Sie hatte Philipp geliebt. Ein guter Mensch, keine Frage. Doch sie hatte das Kind nie gewollt. Eine Möglichkeit zum Abbruch hätte es nicht gegeben – in diesem Glauben hatte Philipp sie gelassen. Warum hatte er ihr nicht den Weg nach Holland aufgezeigt, wo es straffrei möglich gewesen wäre? Warum nicht? Philipp war ein guter Mensch. Trotzdem. Günther –

wie komisch Deutsche heißen können, und doch hatte sie dem Namensvorschlag zugestimmt – hatte es bei ihm gut. Cleo wusste das. Und dennoch – das Verhindern des einen Abbruchs führte zu dem anderen. Sie ging zurück nach Amerika, folgte mit einigen Monaten Verspätung ihrem Vater. So hatte sie nicht weiterleben können. Sie hatte auch das Kind geliebt. Aber ihr eigenes Leben wegwerfen? So jung? Ihr fehlte noch so verdammt viel. An den Veränderungen der Welt hin zur Liebe und zum Glück wollte sie teilhaben. Leben. Zuerst mit Philipp, aber dann, als Mutter wider Willen, nicht mehr. Sie war daran fast zerbrochen. Ja, sie hatte Philipp geliebt. Aber nie so wie ... wie ...

John! Wenn sie nur an den Namen des ihr eigentlich noch immer Unbekannten dachte, verspürte sie schon ein Prickeln und Ziehen im Unterleib, wie Philipp es nie hatte auslösen können. John!

Der Kampf zwischen schlechtem Gewissen und heftigster Begierde tobte. Sie fühlte sich hintergangen, und doch selbst voller Schuld. Sie hatte die Verantwortung für ein anderes Leben weggegeben, um die für ihr eigenes wahrzunehmen. Allein sein beim Fest der Familien. War das jetzt hier ihre neue?

»Cleo, Schätzchen, was ist?«

»Es ... es geht nicht. Vielleicht irgendwann einmal.«

Cleos letzte Worte klangen wiedererstarkt, resolut. Keine Diskussionen. Angela nahm sie wieder fest in die Arme.

»Du weißt, ich immer bin da, Honey. Okay?«

Cleo nickte, zwang sich zu einem Lächeln, wischte sich verstohlen die Tränen aus dem Gesicht.

»Okay, Angie.«

Harry platzte dazwischen, um Angela zu knuddeln. Ben stand schon an.

Charly und Lory verließen das Zimmer, um ihre Geschenke zu holen. Nach und nach lösten sich die gegenseitigen Umarmungen auf. Jeder eilte kurz hinaus – bis auf Ben. Denn dieses hier war zu normalen Zeiten sein Reich. Doch für diese eine Nacht wurde es zum Gemeingut. Er musste also nur in eines der Regale greifen.

Cleo kam mit zwei Päckchen zurück. Ein kleines mit der Aufschrift »für Angela« und ein großes, flaches »für alle« – jeder erkannte sofort, dass das Präsent eine LP sein musste, egal wie hübsch und bunt es auch getarnt war.

Alle platzierten ihre Geschenke unter dem Farb-Baum für die Auspack-Überraschung am nächsten Tag. Lory löschte die Kerzen bis auf zwei in einer Ecke. Dann ließen sie sich in einem Kreis auf dem Boden nieder und nahmen die Lotus-Sitzhaltung ein. Außer

Ben, der zwar auch auf dem Teppich hockte, aber seine Beine nicht geschickt genug anwinkeln konnte, dass sie miteinander verschränkt wären. Es blieb für ihn beim einfachen Schneidersitz.

Die Unterarme locker auf die Knie gelegt, Finger und Daumen jeder Hand zu einer kleinen, schmalen Pyramide geformt, schloss jeder seine Augen. Vom Tonbandgerät mit den beiden großen Spulen klang indianische Musik, zunächst zurückhaltende Gesänge mit dumpfen Drums im Hintergrund, dann abgelöst durch das Trommeln allein. Charly und Lory summten während der Gesänge leise mit, dann verstummten sie. Jeder Anwesende suchte jetzt den Weg durch die eigenen Bewusstseinsgänge. Die Meditation folgte einfachen Regeln. Das monotone Schlagen der Trommeln stimulierte die Fantasie und das Unterbewusstsein, begleitete jeden auf seinem Weg, langsam, ausdauernd, bis es in einen sehr schnellen Rhythmus wechselte – das Zeichen zur Rückkehr. Mit einem letzten, besonders lauten Dreierschlag wurden die Teilnehmer zum Öffnen der Augen aufgefordert. Sie praktizierten diese ›Reisen‹, die letztlich ins Unterbewusstsein und das Zentrum des eigenen Seins führen sollten, regelmäßig, aber in unterschiedlichen Dauern. Mal nur für zehn Minuten, manchmal aber auch bis zu einer halben Stunde lang.

Cleo tauchte tief hinab. Sie hatte in den letzten Monaten viel über diese Meditationstechnik gelernt und stellte sich eine kleine Öffnung irgendwo auf der Welt im Erdboden vor. Ihr mittlerweile gewohnter Einstieg. Sie fühlte, wie sie in ihrer Vorstellung auf eine winzige Größe geschrumpft in das Mauseloch oben im Golden Gate Park hineinschlüpfte, von dem sie aber überhaupt nicht wusste, ob es tatsächlich existierte. Das war auch unwichtig. Wichtig war nur, dass es in ihrer Vorstellung da war. Jedes Mal. Und damit war es jetzt real.

Cleo tauchte immer weiter in die Unterwelt ab. Die Gänge schienen kein Ende zu nehmen. Die Trommeln trieben vorwärts. Den Gesang nahm Cleo schon nicht mehr wahr. Ein Abtauchen in eine Welt der Zuflucht.

Sie kannte diese Umgebung bereits, war vertraut mit ihr. Seit ihrem ersten Abstieg. Ihr Unterbewusstsein erinnerte sie an diese erste Begegnung mit der fantastischen Welt:

Zunächst ging es wie in einem Kamin senkrecht hinunter. Der Tunnel war breit, Cleo spürte keinen Felskontakt. Die Wände erschienen ziemlich glatt.

Am Ende der Senkrechten gabelte sich der Weg. Links eine dunklere Öffnung, rechts eine helle. Cleo wählte das Licht. Schnell verjüngte sich die Öffnung. Sie schwamm unter Wasser. Der Tunnel war schließlich nur noch vielleicht armesbreit. Doch das spielte keine Rolle. Cleo fühlte sich körperlos. Als sie die Engstelle passiert hatte, schwamm sie an die Wasseroberfläch. Über ihr spannte sich die Felsendecke wie das Gewölbe einer Kathedrale. Die Halle erschien ohne Säulen oder Tropfstein, ganz glatt wie zuvor schon die Abstiegswände. Sie tauchte wieder hinunter und setzte ihren Unterwasserweg in einen kleinen, seitlichen, dunklen Tunnel fort. Nach vielen Augenblicken führte diese Röhre wieder nach oben. Ein Lichtschein hellte die Umgebung auf. Sie erreichte die Wasseroberfläche, doch der Tunnel hatte hier noch nicht sein Ende erreicht, sondern führte fast senkrecht weiter nach oben. Sie schwebte hinauf. Cleo entdeckte die Lichtquelle. Durch ein Loch fiel das Helle des Tages ein; Cleo schaute aus dieser Öffnung hinaus.

Vor ihr lag ein saftig grüner Urwald, Laubwald in den Höhen und Tälern eines Mittelgebirges. Sie blickte in ein weites, sanft geschwungenes Tal. Tief unten ein Fluss. Jenseits des Stromes grüne Bergrücken. Flugsaurier zogen ihre Bahnen. Sie nahmen keine Notiz von ihr. Cleo verließ das Loch und war über diesen Ausgang erstaunt: ein großes Astloch in einem gigantischen Urwaldbaum. Sie stieg hinab. Unten am Grund war kein Leben. Das einzige Pflanzengrün war weit über ihr. Doch es herrschte keine Dunkelheit. Der ebene, überschaubare Boden war leicht zu begehen. Langweilig, hier war nichts los. Cleo stieg den Baum wieder hinauf, sah dann wieder hinab. Der Fluss lag ruhig im Tal.

Damit hatte Cleo schon das Ende ihres ersten Abstiegs erreicht. Das schnellere Schlagen der Trommel rief sie zurück. Der Aufstieg ging rasant. Der Weg war nicht weit. Lange vor dem letzten Trommelschlag war Cleo zurück in der Realität.

Der jetzige Abstieg erfolgte genauso wie die anderen zuvor auch, wie selbstverständlich. Alle Einzelheiten der Umgebung waren unverändert. Cleo hatte bei jeder Reise diese Fantasiewelt ein Stückchen genauer kennengelernt. Sie war in dem Fluss geschwommen, hatte die Flugsaurier eingehender studiert und hatte gelernt, dass der Boden des Waldes weitaus mehr Abwechslung bot, als sie beim ersten Mal vermutet hatte. Sie war einem Bär über den Weg gelaufen, dem sie später immer wieder beggnete. Eine Welt wurde ihr vertrauter, der Bär ihr Begleiter auf Abstand.

Über ihren gewohnten Tunnelausgang betrat sie durch das Astloch die andere Welt. Das einzige andere Lebewesen, das sie jetzt entdecken konnte, war ein Flugsaurier, hoch droben in einer der lichteren Baumkronen.

Cleo schwamm auf die andere Flussseite. Wie eine Wand lag der dichte, dunkle Wald vor ihr. Einzig ein Weg, zwischen den Bäumen einem Tunnel ähnlich, versprach ein Weiterkommen. Cleo setzte einen Schritt nach dem anderen in die Dunkelheit. Links und rechts neben ihr dominierte die Schwärze, machte die Ähnlichkeit zu Höhlenwänden komplett, obwohl das nur Buschwerk und Baumstämme sein konnten. Doch vermochte sie, hier und da hoch über sich durch die Baumkronen hindurch den Himmel zu entdecken. Welch eigenartiger Effekt. Nach kurzer Zeit nahm die Intensität des Lichtes wieder zu.

Von einem Augenblick auf den anderen durchzuckte eine eiskalte Welle ihren Rücken. Sie spürte den Druck an ihrem Nacken. Eine Tatze lag auf ihren Schultern. Gigantisch hatte sich der Bär hinter ihr aufgerichtet, überragte sie um halbe Mannesgröße. Trotz seiner aggressiven Haltung griff er nicht an, stand einfach nur da, schien sie sogar zu schützen. Mit langsamen Schritten setzte Cleo ihren Weg fort.

Ein heller Schein lockte sie, zog sie magisch an. Cleo erreichte eine Lichtung, in deren Zentrum Fische um eine Strahlenquelle schwammen. Schwammen? Cleo bewegte sich in keinerlei Flüssigkeit. Und doch – Fische schwammen. Sie ging dicht an den leuchtenden Ball heran, trat ohne auf Widerstand zu stoßen hinein und ließ sich im Innern nieder. Ruhe, Stille – bis auf das ferne, dumpfe Trommeln. Sie verlor jegliches Zeitgefühl. Zufriedenheit durchströmte sie. War das Glück? Eine unbeschwerte Gedankenwelt. Sie schwebte. Die Zeit schien sich auszudehnen, als wäre sie jetzt Teil einer erfüllenden Unendlichkeit.

Bis die Trommelschläge an Fahrt gewannen und an Lautstärke zunahmen. Der deutlich schnellere Rhythmus rief sie zurück. Sie nahm die hin und her wiegenden Bewegungen des Bären aus den Augenwinkeln nur noch als Schatten wahr. Wie in einem Blitz durcheilte sie das Loch im Baum und den Tunnel. Schon wenige Schläge später war sie zurück in der Realität. Mit dem letzten Rückrufschlag der Trommel öffnete sie die Augen.

Lory lachte sie an. Die Rothaarige war es auch gewesen, die am Ende des Sommers die schamanische Meditationstechnik in die Gruppe eingeführt hatte. Waren die anderen immer skeptisch geblieben, so hatte sie in Cleo schnell eine Verbündete gefunden. Denn diese Art des Erlebens schien wie für Cleo erschaffen. Nach kurzer Zeit hatte sie Lory im erfolgreichen Entdecken der unterbewussten Tiefen übertroffen.

Cleo schaute zu den anderen. Dann blickte sie zurück zu Lory und lächelte sie vielsagend an. Kein Zweifel – sie beide waren auch dieses Mal die einzigen gewesen, denen das Abtauchen gelungen war.

»Wieder der Bär?«

Cleo nickte stumm.

»Dann ist er es.«

Cleo wusste sofort, was Lory mit ›es‹ meinte. Ihr Krafttier.

»Hätte ich jetzt schon …?«

Lory schüttelte den Kopf.

»Nein. Besser, wenn wir allein oder zu dritt sind. Dann kannst du dich besser vorbereiten. Die anderen sind noch nicht so weit. Und wenn du dann den Tanz mit dem Tier beginnst, wird der Trommler auf dich allein reagieren. Das geht von einer Platte oder dem Tonband sowieso nicht. – Aber toll! Ich freue mich für dich. Und für mich.«

Cleo fühlte sich glücklich. Und ungewöhnlich ausgeglichen, vor allem in Anbetracht ihrer Gewissensbisse in den Minuten vor der Reise in die andere Welt. Nicht zum ersten Mal beschlich sie das Gefühl, dass sie eine neue Dimension des Seins erfahren hatte. Und einen Bewusstseinszustand, der selbst mit den Erlebnissen während ihrer LSD-Trips nicht zu vergleichen war.

»Mitternacht ist vorbei. Es ist Weihnachten. Frohes Fest!«

Alle stimmten in Charlys Wünsche ein. Das neue Datum war angebrochen. Sie verteilten und öffneten die Geschenke. Cleo behielt die anderen genau in ihren Augen, als die LP ausgepackt wurde.

»Oh Mann! Blues Breakers! Ein Hammer!«

Charlys freudig leuchtendes Gesicht mit den großen Augen erschien Cleo fast als das größte Weihnachtsgeschenk. Volltreffer. Sie kannte seine Vorliebe für den weißen Blues, der in einer zarten Welle aus Europe herüberschwappte. Auch Lory und Ben hörten dann und wann selbstgefertigte Mitschnitte der Radio-Ausstrahlungen der John-Mayall-Stücke. Cleo wusste schon vorher, dass sie mit dieser Scheibe nicht ganz falsch liegen konnte. Und jetzt hielt Charly die erste LP dieser Art in der Wohngemeinschaft in seinen Händen.

»Darf ich?«

Die anderen verstanden und nickten oder grölten: »Klar!«. Wenige Sekunden später durchdrangen Claptons hell schneidende Gitarrensoli die weihnachtliche Atmosphäre. Für einige Zeit vergaßen sie das weitere Auspacken, sondern wippten mit Köpfen und

Oberkörpern im getragenen Blues-Rhythmus mit. *All Your Love. Parchman Farm.*

Als die Scheibe gedreht wurde, öffnete Cleo das kleine Päckchen von Angela.

»Oh, toll!«

Stolz und freudig steckte sie den breiten, offenen Ring aus Sterlingsilber an und drückte ihn in die richtige Größe.

»Aber das ist ...« Weiter sprach sie nicht. Gespannt schaute sie auf Angelas Hände, die ihrerseits ihr Präsent auspackten.

»Ich werd' ...« Auch Angela brach ihren Satz ab und wusste, warum Cleo so gespannt grinste, dabei aber ihre Lippen zusammenpresste und ein Lachen unterdrückte. Auch Sterlingsilber. Und die gleichen indianischen Muster. Aber kein Ring, sondern ein dünner Armreif. Angela platze los vor Lachen und fiel der Freundin um den Hals. Sie kannte sich wahrlich gut.

Noch gut eine Stunde lang hockte die Truppe bei ihrer weihnachtlichen Sangria zusammen. Dann zog sich jeder zurück. Auch Cleo. Sie verspürte in dieser Nacht keine Lust, bei Ben zu schlafen. Als sie ihre Augen schloss, erschien ihr das Bild des Bären. Sie lächelte, als ihr Traum begann.

2010 - Crossing Route 66

Die nächsten etwas mehr als zwei Wochen strampelte Robert auf Nebenstrecken quer durch Arkansas und Oklahoma, weit südlich an Oklahoma City und weit nördlich an Dallas vorbei, durch den Nord-Zipfel von Texas hindurch bis nach New Mexico.

Die Hitze nahm zu, an einigen Tagen fast unerträglich. Doch Robert hatte seinen Rhythmus gefunden. Die hohen Temperaturen, die Trockenheit oder auch die Schwüle schockten ihn nicht mehr. Der Kampf mit sich selbst hatte etwas Aufregendes und Aufputschendes in sich. Die Auseinandersetzung mit seinem Körper, das Durchpowern in Richtung Westen – Robert steigerte sich trotz aller landschaftlichen Eintönigkeit in eine Begeisterungstrance. Weiter, immer weiter.

Oft genug fand er keinen Campingplatz. Doch das Ausweichen auf einfache, manchmal auch heruntergekommene Motels am Wegesrand belastete seinen Geldbeutel nicht unnötig. Die Preise hielten sich in Grenzen. Berechtigterweise, wie Robert hier und da resümierte. Seine Schmutz-Empfindlichkeiten, die schon zuvor nicht sehr ausgeprägt waren, stumpften weiter ab.

Seitdem er Arkansas verlassen hatte, radelte er mehr oder weniger parallel zur legendären Route 66 – wenn auch im Abstand von hundert Kilometern und mehr. Flaches, weites Land, endlos, eintönig. Nur die vereinzelten Begegnungen mit Menschen gaben den Abschnitten etwas Reizvolles. Die Landschaft nicht. Ob es den Arbeitssuchenden auf jener berühmten Route in den Westen vor siebzig, achtzig Jahren ähnlich ergangen war? Eintönigkeit, aber die Hoffnung auf etwas Besonderes und Veränderndes im Westen irgendwo weit vor ihnen?

Roberts Gespräche mit den Menschen blieben auf einer unverbindlichen Ebene. Small Talk. Nirgends ließ er sich wieder auf einen näheren Kontakt wie bei Rita ein. Nicht, weil er es nicht wollte, sondern es ergab sich nicht. Robert suchte es auch nicht. Wenn es sich entwickeln würde – okay. Wenn nicht – auch okay.

Nach wie vor war die Reise für ihn eine Beschäftigung mit sich selbst. Aber anders als zu Beginn. Das Grübeln über seine Situation nach - oder mit? - Britta war gewichen. Das Ergründen oder Finden neuer Ziele hatte die Oberhand gewonnen. Ein erstes, vielleicht nicht klar formuliertes Ziel seiner Tour war damit erreicht.

Und nun traf er erstmalig auf etwas anderes als landschaftliche Eintönigkeit. Zumindest hatte er das zuvor geglaubt. Sein Weg hatte ihn jetzt endlich weiter nach Norden gebracht, dicht an jenes Band heran – an die Route 66, Inbegriff eines Traums vom Westen. Auch seines. Motorräder in weiten Wüstenlandschaften tauchten wieder vor seinem geistigen Auge auf.

Doch die Realität zeigte sich anders.

Tucumcari. In eintöniger Folge reihten sich Haus an Haus mit viel Raum dazwischen. Einfamilienhäuser wechselten mit Gewerbeschuppen – alles nur einstöckig und flach. Zwischendurch auch hier und da weitläufige Ödflächen im Stadtgebiet. Kaum Verkehr. Robert radelte über die US 209 durch den Ort in Richtung Norden. Erst im Bereich einer größeren Kreuzung kam so etwas wie Verkehrshektik auf. Da war sie, die quer laufende, alte Route, jetzt als I 40 gekennzeichnet, auch wenn Robert den eigentlichen Highway schon eine knappe Meile zuvor über eine Brücke gekreuzt hatte und hier nur noch der alte, mitten durch den Ort führende Verlauf Leben brachte.

Ein Gefühl der Erregung wie schon während der Reisevorbereitung kam in Robert auf. Die Route 66. Die Legende. Und doch – als er die Kreuzung erreicht hatte, stellte er die absolute Gewöhnlichkeit dieser Ecke fest. Tankstellen, Reklame von Supermärkten, ein mexikanisches Restaurant auf der Ecke. Ähnlich zu zig anderen Kreuzungen, die er auf der Reise schon gesehen hatte. Trotzdem wollte – nein, musste er hier verweilen. An einer der Tankstellen kaufte er sich eine Cola und hockte sich an ein schattiges Plätzchen mit Blick auf den Verkehr.

Hatte er zuvor noch darüber nachgedacht, der Route 66 ab hier in Richtung Westen bis Albuquerque zu folgen, schob er diese Idee im Laufe der nächsten Minuten Stück für Stück beiseite. Die Dichte des Verkehrs war deutlich höher als das, was er aus den letzten Tagen gewohnt war. Sicher kein absolut hohes Verkehrsaufkommen – man merkte dem Treiben an, dass der Ort weit entfernt von irgendwelchen Metropolen lag. Dennoch mehr als Robert lieb war. Und zusätzlich zweifelte er daran, dass außerhalb des Ortes, wenn der alte Streckenverlauf mit dem neuen Asphaltband des Highways wieder verschmolz, überhaupt eine Chance zur Weiterfahrt für Radfahrer bestand.

Doch für den Augenblick war das egal. Er hatte die Route 66 erreicht. Einfach so. Hatte vor Monaten einen Plan gefasst, war losgeradelt, und saß nun hier. Auch wenn diese Straße zu keinem Zeitpunkt sein eigentliches Ziel gewesen war, so gab das Bauchpinseln des eigenen Stolzes ihm das Gefühl zu schweben. You've made it!

Glücklicherweise sorgte ein grauverhangener Himmel für angenehme Temperaturen. Und doch sah Robert nicht einen einzigen Fußgänger. Bis auf die Kunden an der Tankstelle saßen die Menschen in ihren Karossen, rollten vorbei – und war es nur von dem einen Supermarkt zum nächsten wenige Schritte weiter. Robert war der Exot, der Alien, auf einer galaktischen Reise durch scheinbar trockene, wüstenähnliche Gegenden, die sich aber von einem Moment auf den anderen in Folge monsunartiger Regengüsse in flüchtige Wasserlandschaften verwandeln konnten. Nur ein Verrückter fährt da mit einem Rad.

Personenwagen rollten vorbei, kaum Trucks. Robert versuchte, sich die alten, hochflossigen Straßenkreuzer von damals auf diesem Stück Asphalt vorzustellen, doch wollte es ihm nicht recht gelingen. Stinknormale, mehr oder weniger moderne Autos amerikanischer und japanischer Herkunft prägten das Bild. Wie überall.

Er ertappte sich nach einiger Zeit dabei, dass er nach Greyhound-Bussen Ausschau hielt. Doch hier verkehrten keine. Wie er auch auf seiner ganzen Tour bisher keinen einzigen gesehen hatte. Er hatte anscheinend wirklich gute, abgelegene Routen gewählt, fern der

Hauptverkehrsadern, die von Überlandbussen bevorzugt würden. Und dennoch war er jetzt enttäuscht. Sollte auch die Route 66 als abgelegen gelten? Oder vielleicht nur die alten Ortsdurchfahrten? Er wäre gern solchen Greyhounds begegnet, die ihren Weg nach Westen machten. Er erinnerte sich an Atlanta ...

Mit dem letzten Schluck aus der Dose beendete er seine Pause. Er änderte seine ursprüngliche Absicht und schob Gedanken an eine heutige Weiterfahrt beiseite. In der Tankstelle fragte er nach dem nächstgelegenen Campingplatz. Er schwang sich auf sein Rad und schlug den Weg über die Route in Richtung Osten ein. Auf dieser Strecke gelang es ihm nun an verschiedenen Punkten im Ort besser, sich jenes Szenario vorzustellen, das in den fünfziger Jahren das Herz der Menschen eingefangen haben musste. An einem ganz offensichtlich frisch renovierten, in hellem Blau gehaltenen Motel prangte ihm an der Hauswand das Bildnis von James Dean vor seinem Porsche Spider entgegen, im Hintergrund der gemalte Sonnenuntergang in einer klischeehaften Monument-Valley-Landschaft, kitschig gefärbt. »Blue Swallow Motel« krönte in heller Schrift mit vorgesetzten, schwungvollen Neonröhren den Eingang zur Rezeption. Einen Block weiter lockte auf der gegenüberliegenden Straßenseite ein Eingang in Form eines übergroßen Tipis in einen Geschenke-Shop. »Tee Pee Curious«. Hier, etwas weiter weg von der Kreuzung, hatte man also das Flair der alten Zeit erhalten oder wiederbelebt. Dass James Dean nun der Inbegriff eines Route 66-Mythos war, bezweifelte Robert. Aber als tragische Ikone der fünfziger Jahre stellte sein Abbild eine perfekte Brücke in jene Zeit her.

Zehn Minuten später hatte Robert den Campingplatz über einen Kilometer außerhalb des Ortes direkt an der östlichen Highway-Auffahrt erreicht.

Schnell baute er sein Zelt im Schatten eines der spärlichen Bäume auf und richtete die Lagerstatt aus Matte und Schlafsack her. Für die Nacht war es aber noch viel zu früh. Robert konnte noch gut und gerne vier Stunden warten.

So schlenderte er über den Campingplatz. Er selbst war offensichtlich der einzige Zelter. Wohnmobile gab es mehrere. Robert lenkte seine Schritte in Richtung der RV-Plätze. Er sah die Fahrzeuge, doch schien alles menschenleer. Der junge Mann wusste aber, dass dieser Eindruck garantiert täuschte. Bei jedem Wohnmobil brummte die Air Conditioning. Aus den meisten stieg feiner Rauch auf. Braten-Gerüche verteilten und mischten sich. Die Menschen saßen wohlbehütet und abgeschirmt in ihren fahrbaren Burgen.

Ein einzelner Mann kam von den Waschräumen herüber. Er grüßte Robert freundlich mit einem »Wie geht's?« und verschwand im nächsten Vehikel. Nirgends ergab sich ein Small Talk. Ungewöhnlich. Oder einfach nur befremdlich? Robert kannte dieses Verhalten der Reisenden in den Wohnmobilen doch schon. Es war keinesfalls das erste Mal, dass niemand zu einem wirklichen Schwatz bereit war. Das war hier nicht anders als in Arkansas, Texas oder Mississippi. Die Menschen suchten auch unterwegs ihr Home, ihr Castle.

In der Snack-Bar des Platzes war nichts los. Robert hatte aber verdammt nochmal keinen Bock auf alleine sein. Sollte er sofort wieder zurück in den Ort? Ohne sein gesamtes Gepäck? Das wollte er nicht riskieren. Dabei spielte es auch keine Rolle, ob er zu Fuß gehen – was sowieso nicht empfehlenswert gewesen wäre – oder mit dem Rad fahren würde. Er wollte nichts zurücklassen. Er hätte auch nicht wirklich gewusst, wohin. In eines der Restaurants? Hunger hatte er keinen, das Geld dafür wollte er alle Male lieber sparen. Und Gespräche würde er dort sicher nicht finden. Ob er eine Bar aufspüren würde? Da schien die Snack-Bar hier am Platz mindestens gleichermaßen erfolgversprechend. Also blieb er hier.

Mit einem Getränk in der Hand verließ er den Platz, überquerte die kleine Zubringerstraße und ließ sich hinter der Leitplanke neben dem Highway nieder, um den Verkehr zu beobachten. Einfach so.

Zum ersten Mal auf dieser Reise fühlte er sich richtig allein. Er hatte ein legendenumwehtes Etappenziel erreicht, für viele Menschen das Reiseziel ihres Lebens – und er fühlte sich elend. Niemand war da, mit dem er seine Eindrücke hätte teilen können.

Sein Blick richtete sich vor allem nach Osten. Er hoffte, einen Überlandbus zu entdecken. Warum auch immer.

1967 - Be-In

Der Januarnebel lag über San Francisco.

»Genial, was die da hingelegt haben. Das ist ... Der hat's einfach drauf.«

Damit gab Charly sein Urteil über den Sänger der Doors ab, deren brandneues *Light My Fire* aus dem kleinen Kofferradio schepperte.

»Der singt ja ziemlich unverblümt über Acid, ohne es zu nennen. Meinst du, dass die Alten das verstehen?«

»Glaub' schon«, grinste Ben. »Wir können nicht higher werden. Wir bringen die Nacht zum Brennen. Garantiert.«

»Und die lange Instrumental-Passage mittendrin turnt unglaublich an.«

»Du sagst es.«

Beide sangen den Refrain laut mit. Sie hatten ihn in den letzten Tagen oft genug gehört. Cleo und Lory schauten amüsiert zu.

»Ich weiß nicht. Ich bin mit diesem Orgelspiel überhaupt noch nicht warm geworden.« Cleo zuckte bei ihren Worten fast entschuldigend die Schultern, lachte aber spitzbübisch. »Obwohl – die Live-Performance am Freitag war wirklich super. Jim hat es echt drauf. Und bewegt sich sehr, sehr sexy ...«

Dabei grinste sie Lory an, und diese zurück. Die beiden Frauen verstanden sich auch in dieser Beziehung.

»... aber mir gefielen die Rascals besser.«

Womit sie nun jeglicher Gegendiskussion durch die Männer vorzubeugen hoffte.

»Higher. Hier brennt's bald auch.«

Cleo konnte mit Charlys Äußerung nichts anfangen.

»Brennen? Meinst du Gewalt?«

»Gewalt? Nein, das war noch nie eine Option. Es brennt in den Herzen. In den Diskussionen. In der Musik. Ach, was weiß ich. Reagan und seine Gang müssen verstehen, was Sache ist.«

»Oh Gott, dieser Cowboy. Der zieht seine Linie durch. Und das ausgerechnet hier in Kalifornien.«

»Wart's ab. Das wird ein grandioses Happening, was Cohen, Ginsberg und Leary da geplant haben.«

Ja, Cleo hatte die Vorbereitungen genauso verfolgt wie die anderen. »Ich bin auf diese Zusammenkunft der Stämme sehr gespannt. Was meinst du, wird es so sein wie bei der Love Pageant Rally?«

Charly lächelte hintergründig und zwinkerte Cleo zu. »Ach, Cleo, das wird größer. Garantiert. Damals hatten doch noch nicht alle begriffen, worum es geht. Aber jetzt? Dieses Verbot gehört weg, auf den Müllhaufen der Geschichte. Wir werden Einheit demonstrieren.«

»Gegen diese träge Schicht der verpennten, wohlsituierten Herdentiere?«

»Sie haben der Flower Power nichts entgegenzusetzen. Sollen sie doch an ihrem Konsum und ihrem Muff ersticken. Wir sind auf lange Sicht stärker. Unsere Liebe und Lebenslust ist mächtiger als alle Verbote und Gewalt. Wir lassen uns unser Leben nicht zerstören.«

»Also doch kämpfen?«

»Was heißt schon ›kämpfen‹? Wir leben. Man wird es sehen. Alle werden es sehen. Sie haben uns wirklich nichts entgegenzusetzen. Die haben Angst vor uns, weil sie erken-nen, dass man auch anders miteinander umgehen kann. Der Lebensstil ist unsere Waffe. Ich bin am Wochenende jeden-falls dabei. Es wird ein Spaß.«

Charly griff seine Gitarre und stimmte die Melodie von *We Shall Overcome* an. Er liebte dieses Lied, obwohl er sich von politischen Aktivitäten fern hielt. Für seine Freiheit und den Gebrauch jeglicher sogenannter Drogen kämpfen – ja. Themen wie Gewerkschaftskämpfe und Rassentrennung interessierten ihn zwar, doch auf die Straße gehen würde er dafür nicht.

»... eines Tages werden wir alle siegen.«

Die anderen hatten mitgesummt. Angela hätte wahrscheinlich lautstark eingestimmt, denn Rassentrennung lag ihr als bekämpfenswerter Makel der Gesellschaft mehr am Herzen als den übrigen in der Gruppe. Verständlich. Doch Angela war nicht zugegen. Noch nicht.

Die Haustür schlug laut zu. Angela kam aufgeregt herein.

»Mein Gott! Ihr glaubt nicht, was passiert ist.«

Keiner sagte ein Wort. Alle blickten sie nur erwartungsvoll an. Charly legte die Gitarre beiseite.

»Eine Tote im Haight. Wahrscheinlich angeturnt vom Balkon gestürzt.«

»Und? San Francisco ist groß. Jeden Tag passiert irgendein Unglück. Also?«

Charly zog seine Augenbrauen hoch, um seine Frage auch optisch rüberzubringen.

»Es ist Kathy.«

»Kathy. Hm. Kathy wer? Müssen wir die kennen?«

»Ob ›du‹, weiß ich nicht. Aber Cleo. – Es ist Johns Freundin.«

»John? Welcher John?«

Bei Charlys Frage bewegte Ben seinen Blick zögerlich zu seiner Partnerin auf Zeit. Er ahnte die Antwort.

»Randerak«, antwortete Angela. »John Randerak.«

Cleo schluckte schwer, saß dann mit offenem Mund. Johns Freundin lebte nicht mehr. Obwohl ihr ein kleiner Funke Freude tief im Innern einen Stich versetzte, schnürte ihr die Nachricht die Kehle zu. Mein Gott! Wie mochte John sich jetzt fühlen?

In Cleos Wahrnehmung lief der Rest der Unterhaltung nur noch dumpf ab, obwohl sie sich beteiligte, so gut sie konnte. Aber ihre Gedanken kreisten um John. Nach einer halben Stunde stand sie auf.

»Ich muss zu ihm.«

Niemand antwortete. Alle blickten sie an, Ben würgte sichtbar. Sie ging in den Flur, griff ihre Jacke und eilte wortlos hinaus. Erst im Freien auf der Harriet Street zog sie das Kleidungsstück über.

Sie hatte Johns Bleibe noch nie zuvor gesehen. Doch sie wusste genau, wo er wohnte. Flüchtige Small Talks mit ihm in den letzten Wochen am Coffee Shop hatten eine zarte Flamme der Vertrautheit erwachsen lassen, obwohl sie sich immer mehr erhofft hatte. Jetzt war alles egal. John brauchte sie. Zumindest hoffte sie das. Mehr als blamieren konnte sie sich nicht. Aber selbst das schien ihr so unwahrscheinlich wie nur sonst was.

Waller Street dreizehn-zweiundsechzig. Cleo zögerte nicht und trat in das Haus mit dem stark verwitterten Anstrich ein. Sie hatte ihr Herz in beide Hände genommen. Ein Mann, vielleicht etwas älter als sie, kam ihr auf der Treppe entgegen.

»Wo finde ich Randy?«

»Oben.«

Er zeigte auf eine Tür im nächsten Stockwerk und ging ansonsten wortlos weiter hinunter. Cleo eilte weiter hinauf, nahm bei jedem Schritt zwei Stufen auf einmal. Es dauerte nur wenige Sekunden, dann hatte sie ihn gefunden. Er saß auf einem Stuhl, eine Brünette kniete an seiner Seite auf dem Boden. Ernst starrte er auf den Holzfußboden. Cleo sah die Trauer. Sie erkannte die Frau wieder, Peters Freundin.

»Hi!«

Cleo fuhr herum und sah den Freund, der gerade eingetreten war, hinter ihr stehen.

»Oh, hey Peter.«

»Ach, du bist's. Du hast ...?«

Sie nickte. »Ja. Vor einer Stunde habe ich's gehört. Schlimm.«

Aus einem der Nebenräume klangen die eindringlichen Orgeltöne der Doors herüber. Irgendwie war Morrisons Truppe in diesen Tagen in aller Ohren und auf allen Geräten. *Soul Kitchen*.

John drehte seinen Kopf langsam in ihre Richtung. In sein starr scheinendes Gesicht kam Leben. Ein Lächeln zeichnete sich langsam ab.

»Hi, Cleo. Schön, dass du da bist.«

Sie ging vor ihm auf die Knie.

»Alles okay?«

John antwortete nicht, sondern hielt seinen Blick für einige Sekunden regungslos auf Cleos Augen gerichtet. Dann legte er seinen Arm auf ihre Schulter und rutschte langsam vom Stuhl hinunter, um neben ihr zu knien. Sein Gesicht kam ganz nah an ihres. Das Geräusch der zufallenden Tür signalisierte, dass Peter und seine Freundin das Zimmer verlassen hatten. John zog Cleo dichter an sich heran und flüsterte:
»Es tut gut, dich zu spüren.«
Cleo spürte ihr eigenes Zittern. Sie neigte ihren Kopf, dass sie und John sich Wange an Wange berührten. Er drückte sie fester an sich. Dann lockerte er seinen Griff wieder.
»Komm!«
Er stand auf und zog sie an der Hand sanft hinüber in die Ecke mit der Matratze. Seine Finger lösten bereits die Knöpfe ihres Shirts, als sie sich küssten und auf die Liegestatt sanken.

*

In den nächsten Tagen wich Cleo in ihrer Freizeit kaum noch von Johns Seite. Nicht, dass sie ihr Zimmer in der Harriet Street aufgegeben hätte, doch wollte sie ihre Liebe nicht allein lassen, nach Möglichkeit nicht eine Minute. In den Nächten hielt sie ihn in ihren Armen, ließ sich in den Liebesspielen gehen. Sie verstand, dass John einer Begegnung mit Kathys Eltern aus dem Weg ging, als diese in San Francisco eintrafen, um die Überführung der toten Tochter heim nach Montana in die Wege zu leiten. Cleo wünschte sich nichts sehnlicher, als dass John schnell über seinen Verlust hinwegkäme. Als könnte sie ihn in Watte packen ...
Das Paar akzeptierte dankbar die freudige Anspannung, die der Versammlung des kommenden Wochenendes vorauseilte. Cleo hatte das Gefühl, John aus einem Loch herauszuholen, jeden Tag ein Stückchen, und versank selbst in einem Meer der Glückseligkeit. Sie schmiedeten Pläne, wie man den Samstag organisieren sollte, spekulierten darüber, wie die Musikperformances ablaufen könnten und wer überhaupt auftreten würde. Cleo freute sich auf die Gemeinschaft mit ihren Freunden.
Am Nachmittag des Samstags kamen Lory, Angela und Charly in der Waller Street vorbei und holten die beiden sowie Peter mit seiner Freundin Susan ab. Draußen auf der Straße marschierten sie in einem Meer von Hippies.

»Unglaublich«, sagte Charly als sein Blick ziellos durch die Flut der Gesichter sprang, »ich habe mit Vielem gerechnet – aber damit nicht.«

»Was glaubst du denn, wie viele sollen kommen?«, fragte Cleo nach.

»Man sprach von etwas mehr als bei der Love Pageant Rally, also vielleicht dreitausend. – Aber wenn ich das hier sehe ... Das werden mehr. Garantiert.«

Sie gingen nicht, sie ließen sich mittreiben. Die Menge, junge Menschen wie sie selbst, viele mit Backpacks und Schlafsäcken ausgerüstet, teilte sich, um ein sich innig knutschendes Paar nicht umzureißen. Einige der ortsansässigen Künstler boten ihre Ölgemälde und Aquarelle am Straßenrand an. An einem kleinen Laden lockte ein handgemaltes Schild. »Loveburger 25 ¢«. Das Schaufenster ein Haus weiter glänzte durch frisch aufgemalte asiatische Ornamente. Aus dem INDIA TRADING SHOP strömten süßliche Düfte.

»War der schon immer hier?« Cleo sah den Laden zum ersten Mal.

»Nein«, antwortete John, »erst seit zwei Wochen. Die haben zum Jahreswechsel neu eröffnet.«

Viele in dem Strom der jungen Leute sangen. Der Text von *California Dreamin'* war allen geläufig. Cleo und John schmetterten laut mit, wandelten dabei ihren Schritt in ein taktgeprägtes Hüpfen ab, ohne ihre gegenseitige Umarmung zu lockern.

»Echt? Kostenfrei?«

Cleo zeigte auf die Tafel an einem kleinen Coffee Shop kurz hinter dem indischen Laden.

»Yeah, Baby.« John grinste. »Es gibt mittlerweile einige Sachen, die du hier kostenfrei erhalten kannst. Du musst nur wissen, wo. Kaffee, andere Getränke, Lebensmittel ... So soll es doch sein, oder? Weg mit dem Konsumgehabe der Big-Brother-Gesellschaft.«

Cleo schluckte. Müsste sie sich in nächste Zeit einen neuen Job suchen? Wie konnten die das bewerkstelligen? Für nichts ...?

Als die Sieben auf der Höhe im Polo Field ankamen, verschlug es ihnen den Atem. Tausende, Abertausende junger Leute füllten die Rasenfläche in diesem Teil des Golden Gate Parks. Sie hüpften, tanzten, sangen. Bei milden Temperaturen zeigte sich die Januarmitte von ihrer besten Seite, so dass den Menschen einfache Jacken über den Hemden oder Pullovern ausreichten, obwohl der Wind auf den Freiflächen den Chill mächtig drücken konnte, wenn man nicht in im Schutze anderer Teilnehmer stand. Auf einer Bühne stimmten die Mitglieder einer Band die Instrumente und führten einen Soundcheck durch. Allen Ginsberg, der leicht übergewichtige Mann mit der dunkelbraunen Hornbrille, dem schwarzen Krausbart und seinem üblichen, langen weißen Hemd, führte ein gestenreiches Gespräch mit einem angegrauten Mittvierziger, der, ebenfalls ganz in Weiß gekleidet, trotz seiner über die Ohren gewellten Haare und der ebendort eingesteckten Blumen gut als Universitätsprofessor durchgehen konnte. Cleo erinnerte sich an die Love Pageant Rally, auf der sie Ginsberg das erste Mal als Vorleser eines Manifestes wahrgenommen hatte. Später erst hatte sie seinen Namen erfahren. Allen Ginsberg, der Autor. DER Ginsberg.

»Der Kerl neben ihm ist Timothy Leary«, klärte Charly sie auf.

»So ein biederer Typ?«

Cleo hatte ihn sich anders vorgestellt. Oder nein, doch nicht. Sie hatte gar keine Vorstellung von seinem Aussehen gehabt. Leary, der Drogen-Guru. Die Kultfigur. So jemand hat zunächst kein Aussehen. Bis zu diesem Augenblick. Cleo wusste, dass sein Bild sehr wohl schon oft genug in Nachrichten aufgetaucht war. Doch hatte sie nie darauf geachtet. Als sie noch an der Ostküste gelebt hatte sowieso nicht, und in den letzten Monaten hier an der Bucht hatte es sich zu keiner Zeit ergeben.

Sie spürte Johns Hand, die den Griff in ihrer Rechten verstärkte, Er zog sie vorwärts, sah sich dabei lachend um.

»Auf, Cleo, schnapp die anderen!«

Sie verstand nicht sofort und hatte Mühe, doch noch Angelas Hand zu erwischen. Die anderen begriffen schneller, im wahrsten Sinne des Wortes, einige Umstehende auch. In wenigen Sekunden bildeten knapp zwanzig Freaks eine Menschenkette, die sich von John geführt durch die Menge schlängelte. Sie lachten und schrien. Cleo und Angela hüpften mehr, als dass sie liefen. Cleos Haarspitzen wirbelten im Wind. Lauthals sangen sie *I'm a believer*, den Song der Retorten-Band Monkees, den aktuellen Mega-Hit in den Medien. Ein Lied über die große Liebe, die man nur im Märchen vermutet und die dann doch wie ein Blitz im Leben einschlägt.

Sie grölten, manch einer sang ziemlich schräg. John zog die Gruppe zunächst in weitem Bogen über die Rasenfläche, dann in einer sich zuziehenden Spirale hinter sich her, bis es für ihn in der Mitte zu eng wurde und er keinen Schritt weiter kam. Er drehte sich und nahm Cleo in die Arme. Inmitten der Gruppe versanken sie in einem Kuss. Cleo vergaß alles Geschehen um sich herum, als ihre Zungen miteinander spielten, und überhörte das Getöse. Die Umstehenden johlten. Mit impulsivem Klatschen ging die flüchtige Gruppe auseinander. John lockerte seinen Griff und löste seinen Mund von ihrem. Sie blickten sich um und bemerkten, dass sich die Mehrzahl der Teilnehmer auf den Rasen gesetzt hatte. Lory stand einige Meter entfernt und grinste die beiden an, als sie den Fotoapparat von den Augen nahm. John sank in den Schneidersitz und zog Cleo zu sich hinunter.

Die Unruhe und das Gewusel auf der Bühne beruhigten sich. Musiker verschwanden nach ihren Soundchecks, andere kamen. Allen Ginsberg saß schon im Zentrum. Über das Mikrofon adressierte er die Leute, brüllte seinen Love-and-Peace-Gruß in die Menge und begann zu singen. Die Gitarristen und Trommler um ihn herum stimmten ein. Cleo verstand seine Worte nicht. Die Melodie klang fremd und doch vertraut. Zu den indischen Mantras schlug Ginsberg seine Fingerzimbeln, wippte mit dem Oberkörper immer wieder vor und zurück. Cleo schmiegte sich an John. Egal, was Ginsberg da vorne sang – die Stimmung war grandios.

Wenige Schritte von dem Paar entfernt hatte eine schlanke Langhaarige eine Handvoll Farbtöpfchen vor sich aufgebaut und bemalte mit feinen Pinselstrichen das Gesicht einer vor ihr Sitzenden. Flügelschlägen eines Schmetterlings gleich setzte sie Farbschatten auf die Stirn und die Wangen. Eine andere Frau neben ihr schaute zu, lachte, strich ihre langen blonden Strähnen aus dem Gesicht, so dass man die roten Buchstaben des Wortes ›LOVE‹ auf ihrer Stirn erkennen konnte.

Cleo drückte sich noch fester an John. Wenn sie die Augen schloss, sah sie Blumen und Wolken an sich vorbeiziehen.

Unruhe auf der Bühne. Timothy Leary trat ans Mikro. Dieser ältere Herr, der gut und gerne Vater so manch eines Teilnehmers hätte sein können, wirkte schüchtern, als er in die Runde blickte. Seine wesentliche Message, langsam und nachdrücklich vorgetragen, war kurz und knapp.

»Turn on, tune in, drop out.«

Sich in die Bewegung einschalten, auf das Wesentliche fixieren, den Zugang zu den Bewusstseinserweiterungen finden und aus dem Gewohnten ausbrechen, aus der Schule, aus der Hochschule, aus der Universität. Mit den Konventionen brechen.

Mit gefalteten Händen verbeugte und verabschiedete er sich in indischer Manier. Die Menge johlte.

Ein Freak zog seine Bahn durch das Areal unweit von Cleo und John und schwenkte eine lange Stange mit einem kreisförmigen, laugengetränkten Spiraldraht am oberen Ende. Der Luftzug drückte den Flüssigkeitsfilm aus der Öffnung heraus und formte riesige Seifenblasen, die über die Köpfe der Hippies hinweg schwebten und dann hinab sanken. Einige Übermütige sprangen auf, um die wabernden Gebilde mit ihren Fingern zum Platzen zu bringen. Bei jedem Treffer schrie die Masse ein »Yeah!« hinaus.

Als die Grateful Dead auf der Bühne erschienen, stand Cleo auf und blickte sich um. Die Sonne hatte merklich an Kraft gewonnen. Das Areal hatte sich weiter gefüllt. Soweit Cleo schauen konnte, sah sie Menschen. Inmitten der Masse ragte ein Pfahl empor, von dessen Spitze farbige Bänder hinunter führten, welche von Anwesenden gegriffen wurden, die sich von der Stange wegbewegten, bis die Bänder gespannt waren. Das so entstandene Gebilde wirkte wie ein luftiger Zeltkegel mit dem Pfahl als Mittelstange.

Die Band startete ihre Rock-Performance. Vor der Bühne drängten sich einige Fernseh-Kameraleute, wie man an den großen, runden Abdeckungen der Filmrollen-Paare auf ihren Geräten erkennen konnte. Die Medien waren nicht erst heute auf die Bewegung aufmerksam geworden. Hippies dienten jetzt als perfekte Lieferanten für die Schlagzeilen in den Zeitungen und bei den TV-Stationen.

Einige Zuhörer tanzten. Ihre Körper windeten sich in Schlangenbewegungen. Ein Schönheit, vielleicht zwei, drei Jahre älter als Cleo, produzierte sich besonders ausgeprägt. Ihr Outfit unterstrich den extravaganten Auftritt. Das einteilige Kleid, das bis eine Handbreit über den Knien reichte, ließ mit seinem hellblauen, transparenten Stoff jegliche Einzelheit darunter erkennen. Die Frau trug außer diesem Blickfänger und dem knappen Slip nichts am Körper. Jeder durfte ihren Busen sehen. Cleo stellte sich vor, wie ihre Eltern auf einen solchen Anblick reagieren würden. Schon dass sie keinen BH trug, hätte ihre Mutter nie verstanden. Ein solches Benehmen gehörte sich einfach nicht und stand als Auswuchs am Pranger, als hätte der Teufel höchstpersönlich seine Finger im Spiel. Und dann eine solcher Anblick? Eine Frau so gut wie hüllenlos in der Öffentlichkeit? Sodom und Gomorrha!

Cleo lachte bei dem Gedanken. Alles wird gut. Weg mit den alten Fesseln. Sie drückte sich wieder an John.

Die auf der anderen Seite sitzende Angela schaute zu ihr herüber. Cleo nahm es aus dem Augenwinkel heraus wahr und drehte ihren Kopf. Angela fiel in dem Heer der weißen Hippies wahrlich auf. Der Blick der Freundin erschreckte Cleo, denn Angela lachte nicht, schaute vielmehr ernst und skeptisch.

»Ist etwas, Angie?«

»Ach, nein, nichts.«

»Hmhm. – Sag mal, warum ist Ben nicht hier?«

»Er wollte nicht. Kannst du dir das nicht denken?«

»Ich ... ach so.«

Cleo zog ganz kurz ihre Augenbrauen hoch und blickte wieder zur Bühne.

Immer mehr Leute standen auf und tanzten zu den Rockklängen. John hatte sich schon erhoben, reichte Cleo die Hand und zog sie hoch. Er ging in der Musik auf. Sein Kopf wirbelte immer wieder heftig von links nach rechts und wieder zurück. Cleo wollte in die Bewegungen einsteigen, doch sie stutzte, als sie Angela gehen sah. Die Freundin drehte sich noch einmal um. Ihr trauriger Blick erschreckte Cleo erneut. Dann wandte sich Angela ab und verschwand in der Menschenmenge hinter einem Mann mit schwarzem Lockenkopf, der ein handgemaltes Schild hochhielt: »Kiffen gut – Whiskey schlecht«.

Die Grateful Dead liefen zur Hochform auf. Ein blonder Junge, vielleicht zwölf oder dreizehn Jahre alt, hatte sich neben Jerry Garcia auf die Bühne geschlichen und schwenkte eine große, rote Fahne mit einem orangenen Stern-Ornament. Eine riesige, unermesslich ausgedehnte Familie hatte sich hier im Golden Gate Park geformt und gefunden, zu einem Fest sondergleichen.

Der Tag schritt voran. Sie tanzten, sprangen, spielten in Gruppen, küssten sich in gedanklich trauter Einsamkeit. So müsste es immer weitergehen.

Köpfe drehten sich. Cleo folgte mit ihren Augen den Blicken der anderen. Am Himmel schwebte ein Fallschirm auf das Areal zu. Woher kam er? Cleo hatte kein Flugzeug gehört oder gesehen. Die Masse teilte sich im Zentrum des Platzes, als der Springer tiefer kam. Jetzt konnte Cleo das Farbmuster erkennen: ein Fallschirm in Stars and Stripes. Trotz aller Kritik am Establishment war die junge Generation mit ihrem Land tief verbunden. Das Star Spangled Banner vereinte.

Die Sonne stand bereits sehr knapp über dem Horizont. Rote und weiße Luftballone tanzten im Wind, als John mit beiden Händen zärtlich Cleos Kopf hielt und ihr einen langen, innigen Kuss aufdrückte.

»Komm, es wird Zeit für uns. Jetzt sind mir hier zu viele Menschen.«

Er lachte, und Cleo verstand. Sie schloss kurz die Augen und stieß ihre Stirn sanft gegen Johns.

»Dann komm.«

Allein, ohne die Rote Lory und Charly, ohne Peter und Susan, verließen sie den Park. Sie tanzten und hüpften in Richtung Haight-Ashbury.

*

Zwei Wochen später zog Cleo endgültig aus der Harriet Street aus und in Johns Wohngemeinschaft ein. Sie lernte schnell, dass das Leben auch anders organisiert werden konnte, als sie es sich vorher vorgestellt hatte. Gleich in den ersten Tagen pumpte John sie mehrfach an. Erst jetzt fiel ihr auf, dass die Gruppe keine Gemeinschaftskasse hatte. John und die anderen lebten von der Hand in den Mund. Cleo ging als einzige einer regelmäßigen Arbeit nach. John nahm genauso wie Peter und Susan die Sozialhilfe in Anspruch. Cleo verstand die Welt nicht mehr. Wie konnte man sich gegen das Establishment auflehnen und gleichzeitig bewusster Nutznießer der eingefahrenen Institutionen sein?

Dennoch fing die Liebe alles auf. Selbst die Tatsache, dass die Wohnung nicht wie ihre vorherige Bleibe, die wahrlich nicht viel gekostet hatte, angemietet war, sondern dass dieses zunächst leer stehende Haus einfach besetzt worden war, konnte sie schließlich nicht mehr schocken. Hauptsache John war in der Nähe.

Das Glück, das sie in der gefühlsmäßigen und körperlichen Liebe empfand, schoss sie in den siebten Himmel. Was zählte da schon Geld. Sie ging auf in einem Leben aus Liebe, Musik und Drogen. Und wenn John des Abends sanft mit der Hand über ihren nackten Rücken strich oder Tropfen einer alkoholischen Flüssigkeit zwischen ihren Schulterblättern wegküsste, dann tauchte Cleo ab in das Spiel des Lebens – das Spiel der Liebe.

1967 - Ehe

Die Wochen verstrichen. Cleo arbeitete mittlerweile in einem anderen Job. Sie hatte spontan eines Tages in dem India Shop nachgefragt, und der Chef des Ladens, der kein Inder war, aber dessen lange, schwarze Haare jedem traditionellen Sikh als Beweis seiner Religiosität und Konsequenz gut zu Kopf gestanden hätten, auch wenn oder gerade weil er keinen Turban trug, hatte sie vom Fleck weg engagiert. Er hieß Mister Poonjee und wünschte, dass auch Cleo ihn so nannte, obwohl sie schnell herausgefunden hatte, dass sein richtiger Name Richard Obert lautete.

Sie genoss ihr neues Reich und liebte es, sich in indischen Gewändern zu präsentieren. Das war zwar nicht Voraussetzung für die Arbeit, aber Mister Poonjee hatte nichts dagegen. Im Gegenteil. Cleo spürte die Bewunderung, die er ihr entgegenbrachte, wenn sie in leuchtenden, teilweise mit Gold-Palletten besticken Tüchern gekleidet dem kleinen Verkaufsraum wahre Größe verlieh. Da störte auch nicht das für eine Inderin absolut untypische lange, blonde Haar. Es verlieh ihr vielmehr die Aura einer Hippie-Fee. Die Düfte aus den Teedosen und der süßliche Geruch der Räucherstäbchen vollendeten das Einkaufserlebnis. Der Laden lief.

Trotz ihres Lebens auf Wolke sieben, der innigen Liebe und des Auslebens aller Freiheiten, fühlte sich Cleo nicht vollends glücklich. Es gab eine Distanz zu John, die sie nie ganz überbrücken, deren Ursache sie aber sehr wohl benennen oder genauer identifizieren konnte: Johns Schwäche für das weibliche Geschlecht im Allgemeinen ließ sich nicht auf sie allein eingrenzen. Ein Ereignis in der letzten Aprilwoche versetzte ihr einen tiefen Stich.

Der Zustrom junger Leute in die Stadt war unübersehbar geworden. Jeder, der sich frisch zu den Hippies zählte, setzte sich einfach in einen Überlandbus oder stellte sich mit dem ausgestreckten Daumen an einen Highway Richtung Westen. Oder man versteckte sich in alter Hobo-Manier in einem Güterwagon der großen Eisenbahnlinien. Egal, auf welche Art und Weise, wichtig war nur das Erreichen des Ziels: San Francisco. Eine Unterkunft würde sich schon finden. Die vielen Hippies, die schon in der Bucht lebten, hatten es ja auch geschafft. Also sollte einem das doch locker ebenfalls gelingen. So dachten viele, wenn nicht gar alle.

Ein Irrtum.

Die Stadt, vor allem das Viertel um Haight-Ashbury, war mit der wachsenden Zahl der Ankömmlinge schnell überfordert. Wohnraum, vor allem billiger oder kostenloser, war knapp. Man fragte als Neuling herum, suchte, ließ sich auf jeden Kontakt ein, der Unterkunft versprach. Dabei waren die weiblichen Neu-Hippies schnell im Vorteil. Und John ein williges Opfer.

So lernte Cleo eines Tages zum Ende des Aprils Marah kennen. Ungeplant, ungewollt und ungefragt. John hatte, wie er später sagte, sein Herz erweichen lassen und die kleine, durch ihre langen, blondgelockten Haare noch zierlicher wirkende Ex-Krankenschwester in der Waller Street aufgenommen. Man müsste sich ja in der Gemeinschaft aller um die neuen Mitglieder der Bewegung kümmern. Und die Kommune hätte ja genug Platz. Cleo wusste von alledem nichts. Als sie die Wohnung betrat, fand sie John und Marah splitternackt auf der Matratze. Es hatte auch schon zuvor dann und wann Streit zwischen Cleo und Randy gegeben, aber an diesem Tag rastete sie aus. Sie feuerte Marahs Gepäckstücke den Kopulierenden um die Ohren und warf beide hinaus. Marah aus dem Haus und John aus dem Zimmer. Für zwei Tage herrschte Funkstille zwischen den sich doch Liebenden.

Wie ein winselnder Hund kam John in den nächsten Tagen angekrochen, bis Cleo mit ihm die Friedenspfeife in Form eines Joints rauchte. Es herrschte wieder Ruhe – aber auf einem wankenden, verdammt brüchigen Grund.

*

Mister Poonjee besaß ein geräumiges Auto. Der Chevrolet hörte auf die malerische Typenbezeichnung »Nomad«, als könnte man mit ihm die Wüsten des Orients durchreisen. Doch das zehn Jahre alte, mit Beulen übersäte Fahrzeug hatte seine beste Zeit zweifellos schon lange hinter sich. Von der einst wahrscheinlich leuchtenden Zweifarben-Lackierung war nicht mehr allzu viel zu sehen. Wind, Regen und was auch immer hatten die Schichten an vielen Stellen abgetragen. Das Rostbraun des Metalls schimmerte durch. Der Schriftzug »Bel Air« seitlich auf den hinteren Kotflügeln wirkte wie Hohn, als würde man einen dahinsiechenden Tattergreis einen Bel Ami nennen.

Dennoch stellte der Nomade einen kleinen Schatz dar, denn als begehrten Vorteil führte das Auto seine Karosserieform ins Feld – einen Kombi-Aufbau, seitlich nur mit Fahrer- und Beifahrertür, langem Laderaum und zweigeteilten Heckklappe, bei der das Fenster nach oben und der Rest zwischen den beiden Heckflossen nach unten zu öffnen war. Cleo wusste von Mister Poonjees Anstrengungen, einen VW-Bus zu finden. Doch damit hatte er keinerlei Erfolg. Die wenigen Exemplare, die dann und wann auf dem Gebrauchtmarkt auftauchten, verschwanden innerhalb von Stunden, manche von Minuten. Die Hippie-Generation hatte sich ein Kultauto erkoren. Trotzdem, mit dem Chevrolet fuhr Mister Poonjee nicht schlecht – und Cleo auch nicht. Sie schaffte es mehr als nur einmal, ihrem Chef das Auto für ein Wochenende oder besondere Anlässe aus den Rippen zu leiern.

So auch an diesem Samstag Anfang Mai. Die Temperaturen an der Bay erreichten in diesen Tagen für die Jahreszeit ungewöhnlich hohe Werte, als wäre man schon im Spätsommer. Die vier aus der Waller Street und die dazu gesellten Lory und Charly drängten sich in den Straßenkreuzer und fuhren aus der Stadt nach Süden. Sie folgten der Küstenstraße, dem Highway 1, und stoppten kurz vor

Montara. Hier bot sich neben dem grandiosen Blick auf die unendliche Weite des Pazifiks zum einen ein breiter Sandstrand, zum anderen ein leichterer Abstieg, da an dieser Stelle statt eines Felsabbruchs eine zwar ebenfalls hohe, aber nicht so steil wie an den anderen Abschnitten abfallende Böschung die Straße von dem Meer trennte.

Die sechs tobten hinunter in den Sand. Jeder trug etwas in seinen Händen, Cleo einen Korb mit Lebensmitteln, John eine Kiste mit Getränkeflaschen und -dosen. Peter und Susan hatten sich die Decken und Handtücher geschnappt, Lory hielt die Tüte mit dem Kleinkram wie Brot, Flaschenöffner, Streichhölzern und Anmachpapier, und Charly hütete seine Gitarre wie einen Augapfel. Die Nachmittagsparty konnte steigen.

Im krassen Gegensatz zur aufgeheizten Luft stand die Eiseskälte des Wassers. Dennoch stürzten sich alle splitternackt in die Pazifikwellen, spritzten, planschten. Nur wenige Minuten lang, dann stürmten Lory und Susan zurück an den Strand. Die anderen folgten einige Augenblicke später. Zitternd rubbelten sie sich gegenseitig trocken. Wie ein nasser Hund schüttelte Lory ihren Kopf und bespritzte so die anderen. Ein Schreien und Lachen quittierte die Aktion.

»Kommt! Wir machen das Feuer an!«

John sprang auf, Peter folgte. Sie suchten den hinteren Bereich des Strands nach in den Tagen zuvor angeschwemmtem, bereits getrocknetem Holz ab. Innerhalb einer halben Stunde türmte sich neben ihren Decken ein ansehnlicher Haufen auf. Lory und Charly schichteten Papier und kleine Zweige sowie Holzbruchstücke auf. Zehn Minuten später knisterten die Flammen. Bierflaschen machten die Runde.

Bei Charlys ersten Gitarren-Akkorden funkelten seine und Lorys Augen voller Stolz, denn die beiden hatten die brandneue Hymne über die San Francisco Bay in der letzten Woche eingeübt. Noch war dieser Song nicht jedermann präsent, in den Hitparaden noch nicht vertreten. Doch das konnte nicht mehr lange dauern.

»If you're goin' ... to San Francisco ...«

Die anderen summten erst, dann stimmten sie mit ein. Jeder von ihnen hatte in den letzten Tagen sofort die Melodie und den Text aufgesogen, als die lokalen Radiostationen Scott McKenzies Neuerscheinung alle Stunden in den Äther schickten. Blumen im Haar, Love-In, Sommerzeit und nette Menschen – überall an der Bay. Vibrationen erschütterten das Land. Eine neue Generation war da. Auch mit negativen Begleiterscheinungen, wie Cleo in ihrer Begegnung mit Marah erlebt hatte. Doch Euphorie überwiegte. Und mit ihr trieb dieses Lied auf einer Welle durch das Land.

»If you-u're going ...«

Nach diesem Song kam der nächste. Dann stimmte Charly wieder etwas anderes an. Er spielte die Hitlisten der letzten Monate rauf und runter. Und alle sangen mit. Jeder kannte jeden Song. *Happy Together, Sunny Afternoon, Wild Thing, I Got You Babe, The Beat Goes On*, und vieles mehr, was ihm in den Sinn kam.

Cleo drückte sich immer fester an John. Die Sonne stand schon ziemlich tief über dem Horizont.

»Wird Elvis jetzt etabliert?«

»Och, Charly«, erboste sich Lory, »warum soll er denn nicht heiraten?«

»Ach ja, diese Französin, oder so.«

»Nein, Peter, keine Französin. Echte Amerikanerin. Hat nur so einen Namen.«

Lory war informiert. Überhaupt hatte sie immer einen Draht zu Promi-News. Charly hänselte sie oft genug deswegen. Das wäre ja genauso, wie zum Establishment zu gehören. Doch Lory ließ sich nicht beirren. Nie. Und was sie wusste, das wusste sie.

»Aaaaahh ja.«

Charly stimmte einen Rocksong an, imitierte dabei Elvis' Stimme.

»Yeah, bee-bop-a-loola ...«

»Ist Ehe etwas Schlimmes?«, fragte Cleo vorsichtig in Richtung der beiden.

Die Gedanken um dieses Thema hatten sie in all den letzten Wochen und Monaten nicht losgelassen. So nutzte sie diese Gelegenheit, um unverfänglich und losgelöst von ihrer Person darüber reden zu können. Charly grinste.

»Ich weiß nicht«, antwortete Lory. »Auf jeden Fall will ich es nicht so wie meine Eltern haben. Die kommen aus ihrer Tretmühle ja überhaupt nicht mehr heraus.«

»Wie dann?«

»Na, so wie wir hier, zum Beispiel.« Dabei blickte Lory in die Runde. »Stell dir uns als große Familie vor. Nicht nur zwei.«

»Und dann? Hat jede mit jedem Kinder?«

»Na so nun auch nicht. Oder?« Lory schaute sich wieder um. Grinste. »Aber im Ernst. Hätten Charly und ich Kinder, wäre es doch toll, wenn wir dann noch immer in einer Gemeinschaft wie heute leben würden. - Ja klar, wir wohnen ja nicht bei euch. Aber wer weiß ...«

»Ja, schade. Tut ihr nicht.«

Cleo dachte zurück an ihre Zeit in der Harriet Street. Es gab ihr einen Stich, dass ihr aus der damaligen Gemeinschaft nur noch Lory und Charly übrig geblieben waren. Von Angela hatte sie seit deren Rückreise in ihre Heimatstadt New Orleans vor zwei Monaten nichts mehr gehört. Und Ben ... Vielleicht wirklich besser, wenn er den Kontakt mied. Doch noch tiefer schmerzte der Stich, den ihr die Erinnerung an ihr eigenes Kind auf plötzliche und brutale Weise versetzte. Gemeinsam mit ihrem Sohn hier in dieser Gemeinschaft ...

»Also ich fände das gut.«

Das sprach John, der hinüber zu Lory gegangen war und seine Hand auf ihre Schulter gelegt hatte. Er grinste. Charly griff die Hand und hob sie nachdrücklich von Lory weg.

»In einem anderen Leben vielleicht, mein lieber John.«

Dabei imitierte er giftig Randys Gesichtsausdruck. John hatte verstanden, zuckte mit den Schultern und setzte sich wieder neben Cleo, nahm sie in den Arm.

»Aber Kinder fände ich wirklich gut.«

Charly stimmte ein reines Instrumentalstück an. Die Finger seiner linken Hand flogen über den Gitarrenhals, die seiner rechten zupften in mit den Augen nicht mehr zu folgenden Geschwindigkeit die Saiten.

Cleo drückte sich fester an John und schaute in das dunkle Rot der langsam hinter dem Horizont des Pazifiks abtauchenden Sonne. Außer den Klängen der Gitarre konnte man nur das Knistern des Feuers und das leise Rauschen der Wellen hören. Für einen Moment träumte sie sich nach Hawaii, das irgendwo dort mehr als zweitausend Meilen entfernt in dem Lichtspiel liegen musste, das sie aber noch nie besucht hatte. Dann fing das Hier und Jetzt ihre Gedanken wieder ein. Sie kannte John schon ein gutes halbes Jahr. Und sie sah noch keine Weg, wie sie ihn wirklich nur für sich gewinnen konnte. Seine Hand auf Lorys Schulter erschien wieder vor ihrem geistigen Auge ...

Als hätten die Gefühle einen Auslöser in ihrem Kopf berührt, stiegen imaginäre Bilder eines kleinen Jungen auf. Cleo wusste nicht, wie ihr Sohn jetzt aussehen mochte. Oft genug hatte sie versucht, aus dem in die Erinnerung eingebrannten Gesicht des Säuglings abzuleiten, wie sich Günthers Aussehen zwischenzeitlich verändert haben mochte. Erfolglos, was sie daran erkennen konnte, dass bei jedem Versuch ein anderes Bild in ihren Gedanken erschien. Wie sah er aus?

Zweifel nagten an ihr. Hätte sie ihr Kind nie verlassen dürfen? Wie dreckig handelt denn eine Mutter, die ihr Kind im Stich lässt? Auch wenn sie selbst daran zugrunde gegangen wäre – hätte sie nicht unbedingt in Deutschland bleiben müssen? Sie wusste ja nicht einmal, ob es dem Kleinen wirklich gut ging. Ja, sie hatte es immer angenommen und sich selbst gegenüber in den Gedanken immer wieder betont. Denn die örtlichen und familiären Verhältnisse in Philipps Umfeld hatten ihr die Sicherheit vermittelt. Aber stimmte das alles? Hätte sie nicht auf ihre eigenen Ziele verzichten müssen?

Das Schlucken fiel ihr schwer. Eine unsichtbare Hand presste auf ihre Brust und raubte ihr den Atem. Tränen stiegen in ihren Augen auf und suchten sich einen Weg. John sah sie an. Zunächst stumm, dann rückte er dichter an sie heran und fragte:

»Hey, Cleo, was ist? Das ... du ... das mit Lory gerade, das ... das war doch nichts. Echt.«

Sie blickte in seine Augen. Durch die Tränen nahm sie die Konturen nur verschwommen wahr, dennoch erkannte sie Johns Gesichtsausdruck genau. Sie sprang auf und rannte an der Wasserlinie entlang. Die Gedanken hämmerten in ihrem Kopf. Die paar Wochen an der Ostküste waren zu wenig gewesen. Der gewonnene Abstand noch immer zu gering. Etwas in ihr sehnte sich nach Europa. Verdammte Scheiße!

Hinter sich hörte sie die Stimme von Susan: »Bleib, John, ich glaube, das macht besser eine Frau.« Wenige Augenblicke später spürte sie eine Hand auf ihrer Schulter. Susans.

»Kann ich helfen?«

Cleo blickte sie nur stumm an, schüttelte den Kopf.

»Ach komm, Cleo, John meint das nicht so.«

»John? Es geht nicht um John.«

»Worum dann?«

»Ach ... es ... es ist alles so kompliziert.«

»Was?«

»Ich ...«

Cleo stockte. Was sollte sie schon erzählen? Worte würden die Zweifel nicht ausräumen. Ging es nicht doch um John? Alles, was sie genau in diesem Augenblick wie eine unsägliche Last zu erdrücken schien, wäre leichter zu tragen, wenn sie sich auf John verlassen könnte und er sich intensiver um sie kümmern würde. War es so? John?

»War John schon immer so?«

»Ich weiß jetzt nicht was du meinst, aber John war fast immer so, wie er eben ist. Bis auf die Zeit als ... Aber dann warst du ja da, und er fing sich wieder.«

»Er hing sehr an Kathy, stimmt's?«

»Hm.« Susan blickte skeptisch. »Ich glaube, du interpretierst gerade etwas falsch.«

»Falsch? Interpretieren?«

»Du hast ihn wieder aufblühen lassen, du warst das, nur du. Mehr als vorher.«

»Und?«

Mit dieser Frage wandte Cleo sich wieder ab und setzte ihren Weg fort. Sie wollte nicht reden, nur gehen, die Füße in den nassen Sand setzen, als könnte das Wasser des Meeres ihre Gedanken freispülen. Sie war froh, dass Susan jetzt nicht folgte. Verdammt nochmal, was sollte der Scheiß? Sie selbst hätte John aus dem Loch geholt – und er? Cleo empfand sich nur als sein Anhängsel. Daran hatten auch die schönen Augenblicke in der gemeinsamen Zeit nichts geändert. Er liebte seine Freiheiten, das Rummachen mit anderen Girls. Trotz aller Beteuerungen. Und so hatte sie ihre Last nie mit ihm teilen können. Ihr Geständnis vor einigen Wochen, dass sie bereits Mutter war, hatte Johns Hirn aller damaligen Reaktion nach zu urteilen nur wie ein Luftzug von einem Ohr zum anderen gestreichelt. Es war ihm egal. Er hatte es akzeptiert, ohne es wirklich in seiner Tragweite aufzunehmen, und war sich dabei sogar ob seiner Toleranzschwelle noch großartig vorgekommen. Wusste er überhaupt, was Community wirklich ausmachte? Das Teilen der Lasten? Er hatte keine Bürde übernommen. Sie war einfach an ihm abgeglitten.

Aber zum Teufel, sie liebte ihn! Doch irgendein Schnitt musste geschehen.

Die Zeit verstrich. Cleo ging zunächst nicht zur Gruppe zurück. Bis Lory kam. Die Freundinnen umarmten sich und verstanden sich wortlos.

»Wir müssen wieder. – Oder sollen alle laufen?«

Cleo kapierte und zwang sich zu einem Lachen. Sie war die Herrin – zumindest des Autos. Denn sie war die Keeperin der Schlüssel. Wenigstens hier musste John ihr folgen.

Sie brachen auf.

2010 - Las Vegas, NM

Ein Ortsname elektrisierte ihn: Las Vegas.

Robert wusste natürlich, dass es sich nicht um jenes Las Vegas handelte, die Spiel- und Showmetropole in Nevada. Hier ging es um einen weitaus beschaulicheren Ort im Norden von New Mexico. Dennoch – allein der Klang des Namens. Das mochten von Tucumcari aus höchstens zweihundert Kilometer sein, also gut in zwei Tagen zu schaffen, wenn es nicht zu gebirgig würde. Na ja, und wenn schon. Ob zwei Tage oder vier war auch egal. Robert hatte keinen Zeitdruck.

Aber Langeweile. Besser gesagt: eine bestimmte Art von Langeweile. Jemand, der den ganzen Tag lang auf dem Rad strampelt, ist immer unter Volldampf. Das wird nie langweilig im Sinne von Müßiggang, das bleibt Arbeit pur. In seinen Gedanken verspürte Robert einen Kanal, der keine Abwechslung zuließ. Dumpfe Perspektiven.

Er hatte es erfolgreich geschafft, Grübeleien über das Leben mit Britta hinter sich zu lassen. Freiheit war da. Nur ist es frustrierend, wenn man einen leeren Raum nicht wieder befüllt. Was machte denn nun seine neuen Ziele aus? Was riss mit? – Nichts. Fahrradfahren als Selbstzweck? Dieser Teil Amerikas hier um ihn herum? Begegnungen? Da hatte er jetzt verdammt schlechte Karten. Die Landschaft wirkte wie ein Sargnagel in dem Deckel aus Langeweile. Tucumcari lag bereits seit über zwei Stunden hinter ihm. Lange, endlos lange Geraden prägten den Verlauf der 104 durch die Hochebene. Der öde, wüstenähnliche Charakter der zwischen den wenigen Sträuchern leicht rot gefärbten Umgebung intensivierte die monotonen Eindrücke. Ein Strampeln in der Leere. Die Sonne brannte.

Mein Gott! Jetzt erlebte er wieder, vielleicht sogar stärker als zuvor auf der bisherigen Reise, die Weite Amerikas. Scheinbar unendlich, grenzenlos. Freiheit?

Nein. Monotonie. Leere. Sein Körper genoss die schnurgerade Endlosigkeit. Keine Berge. Immer derselbe Rhythmus. Doch sein Geist? Robert wünschte sich tatsächlich Hügel. Gibt es denn sowas?! Steigungen und Kurven gegen den Frust?

Marlies. Wie ein Blitz schoss der Name durch sein Hirn. Eine Versinnbildlichung seiner Situation. Britta gerade erst erfolgreich beiseite geschoben – und schon prägte sich der Name der ersten weiblichen Person auf seiner Reise wie ein Brandzeichen in sein

Gehirn. Wäre dasselbe passiert, wenn sie Gertrud geheißen und ganz anders ausgesehen hätte? Hässlicher? »Vielleicht«, musste sich Robert in den wenigen klaren Augenblicken des Tages eingestehen. Als flöge er auf die sofort erste Blume nach wiedererlangter Freiheit. Er wusste, dass ihm wohl jegliche Objektivität abhanden gekommen war. Notstand? Steigerte er sich in seiner selbstgewählten Mühsal in etwas hinein?

Die Sonne heizte seinen Rücken auf. Die Strahlen setzten zu. Trotzdem war Robert heilfroh über das Wetter. Denn je weiter er sich von Tucumcari wegbewegte, desto offensichtlicher wurde sein mögliches Problem im Fall der Fälle: zöge jetzt ein Unwetter herauf, wäre er absolut schutzlos. Potentielle Panik. Er erinnerte sich an Rita, seinen mütterlichen Schutzengel im Süden. Hier hatte er jetzt seit zig Kilometern kein einziges Haus entdeckt. Und durch den morgendlichen Blick auf die Landkarte ahnte er, dass sich das, wenn es schlecht liefe, auch so schnell nicht ändern würde. Die letzte Brücke über einen der kleinen Canyons hatte er sich gemerkt. Aber ob das im Notfall Schutz böte? Nur die Telefonleitung an den Masten neben der Straße setzte auch optisch ein Zeichen dafür, dass man hier nicht ins Nirgendwo fuhr, sondern irgendwo da vorn Menschen zu Kommunikation bereit waren.

Dann, nach über zwei Stunden weiterer Fahrt, sah er endlich wieder Häuser. Wenigsten wären das Anlaufpunkte, falls er durch welche Unbilden auch immer im weiteren Verlauf umkehren müsste. Für ein Etappenende war es jetzt aber noch zu früh.

Er kämpfte sich vorwärts – wie jeden Tag. Nach weiteren vier Stunden Fahrt entschloss er sich zum Feierabend, als er eine Ansammlung weniger Gebäude im Niemandsland entdeckte. Die Gelegenheit wollte er nicht verstreichen lassen. Die kleine Kirche wertete er als Zeichen dafür, dass er hier Schutz finden sollte. Er stieg ab, lehnte das Fahrrad an einen der Telefonmasten.

Ein Knall ertönte und Sand spritzte neben ihm auf, als er sich der ersten flachen Hütte näherte.

»Machen Sie, dass sie wegkommen!«

Er suchte nach dem Schreier, der zu dieser Stimme passte. Erst jetzt ging ihm auf, was gerade passiert war. Jemand hat auf ihn geschossen. Verdammt, was ...

Verwirrt und erschrocken hielt Robert inne. Langsam setzte er einen Schritt zurück.

»Was wollen Sie?«

»Ich ... äh ... ich suche ...«

Er brach den Satz ab. Er zitterte. Seinen Wunsch nach Unterkunft würde der Typ in der Eingangstür garantiert falsch verstehen. Jeder, der Unterkunft sucht, ist ein Eindringling.

»Ich ... brauche nur eine Auskunft.«

»Okay, Mann, schießen Sie los!«

»Wo kann ich eine nahegelegene Übernachtungsmöglichkeit finden?«

»Hier nicht.«

»Will ich auch nicht. Wie weit ...«

»Verpissen Sie sich und fahren Sie bis Las Vegas. Dort sollte es klappen. Okay?«

»Ich ... ähm ... Sorry, Sir. Ich bin mit einem Fahrrad unterwegs.«

»Sie sind was?«

»Mit einem Fahrrad. Ich ... heute Morgen bin ich in Tucumcari gestartet.«

Der Mann verließ seinen Posten und trat einige Schritte nach vorn, das Gewehr im Anschlag. Robert zeigte hinüber zu dem Mast.

Der Blick des anderen pendelte einige Male zwischen Fahrrad und Robert hin und her. Dann musterte er den Ankömmling genauer. Er spukte in den Sand.

»Ziemlich komisch sehen Sie aus.«

»Danke. Mein Kampfanzug.«

»Kampf ...« Er ließ die Waffe sinken und zog einen Mundwinkel zu einem leichten Grinsen. »Was brauchen Sie?«

»Einen Platz für mein Zelt. – Oder brauche ich auch Schutz?« Dabei zeigte Robert auf das Gewehr.

Mit einem Abwinken drehte der Mann sich um, ging zwei Schritte und blieb stehen. Er schaute wieder zurück und zeigte beim Lachen seine Zähne. Sein Oberkörper steckte in einem grauen Träger-Unterhemd. Der fette Bauch wippte.

»Kommen Sie, junger Mann. Ist okay.«

Robert folgte. Sein Magen riet ihn zur Vorsicht.

»Wenn sie also wollen – bitte.«

Der Dicke wies mit dem Finger auf eine Stelle hinter einer Hecke.

»Dort sind sie vor Blicken von der Straße geschützt. In der Tonne da vorn ist noch Regenwasser. Das sollte zur morgendlichen Wäsche reichen. Und ...« Wieder blickte er Robert eindringlich an. »... falls Sie für kleine Jungs müssen ...« Er lachte süffisant. »... dann klopfen Sie. Ich werde dann schon aufpassen.«

Aufpassen – Robert zuckte. Er schaute sich um. Verdammt wenig Alternativen. Gar keine, wenn er es recht überlegte. Außer weiterfahren. In die Nacht. Hier in der Hochebene. Scheiße. Er quälte sich zu einem Lächeln und nickte.

»Okay.«

Der Typ hatte einen Schuss auf ihn abgefeuert und bot ihm jetzt einen Platz an? Wie krank war das denn? Es gibt einen Humor, den würde Robert nie verstehen. Er atmete tief durch.

Einige Minuten später ließ der Mann ihn allein. Robert begann mit dem Zeltaufbau.

Als alles stand und der Schlafsack ausgerollt war, kam der Dicke mit zwei Dosen in der Hand.

»Hier, Mann, eine für dich. Kaltes Bier ist genau richtig.«

Oh, Scheiße. Nach Bier war Robert überhaupt nicht zumute. Andererseits eine nette Geste seines Gastgebers. Er folgte dem Mann auf die Veranda. Auf zwei Holzstühlen sitzend blickten sie in die untergehende Sonne neben der kleinen Kirche. Keine Frage, schlecht war so ein kaltes Bier jetzt nicht.

»Romantischer Anblick.«

»Romantisch? Hier? Ha, Mann, dass ich nicht lache!« Er schob seine Oberlippe nach oben und leckte mit der Zunge die Außenseite seiner Zähne. »Hier ist ... the blooding fuck is hier los. Willkommen im Zentrum der Einsamkeit.«

Er musterte Robert von oben bis unten.

»Ist das nicht lästig, bei solchen Temperaturen eine so enge Kleidung.«

»Lästig? Im Gegenteil. Die Hose und das Trikot leiten den Schweiß sofort ab. Die Kühlung erfolgt dann auf der Außenseite des Materials. Sehr angenehm sogar.«

»Und sehr die Figur betonend.«

Er schnalzte mit der Zunge, grinste und nickte bewundernd. Robert lächelte zurück. Der Typ behagte ihm nicht. Er hielt noch zehn Minuten durch.

»Ich muss dann mal.«

»Jetzt schon? Der Abend fängt doch gerade erst an. Und ist noch lang.«

»Nein, nein. Danke. Es war heute schwer und hart für mich.«

»Hart ...« Er schnalzte wieder. »Überleg's dir nochmal.«

Robert nickte nur uns stand auf.

»Ach, ich müsste tatsächlich mal kurz für kleine Jungs.«

»Na, sag ich doch.« Dabei zwinkerte er ihm zu. »Hier lang.«

Während Robert sein Geschäft verrichtete, hörte er den Dicken vor der Toilettentür. Bewachte er ihn wirklich? Was trieb der da vor der Tür?

Als Robert wieder in den Flur trat, nahm er noch die schnelle Wegbewegung des Gastgebers war. Er hatte ihn noch nach Wasser fragen wollen. Doch dafür hätte er zum Zelt gehen und seine Flaschen holen müssen. Er wollte nur noch so schnell wie möglich in seinen Schlafsack kriechen und seine Ruhe haben. Mal sehen, vielleicht morgen früh ...

»Okay. Gute Nacht dann.«

»Gute Nacht. Und träum was Süßes.«

Robert schluckte und machte, dass er rauskam. Was Süßes ...

Zehn Minuten später hatte er sich eingerollt. Doch er fand keine Ruhe. Er hörte den Dicken durchs Gelände streifen – mal entfernt, mal dicht am Zelt. Minutenlang. Dann Stille. Nach einer halben Stunde wieder. Verdammte Hacke! Was machte der? Robert tastete nach seinem Schweizer Messer.

Erst nach zwei Stunden kehrte Stille ein. In seiner Erschöpfung fiel Robert in den Schlaf. Jedoch nicht tief. Unruhig wälzte er sich von einer Seite auf die andere.

Als er aufwachte, schien es noch dunkel, wenn auch die Dämmerung bereits ihren Einfluss anmeldete. Der Zeltstoff ließ ein Minimum an Licht hindurch. Der Blick auf die Uhr vermeldete vier Uhr in der Früh. Schlich der Dicke draußen herum?

Langsam öffnete Robert den Reißverschluss des Eingangs. Nur kein lautes Geräusch verursachen. Er schaute hinaus. Ruhe. Nichts zu sehen.

Leise packte er seine Sachen zusammen. Nach fünfzehn Minuten hatte er alles verstaut und am Rad befestigt. Auf Zehenspitzen schob er seine Fuhre zur Straße. Dann trat er in die Pedale. Er war wieder unterwegs.

Seine Glieder fühlten sich schwer an. Ein mühsames Fortkommen. Nach etwas mehr als einer halben Stunde kreuzte er einen kleinen, wasserlosen Creek. Zwei mannshohe Röhren liefen unter der Straße durch. Er fasste seinen Entschluss. Pause. In einem der Wellblechtunnels sollte er einen Platz zum Nachholen des Schlafes finden. Geschützt vor der Sonne und neugierigen Blicken.

Er hatte gerade sein Fahrrad von der Straße hinunter geschoben, als er in der Ferne ein Auto von Süden kommen sah. Ohne es begründen zu können wuchtete er das Rad in die Röhre und linste zwischen den Grasbüscheln hindurch über die Asphaltkante. Als der Pick-Up vorbeidonnerte, erkannte Robert den Fahrer. Der Dicke. Unglaublich. Hinter dem Heckfenster der Kabine erkannte er das quersitzende Gewehr in einer Halterung. Verfolgte der Typ ihn? Robert blieb in der Deckung und beobachtete das Auto, bis es in der

Ferne verschwand. Er entrollte seine Matte und streckte sich aus. Als er nach einer Viertelstunde wieder Motorengeräusch hörte, eilte er wieder zu seinem Ausguck. Tatsächlich. Der Dicke kam zurück. Jetzt musste sich zeigen, ob der ihn entdeckt und es vor allem auf ihn abgesehen hatte. – Der Pick-Up donnerte vorbei. Keinerlei Reaktion des Verlangsamens oder gar Bremsens. Das Fahrzeug verschwand am Horizont. Der Mann hatte ihn nicht aufgespürt. Jetzt erst fand Robert seine Ruhe. Der Schlaf tat ihm gut.

Drei Stunden später radelte er weiter in Richtung Las Vegas. Bald wurde die Landschaft durch die ersten Ausläufer der Rocky Mountains hügeliger. Zunächst zog die Straße in weiten Windungen ihre Bögen um die Erhebungen, doch dann kamen die ersten Anstiege. Robert schnaufte.

Erfreulicherweise hielt die Anstrengung nicht lange an, denn nach dieser ersten Bergkette wurde die Welt wieder flacher. Bis Las Vegas bewegte Robert sich wieder in einer Ebene. Glück gehabt.

In der Eintönigkeit des Strampelns verlor sich sein Frust über die beiden letzten Tage etwas. Und mit jedem Tritt stieg ein Bild in seinem Kopf stärker auf. Ein Mädchen mit langen blonden Haaren lachte ihn an. Ihre Augen entfachten seine Kräfte. Marlies. Eine flüchtige Begegnung erwuchs zu seiner dauerhaften Begleitung. Tritt für Tritt. Tag für Tag stärker. Fatalerweise aber auch wie ein Hemmnis, denn mit dem Bild von Marlies verstärkte sich seine Frage, ob sein jetziges Unternehmen das richtige war. Lief er weg? Oder steigerte er sich in ein Verlangen hinein?

In seiner monotonen Trittabfolge hämmerte sich die Gewissheit über eine Suche in sein Hirn. Nach Oma Elisabeth? Das hatte er so nie gesehen – oder besser: nie eingestanden. Doch tatsächlich führte sie ihn. Wäre er sonst hier, nur wenige Kilometer von Santa Fe entfernt? Sicher nicht, das wusste er jetzt. Aber war das die einzige Suche? Robert drängte die Frage beiseite. Er wollte sich nicht eingestehen, was auf der Hand lag. Seine Gedanken belogen ihn nicht. Er trauerte einer Chance nach, die er hatte verstreichen lassen. Vor dem Atlanta Airport. Und das alles nach einer nur flüchtigen Begegnung?

An diesem Tag suchte Robert sich ein Motel für die Übernachtung. Eine Nacht im Zelt kam für ihn nicht in Frage. Er brauchte Zeit und Ruhe. Würde er jemals wieder so jemanden treffen wie Marlies?

1967 - Mister Poonjee

Mister Poonjee führte seine Geschäfte erfolgreich. Ja, nicht nur jenes eine, sondern eine Vielzahl. Wobei der Begriff ›Geschäft‹ nicht unbedingt gleichbedeutend mit ›Laden‹ gesetzt werden sollte. Verkaufsaktivitäten wie in seinem India Shop waren das eine, Ideen im Hintergrund und lukrative Organisationen das andere. Richard Obert hatte seine Finger in vielen Deals, doch trat er offensichtlich nur in seinem indischen Laden persönlich in Erscheinung – als der pittoreske Mister Poonjee.

Er hatte zwei weitere Verkaufsräume unweit seines indischen Handelshauses in dem Viertel eingerichtet: ein Second-Hand-Geschäft für Bekleidung und einen winziger Coffee Shop. Angeheuerte Frauen in Cleos Alter bedienten die Kundschaft vor allem aus der direkt in The Haight angesiedelten Hippie-Gemeinde. Trug sich der Gebrauchtladen so gerade eben, war das Kaffeehaus ein Zuschussgeschäft, denn die Kunden bekamen ihr Getränk kostenlos, solange sie nicht im edlen Zwirn dort erschienen. In der gemeinschaftlichen Subkultur setzte Richard das Zeichen der gegenseitigen Fürsorge. Doch Mister Poonjee wäre nicht Mister Poonjee, hätte er nicht auch aus diesen beiden Unternehmungen Kapital geschlagen. Der Kleiderladen und noch mehr der Coffee Shop dienten ihm auf Basis ihres regen Zuspruchs als Umschlagplätze für News aus Haight-Ashbury und der Bay – seine News. Er nahm spürbaren Einfluss auf das Geschehen in der Community, ohne dass man es ihm zuordnete.

Er suchte auch noch einen ganz anderen Erfolg – bei Cleo. Seit sie bei ihm angefangen hatte, machte er keinen Hehl daraus, wie sehr sie ihm gefiel. Er kannte keine Schüchternheiten oder Hemmungen. Er warb um sie, offen und direkt.

Cleo hatte das anfänglich als lästig und zudringlich empfunden, auch wenn Richard ihr nie nahe kam und Ab- und Anstand wahrte. Dennoch fühlte sie sich bedrängt, wenn er beim Schließen der Eingangstür fragte, ob sie ihm nicht doch das Vergnügen bereiten würde, mit ihm essenzugehen und einen schönen Abend zu verbringen. Er kannte da einige Top-Lokationen …

Cleo wusste schon, dass er damit nicht untertrieb, denn gleich zu Beginn ihres Job-Verhältnisses hatte sie einmalig einer solchen Einladung zugestimmt. Richard war ja ihr Chef, und wer weiß … Aber Cleo wollte ansonsten nach Geschäftsschluss jedes Mal schnell zurück zu John und sich keinesfalls der Gefahr aussetzen, dass irgendetwas einen Keil zwischen sie beide trieb.

Doch mittlerweile hatte sich etwas verändert. Jetzt war der Mai fast vorüber, und die Beziehung zu John hatte sich merklich eingetrübt. Die Stiche, die er ihr versetzt hatte, hinterließen Wirkung. Wäre es bei der Eskapade Marah geblieben, hätte sich alles vielleicht wieder eingerenkt. Hätte, wäre, wenn ... Die vielen weiteren Kleinigkeiten, seine Blicke auf andere Frauen, seine Anmache anderer, selbst wenn Cleo in der Nähe war, die Art, wie er sich in den Tag hinein treiben ließ – viele Augenblicke, von denen jeder ein Nagel zu dem Sarg ihrer Liebe wurde. Vor allem Cleos Liebe.

Am meisten nagte seine Taubheit an ihr, wenn sie dann und wann zaghaft versuchte, ihr Innerstes über die Vergangenheit vor ihm nach außen zu kehren. Er ließ es einfach nicht an sich heran. Und damit stand Cleo jedes Mal einsamer da als zuvor. Sie konnte ihre quälenden Selbstvorwürfe nicht teilen. Die immer wiederkehrende Frage, ob sie ihr Kind hatte verlassen dürfen, um sich selbst mit ihren Zielen zu retten, zermürbte sie. Sie fühlte, dass der Abend am Strand einen gewichtigen Rest ihrer Liebe tief in ihr zerstört hatte. Sie war sich sicher.

So kam es, dass sie an diesem späten Maitag zu Mister Poonjees Überraschung die Einladung akzeptierte. Cleo sehnte sich nach einem Menschen, mit dem sie reden konnte. Und gleichzeitig Abstand zu John finden würde. Richard war der geeignete. Sie musste sich auch eingestehen, dass er sehr wohl seine Reize hatte und er sie, wenn sie innerlich von John abrückte, mit seinen Signalen zielsicher traf. Obwohl er sicher zwei oder drei Jahre älter war als John und mit seinem schwarzen Haar und den dunkelbraunen Augen fast südländisch wirkte und damit ihrem Idealbild nicht entsprach, fühlte sie sich in diesem Moment stark zu ihm hingezogen. Sie tauchte in die Ausstrahlung seiner Ruhe ein und fand darin eine Pause für sich selbst.

»Perfekt, Cleo. Was hältst du von Italienisch?«

Sie nickte. Er hätte jetzt auch ›Chinesisch‹, ›Steakhaus‹ oder sonst was sagen können – Cleo hätte genickt. Entgegen ihrer Erwartung führte Richard sie zum Nomad. Sie hatte mit einem Fußweg zu einem der nahegelegenen kleinen Restaurants gerechnet oder vielleicht mit einer kurzen Muni-Fahrt zur Market Street. Aber mit dem Auto?

»Weit?«

»Wie man's nimmt. Einmal über den Hügel.«

Cleo konnte die Antwort einordnen. Also direkt an die Bay, vielleicht zum Fisherman's Wharf. Ihr gefiel die Idee. Sie erzählten sich während der Fahrt zunächst nicht viel, eigentlich gar nichts. Sie lauschten vielmehr der Musik des erst knapp einen Monat alten, aber schon extrem populären Rock- und Folk-Senders KMPX im Radio. Cleo war hier noch nicht oft langgefahren. Statt der breiten Webster Street hatte Richard die schmalere Fillmore gewählt. Ungewöhnlich für eine Fahrt über den Hügel.

»Schau, die Vorbereitungen für die Who laufen schon«, unterbrach Richard nach einiger Zeit das Schweigen und zeigte schräg nach vorn links. Cleo verstand. Das Fillmore Auditorium. Mit den Plakaten für den heutigen Auftritt von Janis Joplin und ihren Big Brother. Sie kannte das Haus, war erst vor knapp drei Wochen mit John in diesem Konzertsaal gewesen, in der Menge der Zuhörer beim zweitägigen Grateful-Dead-Auftritt, bei dem sie aber nur am zweiten Abend dabei gewesen waren. Und in etwas mehr als zwei Wochen traten die Who auf, deren Vorankündigung in einem großen Banner über dem Eingang prangte. Wow! Meine Generation. *Talkin' about my generation* .... Cleo wollte auch hier mittendrin sein. The Who! Aber würde sie? Mit John?

»Es hat sich gelohnt.«

»Ja, Richard, es war stark. Das ging ab.«

»Was meinst du?«

»Die Grateful Dead.«

»Ach so. Nein, das meine ich nicht.« Er schaute zu ihr herüber und lachte. »Ich dachte eher an klingende Kassen.«

»An ... was?«

»Die Einnahmen. Das Ding ist gut gebucht. Anfang Mai die Grateful. Danach ging es fast täglich weiter. Jefferson Airplane, Country Joe, Martha mit ihren Vandellas, jetzt die Holding Company, vor den Who nochmal die Doors, und andere. Es lohnt sich für die Künstler – und für mich auch.«

»Für dich?«

»Hast du es noch nie mitbekommen? Ich bin Mitorganisator solcher Konzerte. Etwas Logistik, Connections. Man kennt so diesen und jenen. Da kann ich gut helfen.«

»Oh. – Und bei den Who auch?«

»Sogar noch mehr. Jerry und seine Jungs sind ja direkt von hier. Die benötigen Organisation nur in ganz bestimmten, für sie eher nebensächlichen Bereichen wie Getränkeversorgung, Fressalien und sowas. Aber die Who? Die kommen von drüben. Die können sich hier nur um ganz wenig kümmern. Die brauchen Transporte, Unterbringung, Helfer. Da bin ich dann da. – Na ja, einige andere auch. Aber es reicht.«

Cleo blickte ihn an und sah, wie sich ein Grinsen in sein Gesicht zog. Sein Stolz strahlte unverkennbar.

»Ich dachte immer ...« Sie brach den Satz ab. Klar, Mister Poonjee hatte den India Shop. Von den beiden anderen hatte sie auch schon gehört. Und dass er Kaffee umsonst an die Leute aus der Community abgab, hatte sie ihm von Anfang an hoch angerechnet. Sie hatte bewundert, dass er nicht irgendwem auf der Tasche lag, sondern sich und damit auch ihr mit dem Hauptladen ein Auskommen geschaffen hatte und darüber hinaus noch zwei Einrichtungen mit sozialem Charakter. Aber das jetzt ...

Trotzdem empfand sie in diesem Augenblick zu ihrer eigenen Überraschung keinerlei Ablehnung ihm gegenüber. Im Gegenteil. Bewunderung nahm sie ein. Tatsächlich? Für jemanden, der die Mechanismen des Konsums für sich ausnutzte? Oder fielen Gewinne aus Konzert-Organisationen nicht darunter?

»Du organisierst also auch Konzerte?«

»Na ja, nicht ganz. Aber in manchen Sachen bin ich so etwas wie Bill Grahams rechte Hand. Bill Graham kennst du, oder?«

Cleo nickte. Klar, jetzt fiel es ihr wieder ein. Sie hätte gleich wissen müssen, dass Richard nicht der Organisator der Konzerte war. Graham als Veranstalter großer Konzerte im Fillmore und neuerdings auch im Winterland kannte wahrlich jeder in The Haight. Aber Richard mischte mit, irgendwie. Immerhin.

Ein eigenartiges Gefühl des Geborgen- oder Behütetseins machte sich in ihr breit. Neben ihr saß jemand mit einer starken Hand, der nicht nur an das Leben in den Tag hinein und an das Liebesleben dachte. Davon war sie in diesem Augenblick überzeugt.

Sie schwieg.

Oben auf dem Hügel kreuzten sie den Broadway. Ab hier konnte Cleo in der Ferne das Meer vor sich sehen, auf das die jetzt wieder abfallende Fillmore Street schnurgerade zulief, als würde sie dahinten unter Wasser weiterführen.

Wenige Blocks vor der Wasserlinie bog Richard nach rechts ab und steuerte auf das Hafengebiet zu. Fünfzehn Minuten später hatten sie an einem der wenigen, ganz dicht an der Hauswand aufgestellten Tische vor einem italienischen Restaurant Platz genommen.

»Warst du schon einmal bei Alioto's?«

»Nein.«

»Lass dich überraschen. Die besten Krabben weit und breit. Der übrige Fisch ist aber auch gut. Der Sizilianer hat es raus.«

Das Paar studierte für wenige Minuten den Papierbogen mit den angebotenen Speisen und orderte. Nachdem die Bedienung die Getränke gebracht hatte, lehnte Cleo sich genüsslich zurück, nippte an dem Rotwein und blickte hinaus in die Bucht. Sie kniff die Augen ein wenig zusammen und blinzelte hinüber zur Insel Alcatraz. Die tiefstehende Sonne strahlte das verlassene Gefängnis von links an. Selbst auf der glitzernden Wasserfläche konnte Cleo rechts des Felsens die langen Schatten der Gebäude erkennen.

Wieder durchflutete das Gefühl von Geborgenheit ihren Körper. Von einem Mann zu einem romantischen Essen ausgeführt zu werden, hatte sie vermisst, ohne sich dessen bewusst zu sein. Neben ihr saß jemand, der ihr mit einem charmanten Lächeln zuprostete und sich um sie bemühte. Wie gut das tat.

Die Bedienung servierte die großscherigen Krabben, dazu die Schälchen mit verschiedenen Saucen. Während er die ersten Krusten aufbrach, fragte Richard sie, ob sie schon oft in diesem Viertel gewesen war.

»Nein, ganz selten. Das hier ist … na ja, etwas zu touristisch.«

Damit meinte sie weniger die Besucher selbst. Denn das Hafengebiet hatte noch viel von seiner maritimen Ursprünglichkeit. Fischer arbeiteten emsig. Der Tourismus hatte die Molen erst vor wenigen Jahren überhaupt für sich entdeckt. Und doch hatten die Preise in den Restaurants und an den Imbiss-Ständen ein Niveau erreicht, das über dem vertretbaren für einen nicht reich gesegneten Hippie war. Dennoch war ihr Fisherman's Wharf nicht unbekannt. Sie hatte manches Mal, bevor sie aus der Harriet Street ausgezogen war, Charly und Lory begleitet, für die eben jene Besucher eine gute Einnahmequelle darstellten. Musik ging immer. Nur durfte Charly es nicht zu intensiv betreiben, wollte er sich nicht den Zorn der Restaurantbetreiber zuziehen. So zog er nur sporadisch hierher ans Wasser – bis vor einigen Monaten eben dann und wann auch mit Cleo im Schlepptau.

Sie schaute sich aus einem Impuls heraus um. Aber er war nicht da. Wäre auch ein starker Zufall gewesen, wenn Charly genau heute hier auftauchte. Außerdem – wenn es so wäre, hätte sie seine Musik garantiert schon aus dem Getöne der Motoren, der Schiffshörner und des Stimmgewirrs herausgehört.

»Verstehe.«

Gekonnt zog Richard das weiße Fleisch aus der ersten aufgebrochenen Schere heraus.

»Hättest du Lust, nach dem Essen noch etwas mit mir zu unternehmen? Der Abend ist noch lang …«

Ihr Bauch sagte sofort ja. Das Wohlgefühl des Geborgenseins war einem ungeduldigen Kribbeln gewichen. Aber trotzdem ...

»Ich weiß nicht. Zuhause ...«

Richard zog ganz kurz die Augenbrauen hoch und sagte: »Ah ja, verstehe. John.«

»Oh, nein, nein. Das meine ich nicht. Ich ... Okay.« Der schnell aufgeflammte Ausdruck des Schreckens in ihrem Gesicht war einem zaghaften Lächeln gewichen, welches sich nun zu einem befreiten Lachen manifestierte. »Ja klar.«

»Perfekt. Ich habe da eine Idee ...«

Er zwinkerte ihr zu. Eine erste tiefergehende Vertrautheit erwuchs. Während des Essens sprachen sie über dies und das, doch ohne in irgendeiner Form wirklich Persönliches in Cleo zu berühren. Sie war froh darüber, denn genau deshalb genoss sie das zwanglose Zusammensein als ein willkommenes Vergnügen. Gepaart mit einer sich aufbauenden Spannung, was noch geschehen mochte. Je länger das Gespräch dauerte, desto mehr verspürte sie ihre Bereitschaft, auch über Wünsche, Hoffnungen und Ängste zu reden. Nein, sie war nicht nur bereit, sie wollte es. Diese Tatsache war ihr durchaus bewusst und löste gleichzeitig ein Glücksgefühl aus.

»Und du willst noch nicht verraten, was wir gleich unternehmen werden?«

»Nein. Aber ist auch nichts Besonderes. Also ... nicht zu viel erwarten. Doch ich denke, eine kleine Überraschung ist es schon. Hoffe ich wenigstens.«

Nach dem Essen bummelten die beiden noch auf dem Pier entlang.

»Dort drüben, das gegenüberliegende Gebäude, du siehst, welches ich meine?«

Cleos Blick folgte der Richtung seines Zeigefingers. Richard konnte nur den grau gestrichenen Holzschuppen für Bootsausrüstungen und Reparaturen auf dem gegenüberliegenden Kai meinen.

»Yep.«

»Auch eines meiner Geschäfte.«

»Wie? Du handelst auch in maritimer Hardware?«

»Oh, nein. Der Laden gehört mit nicht. Aber der Besitzer will den Schuppen aufstocken und zu einem Motel erweitern. Und im Organisieren und Durchführen des Ausbaus bin ich dabei. Ich glaube, das wird sich hier lohnen. – Ähm ... der Ausbau für mich sowieso. Aber ich meine die Zimmer für Touristen. Also für den Besitzer ... lohnt es sich.«

»Ah ja. Du bist also auch Bauunternehmer.«
»Ach was. Selbstverständlich nicht. Aber in der Planungsphase und vor allem beim Einholen notwendiger Genehmigungen und beim Organisieren von Aushilfskräften bin ich Spitze.«
Er grinste sie an.
»Verstehe«, lachte sie zurück. Eine Überraschung nach der anderen. Das alles hatte sie von ihrem Chef – das war er ja – nicht erwartet.
Richard zeigte ihr noch andere Ansätze der lokalen Veränderungen. Schritt für Schritt lernte Cleo bei diesem Spaziergang in der Abendsonne, den Hafen mit anderen Augen zu sehen. Hier würde nichts bleiben, wie es heute war. Und bei diesen Veränderungen spielten die Hippies keine Rolle. Ganz gewiss nicht. Richard sah andere Umwälzungen auf die Stadt zukommen als sie und ihre Freunde.
Für einen Augenblick schoss Cleo die Frage durch den Kopf, was sie täte, wenn Richard ihre Hand fassen oder seinen Arm um ihre Schultern legen würde. Was würde sie tun? Sie wusste es nicht. Sie spürte ihren Wunsch, dass er es doch bitte, bitte täte. Es einfach darauf ankommen lassen. Doch Richard hielt sich höflich zurück. Etwas viel Distanz, fand Cleo mit einem Mal. Und erschrak bei dem Gedanken.
Bald hatte er ihre gemeinsamen Schritte zurück zum Auto gelenkt. Sein galantes Öffnen der Beifahrertür katapultierte Cleo erst recht in eine andere Welt. Sie fühlte sich wie ein Juwel behandelt – welch ein Kontrast zum Universum des John Randerak.
Richard fuhr durch die Polk Street bis zur querlaufenden Sutter, bog dort rechts ab. Jetzt ahnte Cleo, wohin er wollte. Sie erkannte das Gebäude des Avalon Ballrooms mit den schmalen, hochgezogenen, über zwei Stockwerke reichenden Gewölbefenstern auf der rechten Straßenseite, vor dessen Eingang im ebenerdigen, die Straßensteigung ausgleichenden Untergeschoss sich Menschen drängten. Richard musste nicht lange suchen, um einen Parkplatz zu finden.
»Zum Ballroom?«
Richard lachte sie an. »Klar. Ich will dich zum Tanzen entführen.«
»Oh.«
Zum Tanzen entführen. Cleo musste diesen Wunsch erst einmal einordnen. Klar, sie tanzte gern. Wie alle in der Community sich oft und spontan zur Musik bewegten. Standen sie vor irgendeiner Bühne, hüpften und sprangen sie aus der Eingebung heraus, windeten

ihre Körper, ließen ihre Köpfe wild kreisen. Jeder für sich oder im Gefühl der Gemeinschaft. Ob das im Golden Gate Park war, bei einem der schnell organisierten Straßenkonzerte der Grateful Dead in The Haight oder bei den größeren Events im Fillmore Auditorium, wenn sie sich den Eintritt leisten konnten. Sie wusste, dass sich die Konzerte hier im Avalon nicht von anderen unterschieden – und doch lag in Richards Wunsch und seinem Ausflug hierher eine ganz andere Schwingung. Denn das Avalon wies eine separierte, ausgewiesene Tanzfläche auf. Und Richard forderte sie indirekt zum Tanz auf – ganz klassisch, wie es vielleicht früher auch ihr Vater mit ihrer Mutter gemacht haben mochte. John hätte einem Tanz niemals eine solche Bedeutung zugemessen. *Darf ich bitten?* Die darin liegende Romantik haute sie in diesem Moment um. Richard warb um sie. Und das löste in ihrem Inneren Aufregung aus. Es kribbelte.

Kurz darauf betraten sie das Gebäude. Richard zahlte den Eintritt, und sie stiegen hinauf in den zweigeschossigen Ballroom. Richard zog Cleo gleich weiter eine zweite Treppe hinauf zum Balkon, der an zwei aneinanderstoßenden Wänden über dem Geschehen schwebte. Sie fanden noch freie Plätze und gewannen von hier einen ungestörten Blick auf die Bühne. Nur wenige Minuten später begann die Band ihr Repertoire. Folk-Rock.

»Hey, die sind stark!«

Cleo kannte die Gruppe noch nicht. Eine der vielen, fast unzähligen Formationen, die in San Francisco entstanden waren oder hier angespült wurden.

»Die Charlatans. Pass erst einmal auf, wenn der Pianist loslegt.«

Richard hatte recht. Als der Keyboarder im Barrelhouse-Stil loshämmerte gab es für die Zuhörer kein Halten. Die Kombination aus leicht jazzigen Rhythmen, Folk-Guitar und tragenden Blues-Arrangements zupfte die richtigen Nerven, sorgte phasenweise für beschwingte Stimmung. Tänzer eroberten das freigehaltene Areal direkt vor der Bühne.

»Komm, Cleo. Hast du Lust?«

Cleo hatte. Hand in Hand eilten sie die Treppe hinunter. Richard zog sie auf die Tanzfläche. Er fing Cleos Blicke ein. Und sie erwiderte diese, während sie ihren Körper in sanften Bewegungen hin und her bog. Ihr wäre es sonst nicht eingefallen, sich so sehr auf einen Menschen zu konzentrieren, während sie in der Musik aufging. Auch bei John nicht. Sie schwebte um Richard herum, der sie ohne jeden körperlichen Kontakt festzuhalten schien. Im verliebten Augenkontakt synchronisierten sie ihre Bewegungen.

Stück folgte auf Stück. Fetziger Rock 'n Roll heizte zusätzlich ein. Nur wenige psychedelische, kurze Passagen störten den Rhythmus.

Sie kamen sich näher. Ein Blues lud zum Klammern ein. Eng schmiegte sich Cleo an ihren Mister Poonjee. Der Rhythmus drang immer dumpfer in sie ein. Sie tauchte ab in die Wellen, die ihren Körper pulsierend dem Mann näher brachten. Die Hautstellen, an denen seine Hände ihren Rücken berührten, fühlten sich an wie Brandherde. Hitze und doch prickelnde Kälte gleichzeitig. Ein Frösteln rann ihren Rücken hinunter. Sie spürte Richards Pulsschlag.

Während die Charlatans spielten, tanzte das Paar fast ohne Unterbrechung. Es legte nur eine kurze Pause ein, um etwas zu trinken. Als die Gruppen auf der Bühne wechselten, begaben die beiden sich wieder hinauf auf den Balkon. Noch für eine halbe Stunde lauschten sie den Blue Cheer. Arm in Arm. Die harten Rhythmen der Dreierformation luden sie nicht zum Tanzen ein.

»Sollen wir?«

Cleo nickte. Der Tag war schön und lang genug gewesen. Richard brachte sie nach Hause. Mit einem zarten Kuss verabschiedete er sich im Auto. Cleo drückte ihn innig. Sie war gleichzeitig verblüfft, dass er keinen Versuch unternommen hatte, sie in seine Wohnung einzuladen. Warum nicht? Das Prickeln in ihrem Innern stieg an.

»Okay. Bis morgen.«

»Bis morgen.«

Sie sah dem wegfahrenden Wagen nach.

*

John tobte, als er drei Tage später erfuhr, dass Cleos Wegbleiben in der Nacht zuvor kein einmaliger Akt bleiben würde. Sie zog zwar nicht aus, aber die wenigen Sachen, die sie mitnahm, ließen keinen Zweifel zu. Sie wollte mehr als nur eine Nacht außer Haus schlafen. Cleo ließ sich nicht beirren. Schon am Tag nach dem Avalon-Tanz hatte sich die Beziehung zu Richard noch mehr gefestigt. Sie war erstmalig eine Nacht bei ihm geblieben. Sie fühlte sich geborgen, umworben und stark. All dies gleichzeitig hatte sie in den letzten Wochen nicht erlebt. Und davor? Cleo glaubte, noch nie. Sie lernte andere Aspekte des Lebens in der Stadt kennen, geschäftig, voller Tatendrang, auf der anderen Seite einer Linie, die ihr noch nie aufgefallen war.

Richard hatte mit ihr schon Pläne für das nächste Wochenende geschmiedet. Doch das Wetter machte einen Strich durch die Rechnung. Das Musik- und Fantasy-Festival in den Bergen nördlich von

San Francisco wurde wegen des zu erwartenden schlechten Wetters abgesagt. Das Paar strich gezwungenermaßen seinen geplanten Besuch ersatzlos. Und die Vorhersage sollte wahrlich recht behalten. Der Freitag erfuhr Regenfälle von einer Stärke, die man sich in San Francisco allenfalls im Winter vorstellen konnte. Gemütlich kuschelten sich Cleo und Richard am darauffolgenden Tag stattdessen im Bett aneinander. Der Regen hatte merklich nachgelassen, warf seine Tropfen aber noch immer gegen die Fensterscheiben.

»Glücklich?«

»Und wie.« Dabei drückte sie sich noch fester an ihn. Sie küsste seine unbehaarte Brust. »Halt doch bitte einmal die Welt an. Nur für uns.«

»Was immer du willst.«

Sie schloss die Augen und streichelte mit ihrer Wange seine Brustwarze. Dann schlug sie die Lider wieder auf, blinzelte ihn von der Seite an und fragte:

»Magst du Kinder?«

»Äh ... joo. Viele sind sehr putzig.«

»Putzig? Hättest du gern mal welche?«

»Ich? Kinder? Nee, sicher nicht.«

»Sicher ...?« Sie biss sich auf die Unterlippe. Für einen Augenblick verharrte sie starr, dann ließ sie sich auf den Rücken zurückfallen. »Könntest du dir vorstellen, dass ich ...?«

»Du was?«

»Ich und Kind.«

»Nee, kann ich nicht. Ich glaube auch, dass ›Kinder‹ kein gutes Thema sind. Lass uns lieber anderes machen.«

»Aber wenn ich ein Kind ...?«

»Hast du aber nicht. Sonst wärst du jetzt wohl kaum hier.«

Cleo schwieg.

»Sorry, Kleines. Ich wollte deine Worte nicht abwürgen. Aber bei dem Thema fühle ich mich etwas in die Ecke gedrängt. – Also, was gibt's?«

»Ich ...« Sie spürte, dass sie jetzt sagen könnte, was ihr auf der Seele brannte. Und doch wäre die jetzige Stimmung Gift für ein ernsthaftes und vor allem positiv gefärbtes Aufarbeiten ihrer Sorgen. Das konnte nicht gut gehen. »... ich wollte ... ist nicht wirklich wichtig. Aber eines Tages gehen wir das in Ruhe an.«

Sie zwang sich zu einem Lächeln und zwinkerte ihm zu.

»Klar, Honey. – Weißt du was? Wir machen eine Shopping Tour durch die Market Street. Und genießen zwischendurch einen riesigen Burger bei Henry's. Okay?«

Cleo nickte. Shopping als Ersatz für ... für ... Für was? Sie zogen sich an. Cleo würde eine passendere Gelegenheit abwarten.

*

Am Samstag darauf fand das Festival dann doch noch statt. Sie fuhren über die Golden Gate Bridge nach Norden, vorbei an Sausalito. Hinter Marin City folgten sie dem Shoreline Highway nach Westen in die Berge.
»Noch weit?«
»Nein, Cleo. Fünfzehn Meilen vielleicht.«
»Warum auch ›Fantasy Fair‹ und nicht nur einfach ›Mountain Music Festival‹?«
»Weil es ein wenig mittelalterlich angehaucht ist, wie man sich so vorstellt, dass sich die Menschen damals zu Musikaufführungen getroffen haben. Ist aber trotzdem ein ganz normales Rock-Konzert.«
Bald hatten sie das Gelände vor den erloschenen Vulkankegeln des Tamalpais erreicht. Sie parkten den Wagen vor dem Areal. Richard bezahlte die zwei Dollar Eintritt für jeden, dann flanierten sie zwischen einzelnen Verkaufsständen. Überall hingen lange, an Masten und Querstangen aufgehängte senkrechte Fahnenbahnen, deren Ornamente an altertümliche Symbole und Sterndarstellungen erinnerten. Das Zentrum des Geschehens war dicht gefüllt. Das mochten zwanzigtausend Besucher sein, vielleicht mehr. Das Gewimmel erinnerte Cleo an das Human Be-In im Januar.
»Komm!«
Richard lotste Cleo außen um die Menschenmenge herum. Sie näherten sich von hinten dem abgesperrten Bühnenrückraum.
»Hi, Richard.«
Der Mann, offenbar ein Bewacher des Zuganges, begrüßte ihn wie einen alten Bekannten.
»Hi, Dennis.«
Der andere machte mit einem Lachen Platz und ließ das Paar passieren.
»Du kennst aber auch jeden.«
»Klar. Warum sollen wir denn im Gedränge untergehen?.«
Er zog sie direkt an die seitliche Bühnenkante. Cleo hatte von hier einen perfekten Blick auf die Afro-Sängerin. Die Musikrichtung traf nicht unbedingt Cleos Geschmack. Und sie war sich sicher, dass den meisten Zuhörern mehr nach Rock zumute war als nach seichten Mainstream-Arrangements. Doch die Leute vor der Bühne

johlten, als der Beginn des nächsten Stückes ertönte. »What the world needs now is love, sweet love«.

Cleo drehte sich zu Richard um.

»Wer ist das?«

»Dionne Warwick. Noch nie gehört?«

Cleo schüttelte den Kopf, auch wenn ihr der Name irgendwie bekannt vorkam. Doch sie konnte ihn nicht weiter zuordnen.

Nach zwei weiteren Songs beendete die Sängerin ihren Auftritt mit *Blowin' In The Wind*. Vier knackige Jungs sprangen auf die Bühne. Den ersten im engen Leder-Outfit erkannte Cleo auf Anhieb. Jim Morrison! Die monotone Orgelsequenz erklang, das Schlagzeug setzte ein, die Gitarre sandte ihre hellen Töne in die Menge, verzerrte leicht. Dann stimmte der Frontmann ein. *Soul Kitchen*.

Die Köpfe der Zuhörer bewegten sich im Rhythmus vor und zurück. Bei Hüftbewegungen des Sängers schrien einige auf. Es folgte die Aufforderung zum Ausbruch aus dem Gewohnten. *Break On Through*. Die Bewegungen in der Menge wurden heftiger. Nach dem stampfenden *Alabama Song* folgte der Höhepunkt, eingeleitet durch das unverkennbare Orgelsolo: *Light My Fire*. Die Menschen waren aus dem Häuschen. Unter dem strahlend blauen Himmel wirkte die Menge wie eine rhythmisch wabernde Masse. Dort jetzt mittendrin sein! Cleo erschrak bei dem Wunsch. Sie hatte es doch kaum besser treffen können, hier vorn, vollkommen unbedrängt von anderen, mit freiem Blick auf die Doors. Und doch wusste sie, dass sie das wahre Erlebnis nur mittendrin haben konnte. Ob Lory und Charly auch hier waren? Oder John? Trotz der Einmaligkeit des Auftritts wurde ihr traurig und beklemmt ums Herz. Da mittendrin sein. Bei den anderen.

Die Doors traten ab. Nach seinem Sprung von der Bühne kam Jim dicht bei ihr vorbei. Aus einem Impuls heraus hielt sie ihre Hand zum Gruß hoch. Jim schaute überraschend schüchtern, klatschte aber lachend ab und eilte weiter. Der blonde Organist schlug ebenfalls ein und wollte seinem Leader folgen.

»Hi Ray!«

Richards Stimme hielt ihn auf. Er drehte sich um und blinzelte über seinen Brillenrand.

»Oh, Dick! Schön dich zu sehen.«

Es blieb bei diesem kurzen Gruß. Dann waren er und die drei anderen hinter der Bühne abgetaucht. Richard wandte sich an Cleo.

»Wir können ja noch Canned Heat abwarten. Dann sollten wir gehen.«

»Schon?«

Ihre Enttäuschung war nicht zu überhören.

»Ja. Noch nicht zurück nach San Francisco. Aber ich will noch mit jemandem von KFRC reden. Dauert länger.«

Cleo konnte sich denken, worum es ging. Der Sender hatte das Festival hier organisiert. Und Richard wollte mit Sicherheit einen der Verantwortlichen zwecks späterer Kooperationen sprechen. So war Richard.

Sie blickte wieder zu der Menge vor der Bühne. Da mittendrin sein. Der Wunsch quälte sie jetzt. Sie dachte an John.

Nach über einer Stunde hatte Richard sein Gespräch beendet. Cleo nahm ihn freudestrahlend in die Arme.

»Und, was meinst du? Sollen wir mitten hineintauchen? Irgendwo dort zwischen den anderen?«

»Nicht wirklich dein Ernst, oder? Das tu ich mir nicht an. Das sind doch alles Träumer und Spinner. Auch wenn sie Geld haben – wie wenig auch immer.«

Cleo schluckte. Sie brachte kein Wort mehr hervor. Als sie etwas später zurück in Richtung Golden Gate fuhren, wusste sie, dass zurzeit einiges falsch lief. Eine Menge sogar. Sie hatte ihre Ziele, die sie an die Westküste getrieben hatten, in den letzten drei Wochen aus den Augen verloren und mit Füßen getreten. Aber jetzt nicht mehr. Sie würde es ändern. Doch hatte sie noch keine Vorstellung davon, wie sie das anstellen sollte, ohne erneut unglücklich zu werden.

Sie dachte schon wieder an John. Und an seinen Ausspruch vom Beach-Abend vor einigen Wochen: »Aber Kinder fände ich wirklich gut.« Kinder der Liebe ...

1967 - Beatles

Am nächsten Tag verließ Cleo Richards Wohnung. Sie pfiff auf das Who-Konzert im Fillmore. Gleichzeitig schmiss sie ihren Job hin. Ein Weiterarbeiten im India Shop stand für sie außerhalb jeglicher Vorstellung. Sie mochte Richard – und doch war ihr ein weiteres Zusammensein mit ihm unmöglich. Jedes Wort zwischen ihnen hätte den Riss in ihrem Innern vergrößert.

Lory und Charly erwiesen sich als ihre Rettungsanker. Cleos wenige Sachen waren schnell in der Harriet Street untergebracht, weitere holte das Paar aus der Waller Street einen Tag später, als

John nicht dort war. Die Unglückliche hatte wieder eine Bleibe – wenigstens in der akuten Situation.

Die Freundin begriff schnell. Sie verstand Cleos Geschichte und die Zerrissenheit über ihre Muttergefühle, spürte, wie sie an ihren Zielen einer neuen Lebensform festhielt, an ihrer gemeinsamen Lebensphilosophie, und ahnte, wie sehr sie an John hing.

Zu dritt fuhren sie am folgenden Sonntag nach Monterey zum Pop Festival. Charly hatte sich mächtig ins Zeug gelegt, eine Mitfahrgelegenheit zu dem an der südlichen Küste liegenden Ort zu organisieren. Der Nomad stand ja nun nicht mehr zur Verfügung. Der Eintritt von nur einem Dollar war für jeden das weitaus geringere Problem. Der Tag heiterte Cleo spürbar auf. Sie bekam so doch ihre Who zu erleben. Und wahrlich einiges mehr.

Lory schöpfte Mut und überredete Cleo bei nächster Gelegenheit, an einem Event teilzunehmen, bei dem auch John anwesend sein würde – so schwer der zerrissenen Seele das auch fallen mochte.

Sie trafen sich in Peters Zimmer. Es sollte ein besonderes TV-Ereignis an diesem 25. Juni werden, jetzt, am späten Vormittag, und Peter zählte zu den stolzen Besitzern eines passenden Gerätes. Auch wenn keiner der Sieben – Lory und Charly hatten Cleo in die Waller Street mitgeschleift und Barbara, eine Freundin von Susan, hatte sich dazu gesellt – irgendein großartiger Fernseh-Gucker war. Übertragungen von rockigen Live-Performances zählten für sie als okay, die regelmäßigen Folgen der Ulk-Truppe The Monkees auch. Aber das war es im Allgemeinen auch schon.

Doch heute stand ein ganz besonderes Ereignis an. Im Rahmen einer weltumspannenden Satellitenübertragung – der ersten überhaupt – mit Live-Beiträgen von den verschiedensten Plätzen auf der Erde wollten als britischer Beitrag die Beatles einen neuen Song präsentieren. Die Beatles! Direkt und ungeschnitten! In einigen Minuten, kurz vor Mittag. Doch noch war das TV-Gerät ausgeschaltet. Im Hintergrund ertönte Musik aus dem kleinen Kofferradio.

»Dann erleben wir sie ja doch noch einmal live«, sagte Charly, als er die Scheiben des labbrigen weißen Brotes neben den Toaster legte.

Cleo blickte hinüber zu der blonden, kurzhaarigen Barbara und fragte sich, ob deren Sitzplatz direkt neben John Bestimmtes zu bedeuten hatte.

»Was heißt ›doch noch einmal‹?«, wollte Susan wissen.

»Sie können nicht mehr live performen, sagen sie. Ihre Stücke seien zu kompliziert geworden.«

»Wer sagt das?«

»Sie selbst. Die Beatles.«

»Echt?«

»Yep. Deswegen waren sie in Monterey nicht aufgetreten und sogar schon vorher aus dem Organisationskomitee für das Festival – wie sagt man so schön - ausgeladen worden.«

»Echt nie mehr?«

»Wahrscheinlich nicht. Hör dir doch die *Sergeant Pepper* an. Da glaube ich denen ohne Weiteres, dass sie das live nicht hinkriegen. Aber wir geben die Hoffnung nicht auf. Heute spielen sie ja auch.«

Peter nickte, als Susan ihren fragenden Blick von Charly zu ihm lenkt.

»Dir war das also auch klar?«

Peter nickt noch einmal nachdrücklich.

»So'n Mist.« Enttäuscht lässt Susan sich auf die Matratze fallen. »Letztes Jahr hat es bei mir im Candlestick Park nicht geklappt. Ich dachte, die kommen nochmal ...«

»Mach Dir nichts daraus«, tröstete Cleo, die bisher sehr schweigsam gewesen war. »Bei mir ging es damals auch ganz knapp vorbei. Ich kam leider erst zu spät in der Bucht an. Und ich hatte so gehofft, es zu schaffen.« Wieder schaute sie kurz hinüber zu Barbara.

»Die Beatles sind nicht alles«, brummte John. »Hier gehen doch so unglaublich starke Sachen ab. Mann, Mann. Wir haben letzten Monat diesen Dickie Peterson mit seinen Blue Cheer gehört. Stimmt's, Peter? Oh Gott. Da liefen dir die Sounds nur so eiskalt den Rücken runter. Unglaublich, wie nur drei Leute so rocken können.«

Peter nickte und ging mit dem ganzen Körper in rhythmische Bewegungen über. Ja, es war hammerhart gewesen. Cleo dachte schweigend an ihren Abend im Avalon Ballroom.

»Ach, übrigens, Cleo ...« Die Worte kamen von Peter. »Wollte dich schon immer fragen, wie deine Eltern auf den Namen kamen.«

»Auf ›Cleo‹?«

»Yep.«

Cleo fing Lorys Blick auf, bevor sie antwortete, und sah, dass auch die Freundin sehr neugierig darauf schien. Cleo hatte bisher noch mit niemandem hier an der Bay darüber gesprochen.

»Gar nicht.«

»Wie?«

»Na gar nicht. Der Name stammt nicht von ihnen.«

»Sondern?«

»Ein Spitzname, der sich durch eine Namensgleichheit ergab.«
»Verstehe ich nicht.«
»›Cleo‹ kommt von ›Cleopatra‹.«
»Und ›Cleopatra‹ weil ...?«
»... weil Elizabeth Taylor die Cleopatra spielte.«
»Ah ja ... und das heißt?« Peter weitete demonstrativ seine Augen.
»Na ja ... ich heiße mit richtigem Namen ebenfalls Elizabeth Taylor. Keine Ahnung, warum meine Eltern damals ausgerechnet ›Elizabeth‹ gewählt haben. Jedenfalls verpassten mir meine Freunde nach Erscheinen des Films den Namen ›Cleo‹.«
»Vielleicht waren es Lassie-Fans«, warf Lory ein und grinste. »Ich meine deine Eltern.«
»Ha - ha.« Cleo sagte das lang gedehnt. Sie kannte die Bemerkung schon zur Genüge.
»Die Taylor ist doch die aus ›Giganten‹, mit James Dean, oder?«, fragte Barbara interessiert in die Runde.
»Yep«, bestätigte John.
»Ja, den habe ich gesehen. Rock Hudson fand ich so toll. Aber auch diesen Sohn, den mit der Mexikanerin.« Barbara schwärmte.
»Dennis Hopper? Na ja ...« John klang nicht sehr begeistert. »Auch so ein Cowboy. Western rauf und runter.«
Charly schüttelte nur den Kopf. »Was für einen Scheiß ihr alles wisst.«
»Soll ich dich jetzt ›Liz‹ nennen?«, grinste Lory, winkte aber sofort mit der Hand ab. »Ne ne, meine Liebe, war Spaß. Ich bleibe bei ›Cleo‹. Das gefällt mir besser.« Dabei zwinkerte sie der Freundin zu.
Aus dem Radio schepperten noch die Young Rascals mit ihrem *Groovin'*, als Peter den Ton abschaltete und den Knopf am Schwarz-Weiß-Fernseher drückte. Mit flinken Fingern suchte er mit dem Justierrad die richtige Empfangsfrequenz. Die Satellitenübertragung lief bereits. Seit mehr als einer Stunde schon. Aber Peter hatte im Vorfeld den genauen Zeitablauf in Erfahrung bringen können. Im Augenblick sang eine Sängerin ein patriotisches Lied auf irgendeinem verkehrsbelebten Platz in Mexiko. Man schaltete nach New York in die Philharmonie, wo ein Pianist unter der Anweisung des Zigarette rauchenden Leonard Bernstein Klassisches in die Tasten hämmerte.
»War ja zu erwarten. Der Ostblock macht nicht mit. Kam eben im Radio. Scheiß Israelis.«

John warf einen fast schüchternen Blick zu Cleo hinüber. Sie bemerkte, dass er sich in seiner Haut unwohl fühlte.

»Komm, John, sollten die sich denn einfach so überfallen lassen?« Charly zog einen Mundwinkel zu einem schiefen Grinsen. »Schon grandios, wie die die Ägypter weggeputzt haben. Mal eben so. Sechs Tage. Fertig.«

»Findest du Krieg etwa gut?«

Cleo blickte bei Peters Frage zu John, da sie sich unbeobachtet fühlte und er noch immer Charly anstarrte. Sie verfolgte deren Gespräch genau. Schweigend, möglichst unauffällig. Und wieder schaute sie kurz zu Barbara.

»Nein, überhaupt nicht«, erwiderte Charly. »Aber die Aufmärsche kamen von den Arabern, nicht umgekehrt. Und wehren muss man sich, oder?«

»Ach was. Ist alles für den Arsch ...«

»Seid doch einmal ruhig!«, fuhr Lory dazwischen. »Ich glaub', es geht los.«

Tatsächlich hatte die Schalte nach London stattgefunden. Luftballons waren zu sehen, wurden zur Seite gedrückt und gaben den Blick auf ein Studio frei, in dem zwanzig oder dreißig junge Leute, manche mit Blumen geschmückt, beieinander saßen. Man hörte ein »All You Need Is Love« immer wieder als Refrain gesungen.

»Sind die schon mitten drin?«, meldete sich Cleo wieder.

»Kein Ahnung.«

Charly zuckte mit den Schultern. Auf der Mattscheibe sahen sie, wie jemand im Studio ein schwarzes Schild mit weißer Schrift ins Bild hielt. »*Komm zurück, Milly!*« Liebeskummer?

»Da ist Paul!«, schrie Susan.

»Stimmt. Und da John Lennon!«

Die Beatles, die alle – logischerweise bis auf Ringo, den Schlagzeuger – auf freistehenden Hockern inmitten des Studios saßen, brachen den Song ab. Ein Tontechniker wurde eingeblendet. Die Sieben in der Waller Street folgten dem Geschehen in leicht verzerrten Bildern intensiv.

»Nee, Kinder, das war wohl noch Teil der Probe.«

John war sich sicher. Und tatsächlich. Jetzt erst machte man sich für den ›Take One‹ bereit, wie man einer Ansage entnehmen konnte.

»Es geht los!«

Zur Überraschung der Sieben eröffnete ein Symphonie-Orchester, das ebenfalls in dem Studio saß und erst jetzt ins Bild kam, das Stück.

»Mann, das kenne ich.«

»Echt, Charly? Kommt mir zwar auch bekannt vor, aber ich weiß nicht woher.«

»Frankreich, John, Frankreich. Das ist die französische Nationalhymne.«

Doch die Überraschung hielt nur kurz an. Nach den ersten Takten wechselte das Orchestrale zu dem vokalen »*Love, Love, Love*« der Band und die Kamera schwenkte nach rechts.

»Da! Wieder Paul!«

»Und da John! Ach je, mit seiner Nickelbrille.«

Die Frauen waren aus dem Häuschen.

»Was tragen die denn für Klamotten?«

»Schade, Cleo, dass man das nicht in Farbe sehen kann. Aber das sieht ähnlich aus wie die bunten Uniformen auf dem Sergeant-Pepper-Cover.«

John und Peter stimmten Charly zu. Welch ein unglaubliches, unerwartetes Zusammenspiel der Beatles-Stimmen mit den Streichern.

»*All You Need Is Love.*«

Gebannt starrten die Sieben auf die Flimmerkiste. Cleo vergaß in diesen Minuten sogar John. Welch grandiose Szene. Die Beatles inmitten einer Gruppe fantasievoll Gekleideter, mit Konfetti und Luftschlangen geschmückt.

»Ich find' das Bärtchen von George so unheimlich süß!«

»Och, Susan, und was ist mit mir?«, sagte Peter, der durch sein Grinsen seinen eigenen Oberlippenbart weit in die Breite zog.

»Ach du ...«

»Ich lach mich schlapp«, tönte Charly, »John singt mit Kaugummi im Mund, haha.«

»Au Mann, stimmt!«

»Ja! Süß!«

Susan schrie auf, als sie Georges Mund in Großaufnahme sah.

»Haha!« Charly schlug sich vor Freude auf die Schenkel. »Mit Bläsern. Richtigen Posaunen. Die haben es drauf.«

Aus dem Hintergrund des Gesangs konnte man ein »und jetzt alle!« hören. Die Melodie war eingängig. Cleo und die anderen summten schon mit.

»Da! Habt ihr gesehen? Habt ihr?« Susan war kaum zu halten. »Das war Mick Jagger! Der ist auch dabei. ... Wahnsinn. Mick Jagger bei den Beatles. Unglaublich!«

Männer trugen große Pappschilder durch das Bild, auf denen in den unterschiedlichen Sprachen ›Liebe‹ geschrieben stand. Love, l'Amour, Liebe, auch in kyrillischen Schriftzeichen.

»Haha, habt ihr gehört? Das ist ja genial! John singt ›*She Loves You*‹! Mittenrein! Ich fass' es nicht! ›*Yeah, Yeah, Yeah*‹!«
Charlys Musikerherz tobte.
»*Love is all you need ...*«
Ganz langsam wurde der Ton ausgeblendet. Die sechs Minuten Übertragung aus London waren zu Ende. Eine Weltkugel erschien auf dem Bildschirm. Dann ein Blick in die Sterne. Der Sprecher erzählte etwas über die Sonne, die Lichtgeschwindigkeit und die Einzigartigkeit der Erde, und dass die Menschheit bald auf dem Mond landen würde. Die nächste Einblendung zeigte die Raumfahrtbasis Cape Kennedy mit dem Kennedy Space Center.
Peter wollte das Gerät ausschalten, doch John bremste ihn.
»Lass noch. Es geht um den ersten Testflug der Saturn Fünf für das Apollo-Programm.«
»Das wird in den nächsten Jahren noch spannend«, klinkte Lory sich wieder ein. »Was meint ihr? Schaffen wir das? Ich meine, auf den Mond? Noch vor 1970, wie angekündigt?«
Peter, Susan und Charly schüttelten die Köpfe, wobei Charly sagte: »Nicht nach dem Unfall im Januar. Was Grissom, White und Chaffee passierte, das blüht auch den anderen«.
Cleo und Barbara zuckten mit den Schultern. Nur John nickte: »Klar. Aber sowas von klar.«
Er schaute noch einige Augenblicke fasziniert, schien der Welt in einer Rakete zu entrücken. Dann gab er sein Einverständnis: »Okay. Kannst von mir aus ausmachen. Ist ja doch nur ein Bericht über die Saturn. Ich habe gedacht, da passiert jetzt noch etwas. Aber ist wohl nicht.«
Peter schaltete den Fernseher aus.
»Und? War das eine Granate?«
Charly grinste. Kein Zweifel, die Performance der Beatles hatte sein Herz getroffen.
»Ich fand's genial. Du auch?«
John richtete diese Frage an Cleo. Sie blickte ihn nur an, versuchte ein Lachen. Ihr Herz schlug heftig. Ein Kloß steckte ihr im Hals. Sie nickte. Jetzt lachte sie.
»Es ist schön, dass du da bist«, fuhr er fort. »Hast du Lust, gleich zum Straßenfest mitzukommen?«
Cleo wusste, was er meinte. Nicht weit von der Harriet Street fand an diesem Wochenende erstmalig die Street Fair statt. Mehr als ein Dutzend Gruppen spielten an der Ecke Folsom Street / 7th Street. Auf ihrem Weg am Morgen waren sie dort vorbeigekommen und hatten die Spektakel-Vorbereitungen für den heutigen Tag

gesehen. Hatte Cleo an den beiden letzten Tagen nur wenig Drang verspürt, dorthin zu gehen, so riss Johns Frage sämtliche Dämme ein.

»Ja, sehr.«

Lory lachte. Es hatte geklappt.

»Oder sollen wir zum Panhandle? Dort spielt heute Jimi Hendrix.«

»Ne, Peter. Die Street Fair ist schon richtig. Dann, ähem, haben wir es auch nicht so weit nach Hause.«

Lory lachte. Es war klar, dass es hier von der Waller Street aus nur wenige Blocks bis zum Golden Gate Park waren. Hendrix hätte also deutlich näher gelegen. Aber das Treiben auf der Straßenkreuzung wäre sicher amüsanter. Und es war etwas Neues. Schön, dass John das genauso gesehen hatte. Und es lag, wie sie schon sagte, dichter an ihrer Wohnung.

Cleo fiel ein Stein vom Herzen, als die Gruppe die Haight Street entlang wanderte. Barbara hatte nicht den Hauch eines ernsthaften Versuchs gemacht, neben John zu gehen. Zwar näherte sie sich einmal, doch ihre Unsicherheit, als Cleo sie scharf ins Visier nahm, war Zeichen genug. Cleo wurde sich sicher, dass zwischen den beiden nichts lief. Umso mehr genoss sie jetzt den Gang an seiner Seite.

Sie schwiegen Minuten lang. John berührte zaghaft ihre Hand. Cleo reagierte und drückte sich sanft gegen ihn. Er hob seinen Arm und legte ihn um ihre Schultern.

»Ich ... es tut mir leid. Und ich wollte dich nicht verletzen. Die anderen kamen einfach so ... na ja. Ich dachte immer, auch diese Freiheiten gehören dazu.«

»Dazu?«

»Ach komm. Wir haben doch so viel Spaß hier in Frisco. Ein neues Leben. Freiheit. Ich dachte, du hast das auch immer so gesehen.«

Cleo antwortete nicht. Sie schwieg auch die nächsten Minuten. Doch drückte sie ihren Kopf fester in seine Seite. Sie wollte ihm vertrauen. Nein, sie wollte nicht nur.

Eine halbe Stunde später versanken sie aneinander gelehnt in den Klang einer hellen, melodischen Spielweise. Sie hörten zum ersten Mal den zwanzigjährigen Bluesgitarristen Carlos Santana. Das Herz der Stadt an der Bucht schlug für diese Augenblicke an der Kreuzung Folsom Street / 7th Street.

2010 - Santa Fe

Robert hatte die Schnauze voll.

Zu allem Überfluss standen jetzt die ersten ernsthaften Rocky-Mountains-Anstiege an. Nicht mit ihm. Es war Zeit für eine längere Pause. Doch nicht an diesem Ort. Das Verlangen, diese Unterbrechung in Santa Fe einzulegen, war stark, sehr stark. Santa Fe. Wieder erinnerte er sich an das letzte Lebenszeichen seiner Großmutter. Aus Santa Fe.

Jener Ort sollte es sein.

Dafür in die Berge strampeln? Für Robert keine Frage mehr. Die Antwort war nein. Schon früh verließ er am Morgen das Motel und radelte zur Eisenbahn-Station. In dem kleinen, roten Backsteinbau mit seinem pittoresken, stufigen Eingangsgiebel erkundigte er sich nach den Möglichkeiten. Zwei Stunden später stand er am Bahnsteig bereit.

Er freute sich unbändig, als die Diesel-Lok der Amtrak einrollte. Nichts tun, die Beine hochlegen und die Landschaft der Rockys genießen. Perfekt.

Schnell fand er den Wagon mit dem integrierten Leerabteil für sperrige Gepäckstücke. Er stieg ein, machte sein Rad an einer der Stangen umfallsicher fest und suchte sich einen nahegelegenen Sitzplatz. Es konnte losgehen. *Santa Fe, ich komme.*

Während der Zug anrollte, musterte er die wenigen Menschen auf dem Bahnsteig. Ein alter Mann, das faltige Gesicht wie vom Wind gegerbt, zwei Jugendliche indianischen Einschlags, eine junge Frau mit langen blonden Haaren. Robert fuhr hoch. Könnte das ...? Unsinn. Sie war es natürlich nicht, stellte er fest, als er ihr Gesicht sehen konnte. So ein Unfug! Als würde hier, Tausende von Kilometern von Atlanta entfernt, Marlies auftauchen. Was war mit ihm los?

Sein Blick wanderte ins Leere. Seine Gedanken kreisten um einen Menschen, den er tatsächlich gar nicht kannte und der unerreichbar war. Was hatte seine Reise mit ihm angestellt? Er wandte seinen Blick vom Draußen ab und schloss die Augen, als wollte er sein Innerstes absuchen. Bei tiefen Atemzügen versuchte er sich auszumalen, wie die Fahrt jetzt weiterging. *Du bist allein. Mach was draus!* Wenn es so einfach wäre. Er öffnete die Lider und sah wieder ihr Gesicht. Vorn im Gang. Und sie sah ihn.

Robert schnappte nach Luft. Er sah sie wirklich. Leibhaftig. Und sie starrte mit aufgerissenen Augen auf ihn. Ihr fast eingefrorenes

Gesicht löste sich in ein Lachen auf – ein wildes, lautes Lachen. Sie stürzte durch den Gang auf ihn zu.

»Robert! Haha!«

Sie kam näher und sank auf den Sitz ihm gegenüber. Robert stierte auf ihre strahlend lachenden Augen, dann auf die sanften Schwünge ihrer schmalen Lippen, während er einen Weg aus seiner Wortlosigkeit suchte.

»Ich ... äh ... du – wo kommst du denn her?«

Marlies grinste ihn an und wies mit dem Daumen in die Richtung, aus der sie gerade den Wagon betreten hatte.

»Von da. Nicht gesehen?«

Sie lachte wieder laut los, dass ihre Augen zu Schlitzen mutierten. Ihren Oberkörper beugte sie vor, berührte mit ihrem Kopf fast den seinen.

»Du ... du scheinst ja gar nicht überrascht. Wie ...?«

»Quatsch, Robert, ich war sogar sehr überrascht, als ich dich durch das Abteilfenster auf dem Bahnsteig gesehen habe. Da stand der Robert und stieg ein. Wahnsinn! Dann habe ich dich gesucht. – Da bin ich.«

Die Spannung löste sich aus seinem Gesicht und machte der herausdrängenden Freude Platz.

»Wirklich Wahnsinn. Und dass du dich an meinen Namen erinnerst ...«

Sie setzte sich wieder aufrecht, zögerte.

»Ich ... na ja, erinnere mich eben. Du dich nicht, wie?«

»Ich? Aber ... klar weiß ich deinen Namen. Marlies – den konnte ...« Er brach ab. Was wollte er eigentlich sagen? Dass er sie nicht vergessen konnte? So ein Blödsinn. Natürlich erinnerte er sich, aber sonst ... »Aber – das gibt es doch nicht. Das kann doch gar nicht sein. Wieso bist du genau jetzt hier?«

»Ha, das, genau das, wollte ich dich fragen. Hatte ich mir wenigstens auf den letzten Metern so zurechtgelegt.«

Ihr Lachen wirkte befreit. Robert schüttelte noch ungläubig den Kopf.

Vor dem Fenster flog die Landschaft vorbei. Uninteressant. Robert musste anderes entdecken. Bis auf die T-Shirt-Farbe glich der Anblick vor ihm dem Bild, das sich in seine Gedanken eingebrannt hatte. Jeans und dunkelblaue Wetterjacke, hellbraune Boots. Das glatte Haar fiel weit über die Schultern. Die grün-blauen Augen strahlten genau die Intensität aus, die Robert nicht hatte vergessen können.

»Jetzt sag schon. Wie hat es dich hierher verschlagen?«

»Hat ... na ja, hat irgendwie etwas mit dir zu tun.«

»Mit mir?« Roberts verwirrtes Herz hüpfte.

»Na ja, nicht so ... ist etwas länger. Nachdem ich in Florida und dem Süden um New Orleans gewesen bin, fuhr ich noch nach Memphis. Weißt ja, Elvis und so. Da ... war etwas doof. Ich lernte jedenfalls einen Typen kennen, mit dem ...«

Robert konnte die Unterbrechung nicht deuten. Sie zuckte mit ihrem Blick zum Fenster hinaus. Dann fuhr sie fort:

»War jedenfalls ein Reinfall. Scheiß-Typ.« Robert wunderte sich, dass sie dieses Wort kannte, obwohl sie tatsächlich ein sehr fließendes Deutsch sprach. »In Kansas City haute ich wieder ab, hatte schon fast das Greyhound-Ticket nach San Francisco in der Tasche. Wäre ja auch nicht schlecht gewesen. So über Denver, durch die Rockies. Na ja, ich ...«

Sie schaute ihn drei Sekunden lang wortlos an.

»Mir fiel unser Gespräch vor dem Terminal wieder ein. Ich weiß auch nicht, aber es war mir die ganze Zeit in Erinnerung geblieben. Und du hattest einen einzigen Ort als fest geplant genannt: Santa Fe.«

Robert fühlte sich vom Donner gerührt. Das war ihr im Gedächtnis haften geblieben? Ausgerechnet Santa Fe? Hatte er das wirklich erwähnt?

»Na ja, ich habe umgeswitcht. Statt Greyhound nahm ich die Bahn. In diesen Teil der Staaten wollte ich ja sowieso auch. Warum also nicht jetzt? Ich ... ich hätte nie geglaubt, dass ich wirklich auf dich stoße.«

Ihr Gesichtsausdruck versprühte eine Mischung aus Lachen und Ungläubigkeit. Der Blick in ihren Augen war fragend. Die Gedanken rasten in Roberts Schädel hin und her. Greifbares. Nicht Greifbares. Unklar. Doch eines drängte sich für ihn in den Vordergrund: warum auch immer – ihr ging es genauso wie ihm. Der Gedanke an das Gespräch in Atlanta hatte sich auch in ihr Gehirn eingegraben. Nur deshalb saßen sie sich jetzt gegenüber. Unglaublich!

Das Leben spielte verrückte Karten – und dieses Spiel hier roch nach Tollhaus.

»Du – ich weiß gar nicht, ob Santa Fe wirklich interessant ist. Hatte ich damals wohl bloß so gesagt.«

Robert glaubte in dem Augenblick, was er sagte. Er hatte ja nie wirklich etwas mit dem Ort verbunden. Nur den Stempel auf einem Brief. Und das Zusammensein mit dem Vater auf einer Reise in Kindertage. Das alles sagte nichts über eine Stadt. Bestenfalls über sein eigenes Innenleben. Und deshalb war Marlies hierher aufgebrochen? Sicher nicht, dann all das konnte sie nicht wissen. Ein ungutes Gefühl beschlich ihn. Er hatte ein schlechtes Gewissen, weil Marlies nur wegen seiner Bemerkung ein Ziel gewählt hatte. Wie enttäuscht würde sie sein?

»Doch, Robert, die Gegend ist interessant.«

»Woher willst du das wissen?«

Sie lachte schnippisch. »Weil ich mich auf die Reise vorbereitet habe. Die Gegend um Santa Fe ist topp. Der Ort vielleicht nicht - mag sein. Aber das andere ...«

»Was meinst du?«

»Na, die Indianer mit ihren Pueblos, oder vor allem das, was früher die Hippie-Communities ausmachte. Sag mal, hast du das nicht auf deinem Schirm? Oder hast du von dem Thema gar keine Ahnung?«

»Von ... den Hippies?« Robert brachte die Frage zögerlich hervor.

»Klar. Was dachtest du denn? – Ach, verstehe. Da hast du wirklich keinen Plan.«

»Ich ... äh ... was meinst du genau?«

»Ou Mann! Da bist du schon in der Gegend und versuchst nicht einmal, in zwei der spannendsten Aspekte der Staaten einzusteigen. Interessieren dich die indianischen Kulturen nicht? Oder die Hippie-Zeit? Hast du dir nie vorgestellt, wie das damals in den Sechzigern war? Ich wäre jedenfalls gern dabeigewesen. Damals.«

»Ach das.«

Robert hatte noch nie darüber nachgedacht. So sehr er sich auch der Zeit durch die Suche seines Vaters oder auch seine Träumereien um ›Easy Rider‹ verbunden fühlte, so wenig spielten andere Sichtweisen eine Rolle. Zumindest bisher. In Marlies' Blick lag etwas Aufforderndes, das ihn berührte und aufwühlte. Sie hatte Träume, und diese streckten ihre Fühler nach ihm aus. Er versank in das Leuchten und die Begeisterung in ihren Augen. Warum schlug sein Herz bis zum Hals?

Mit zusammengepressten Lippen schob er ein Lachen in sein Gesicht. Er wollte dabeisein – nicht damals, sondern jetzt. Dabei – bei Marlies.

»Kann ich mir gut vorstellen. – Sehr sogar.«

Befreit und ungezwungen grinste sie.

»Deal?« Dabei zwinkerte sie ihm zu. Sie machte keinen Hehl daraus, wie sehr sie sich freuen würde, etwas nicht allein unternehmen zu müssen. Lag es an Robert? Oder wäre ihr jetzt jeder mehr oder weniger recht gewesen? Er wusste es nicht. Nervös spielten seine Finger miteinander. Er ließ die Frage unbeantwortet.

Sie schwiegen fast fünf Minuten lang, sahen sich immer wieder an, mal verlegen, mal offensiv. Lächelte der eine, lachte die andere. Flüchtige Blicke zu den sanften Bergrücken an den Rändern des weitläufigen Tales unterbrachen die stille Kommunikation. Dann fanden sie ihre Sprache wieder und erzählten sich von ihren Erlebnissen. Es fiel Robert auf, dass sie die Episode mit dem erwähnten Begleiter, dem »Scheiß-Typen«, aussparte, als hätte sie ihn nie erwähnt. Und es war nicht zu überhören, dass bei jedem der beiden die Eindrücke der persönlichen Einsamkeit mitschwangen. Sie griffen dankbar die Gelegenheit beim Schopf, den Druck unter der Masse der Reiseerlebnisse aus ihren Köpfen abzulassen. Mit jemandem in vergleichbarer Situation reden, einfach reden.

Die knapp zwei Stunden verstrichen wie im Flug. Der Zug lief an der Station Lamy ein. Auf dem Bahnsteig verspürten sie den Griff der real gegebenen Tatsachen. Der Bus wartete auf Marlies, um sie und die anderen Passagiere mit Ziel Santa Fe die letzten zwanzig Kilometer zu fahren. Er wartete auch auf Robert, doch nicht auf sein Fahrrad. Dem jungen Mann wurde jetzt erst die Diskrepanz in ihren Reiseformen schmerzlich klar. Er hatte vorher gewusst, dass die Zuglinie nicht direkt durch Santa Fe verlief. Seine Planung sah eine Übernachtung auf dem Campingplatz nach dem ersten Entfernungsdrittel an der Straße zwischen Lamy und Santa Fe vor. Marlies hatte eine Übernachtung in Santa Fe gebucht.

»Und jetzt?« Roberts Frage drückte Frust aus.

»Wir können uns ja morgen treffen. Dann sehen wir weiter.«

Robert nickte. Und doch ärgerte es ihn, dass sie sich schon wieder trennten. Marlies ging es offensichtlich nicht anders. Sie überlegte einige Augenblicke lang.

»Ich ... ähm ... versteh es nicht falsch, bitte. Aber ich könnte etwas anderes versuchen. Das Motelzimmer ist garantiert nicht nur für eine Person eingerichtet. Das wäre ja total außerhalb des Standards. Ich könnte mal dort anrufen. Aber ... wie gesagt. Versteh es nicht ... «

Sie griff ihr Handy. Zwei Minuten später strahlte sie ihn an.

»Es geht. Selbstverständlich, meinte die Frau. Und nur vier Dollar mehr. Du sparst noch richtig Camping-Gebühren. Was meinst du?«

Robert platzte befreit los vor Lachen.

»Ob ich ...? Na logo!« Er sah ihr einen Moment lang stumm in die Augen. »Ich benehm' mich auch. Versprochen.«

»Dann los. – Äh, oups, du musst ja trotzdem allein ...«

Sie schrieb ihm die Adresse des Motel 6 auf. Auf dem Stadtplan am Stationsgebäude ortete er die genaue Lage. In zwei Stunden würden sie sich dort treffen. Robert drückte ihr einen Kuss auf die Wange und radelte los in die Hochebene.

*

Jeder seiner Handgriffe erfolgte gehemmt - als er in das Zimmer trat, als er eine Ablage für seine Packtaschen suchte, als er sich im Zimmer umsah und die Tür zum Bad öffnete. Gehemmt. Marlies erging es nicht anders, wie er bemerkte. Fast schüchtern zeigte sie ihm die Schränke in dem Zimmer, das nur vermeintlich ihr gehörte. Auch sie war lediglich Gast in einer fremden Umgebung. Und doch die Hausherrin, zumindest für Robert.

»Das Fahrrad ist untergebracht?«
»Yep. Ich durfte es in einen rückwärtigen Lagerraum schieben.«
Marlies nickte und zog dabei als Ausdruck des Verstehens die Augenbrauen hoch. Sie ging zwei Schritte durch das Zimmer, machte wieder kehrt, überlegte scheinbar, was sie jetzt noch zeigen könnte. Unsicher blickte sie ihn an. Lächelte zaghaft.
»Du ...« Beide begannen gleichzeitig einen Satz mit demselben Wort. Sie lachten los.
»Du.«
»Nein, du zuerst.«
Robert gab nach.
»Du schläfst auf welcher Bettseite?«
Marlies zeigte auf die linke. »Wollte ich auch gerade fragen.«
»Okay.« Er legte Uhr und Papiere auf dem rechten Nachttisch ab. »Ich, äh, ich mach mich wohl erst einmal frisch, oder?«
Marlies lachte, zuckte ganz leicht mit den Schultern.
»Ich hab schon. Klar. Das tut richtig gut.«
Robert glaubte ihr aufs Wort. Die Kühle des klimatisierten Raumes täuschte nicht darüber hinweg, dass die Hitze in der Stadt zwar trocken war, aber dennoch drückend auf den Körpern lastete. Sechsunddreißig Grad Celsius waren nicht von Pappe.
Er genoss das kühlende Wasser. Die Rasur, die erste seit Tucumcari, stellte ein Aussehen wieder her, welches er als passend empfand – für die Situation und für sie.
Nur mit Shorts bekleidet verließ er das Bad, um aus einer Packtasche Jeans und T-Shirt zu kramen. Obwohl er Marlies nicht anschaute, spürte er ihre Blicke. Den ersten Anflug von Verlegenheit drängte er beiseite. Er wusste, dass er seinen Körperbau nicht ver-

stecken musste. Die tägliche Arbeit auf dem Rad hatte den letzten Rest Fett verbrannt. Wenn er auf etwas stolz sein konnte, dann auf seinen Body. Jetzt genoss er sogar das Gefühl, angestarrt zu werden.

Als er sich umdrehte, nahm er noch das ruckartige Wegdrehen ihres Kopfes wahr, als sie sich der Schranktür zuwandte. Jetzt erst bemerkte er bewusst, dass er Marlies zum ersten Mal nicht in Jeans sah. Ihr leichter, gelber Rock endete eine Handbreit oberhalb der Knie. Die schlanken Beine lenkten die Blicke zu den Füßen, denen die mit gewickelten Lederbändchen gehaltenen, ansonsten nur aus der flachen Sohle bestehenden Sandalen einen luftigen Laufschutz boten.

Sie beschlossen, sich die Stadt anzusehen und danach zu beratschlagen, was sie heute noch oder auch die nächsten Tage unternehmen wollten.

Die Sonnenstrahlen brannten ungehindert, als die beiden sich per Bus zum Stadtzentrum begaben. Nicht eine einzige Wolke zeigte sich am Himmel. Die Stadt erschien in einem grellen Licht. Die im Pueblo-Stil gehaltenen Flachbauten versprühten mit ihren hellbraunen, leicht rötlichen Lehmfassaden und den herausstehenden Balkenenden ein Flair, welches das Gefühl verstärkte, in einer fremden Welt zu sein. Indianerland. Sie schlenderten durch das Viertel. Doch schon bald wurde den beiden klar, dass sie hier bestenfalls auf einer Touristenmeile flanierten. Die folkloristische Architektur konnte nicht darüber hinwegtäuschen, dass es im Innern der Verkaufsräume hinter den Schaufenstern zuging wie in jedem anderen amerikanischen Shop auch, mochte das Warenangebot an Kunst, Kitsch und Indianerschmuck in Sterlingsilber, Holz oder Stein noch so groß sein. Selbst der alte Kern der Stadt wirkte künstlich.

Trotzdem genossen sie den Bummel. Zwei Stunden Eindrücke sammeln, die man sofort mit jemandem austauschen und teilen konnte – herrlich. Ein eigenartiges Gefühl stellte sich bei Robert ein. Er könnte immer so weitergehen, mit ihr an seiner Seite, immer weiter. Eine Spannung baute sich auf, Steinchen für Steinchen, die sich erst am Abend entladen sollte.

Die Dämmerung war hereingebrochen, als beide sich nebeneinander auf dem Bett ausstreckten. Sie sahen sich an. Marlies ließ mit ihrem Blick nicht von Roberts Augen ab. Eine gefühlte Ewigkeit verging. Zögerlich streckte er seinen Arm aus und berührte mit seinen Fingerkuppen ihre Wange. Wie in einem Traum schloss sie die Augen, sog tief den Atem ein. Er traute sich und streichelte sie zärtlich. Ihr Mund zog sich zu einem leichten Lächeln. Robert konnte nicht anders. Er schob seinen Körper dichter an ihren, während sie ihren Kopf anhob, dass er seinen Arm unter ihren Nacken schieben konnte. Eng rückte sie an ihn heran, als er das Laken, die einzigen Decke auf dem Bett, über sie beide zog.

Er hatte doch versprochen, sich zu benehmen. War das so richtig ...?

1967 - Aufbruch

Die Sommerwochen vergingen. Cleo hatte innerhalb eines Tages ihre Bleibe wieder in der Waller Street eingerichtet. Zurück in die Liebe. Oder doch nicht? Das gemeinsame Leben hatte sich bei ihr und John eingerenkt. Er riss sich zusammen und sie sah über viele »Kleinigkeiten« hinweg. Ein Zuckerschlecken war die Zeit nicht. Manche andere Steine verbauten ihnen jetzt schwerwiegender den Weg. Als größter Brocken behinderte Cleos Jobsuche, die sich als komplizierter herausstellte, als sie es sich bei ihrer Trennung von Richard vorgestellt hatte. Die Zeiten an der Bucht durchliefen weiteren Wandel. Dauerhafte Jobs waren schnell besetzt. Die Masse der zuströmenden, von den Berichten über die neue Hippie-Welt angelockten jungen Menschen aus allen Ecken der Staaten versorgte schnell und billig mit Arbeitskräften für die wenigen angebotenen Stellen in The Haight und Umgebung. Was blieb, waren Aushilfsjobs kurzfristiger Natur. Cleo hüpfte von einem zum anderen. Ihre Leerzeiten wuchsen. Erzwungene Untätigkeit. Bald blieb auch ihr nur der Gang zur Sozialhilfe. Ernüchternd. Da half es auch wenig mit anzusehen, dass auch Charly Umsatzeinbrüche hinnehmen musste. Es gab zu viele Straßenmusiker, zu viele Passanten, die sich selbst als Hippies verstanden, zu wenige echte Touristen – zumindest umgerechnet je Straßenmusikant. Auch neugierige Besucher fanden zunehmend ihren Weg nach San Francisco - für das Füttern aller jungen Musikanten reichte die Zahl aber nicht mehr aus.

Die gängige Mode mutierte. Dass viele Hippies ihre eigenen kreativen Kleidungsschöpfungen trugen, war nicht neu. Doch es löste bei Cleo schon Erstaunen aus, als sie erstmals Hosen mit Schlag sah, nach unten geweitet ab dem Unterschenkel oder gar ab dem Knie, die zweifelsfrei nicht selbstgenäht waren, sondern aus einer durchgestylten, extrem farbenfrohen Massenfertigung stammten. Konfektion by Penny's. Hippies im Zentrum des Konsums – welch ein Widerspruch.

Immer mehr hielt Cleo sich an ihre Rückzugsmöglichkeiten durch psychedelische Experimente. Trotz des allgemeinen Verbotes gingen die Bewohner der Waller Street dreizehn-zweiundsechzig regelmäßig auf LSD-Trips. Musik und Drogenrausch boten Freiheiten, die auf der Straße nicht mehr ganz so einfach zu finden waren, auch wenn die Menge der Straßenfeste und öffentlichen Konzerte weiter zunahm. Und Cleo suchte wieder stärker die Nähe zu Lory, mit der sie die gemeinsamen schamanischen Techniken der spirituellen Unterwelt-Besuche verfeinerte. Sie brauchte das Abtauchen in eine Welt der Ruhe und des Unbekannten. Sie erlangte nach einigen Wochen Ende August die Erkenntnis, dass ihr die indianischen Bewusstseinswege mehr inneren Frieden und intensivere Übersinnlichkeit verschafften als die LSD-Trips, nach denen sie häufig aufgewühlt oder erschöpft war. Die Fragen nach ihrer persönlichen Schuld ihrem Kind gegenüber verschwanden mehr und mehr, je tiefer sie in die Welt der anderen Wahrnehmung eintauchte. Sie entdeckte gemeinsam mit ihrer Freundin Stück für Stück das Naturwissen der amerikanischen Ureinwohner – und all dieses ohne Beteiligung von John, den es einfach nicht interessierte. Cleo erlebte ihre ersten Berührungen mit natürlichen Halluzinogenen. Pablo, ein Bekannter von Charly, verschaffte ihnen eine ganze Batterie an Peyote-Kakteen aus der nordmexikanischen Wüste, die sie fortan in Lorys Zimmer hegten und pflegten. Der Bestand war ausreichend groß, um mehrere Monate damit experimentieren zu können. Nach erlernten Anweisungen trennten sie an jenem Tag Stücke einer ersten Pflanze oberhalb der Wurzel ab und schnitten sie in Scheiben. Den größten Teil dieser Menge trockneten sie, um ihn in Pulver zu zerreiben, eine kleine Menge verzehrten sie auf nüchternen Magen direkt in frischem Zustand, um ihr Abenteuer zu beginnen.

»Bäh! Ist das bitter!«

Lory antwortete nicht, verzog aber den Mund ebenfalls. Doch sie schluckten es hinunter. Auf der Matratze gingen sie in einen Lotussitz und harrten der Dinge, die jetzt geschehen würden.

»Wie läuft es denn jetzt mit dir und John?«

»Geht so.«

»Geht so? Das hört sich aber nicht gut an.«

Cleo schüttelte nur leicht den Kopf, sagte nichts.

»Hör mal, Kindchen, ich dachte, es hat sich alles wieder eingespielt?«

»Wieder? Ach, Lory, irgendwie war doch immer der Wurm drin. Es ... Ich sehe doch seine Blicke. Ja, er reißt sich zusammen. Aber hier in der Stadt ... Das wird nix.«

»Was meinst du?«

»Die Verlockungen. Schau dich um. Siehst du die Frauenschwemme? Mädchen, drei, vier Jahre jünger als wir, suchen den Kick der Stadt, das gelobte Hippie-Land an der Bucht, und zwar in Massen. Und viele davon willige Opfer. John riecht das. Und unsere Träume von einem unkonventionellen Leben mit erstrebenswerten, neuen Visionen und Formen bleiben auf der Stecke.«

»So schlimm? Ist doch ganz okay hier.«

»Okay? Ist es bei euch denn noch so wie vor einem Jahr?«

»Bei Charly und mir?« Lory schaute ungläubig.

»Na ja, ich meine nicht zwischen euch beiden, sondern ganz allgemein. Das Leben hier.«

Lory lupfte ganz kurz die Augenbrauen, presste die Lippen aufeinander und zog den Mund in die Breite.

»Ja, es ist schwieriger geworden. Charly bringt nicht mehr so viel nach Hause. Ich habe begonnen, Fotografien zu verkaufen. Das hilft. Und das andere ... Außer dir ist niemand mehr da, der den Traum nach echter Gemeinschaft und Konsumverzicht mit uns teilt. Aber dafür sind die politischen Aktionen doch besser geworden, oder?«

»Interessiert mich nicht.« Cleo zögerte. »Hast ja Recht. Die Demos gegen den Scheiß in Vietnam und die Gesetze hier sind schon ganz in Ordnung. Stehe ich auch hinter. – Aber sie ersetzen nicht meinen Traum, für den ich hierhergekommen bin.«

»Ist es denn nicht gut, was hier entstanden ist? Eine Stadt dominiert von der Jugend. Eine Welt im Aufbruch. Wir verändern ganz Amerika. Ein ...«

»Ein neuer Muff!«, unterbrach Cleo. »Die Musiker sitzen doch alle schon unter den Fittichen der wenigen, die sich mit Konzerten eine goldene Nase verdienen.«

»Du übertreibst, Cleo. Gerade solche Sachen wie Monterey waren doch grandios. Und ganz ohne ›goldene Nase‹. Bis auf Shankar spielten alle umsonst. Das Geld ging an wohltätige Zwecke.«

»Klar. Und Graham? Und die anderen Veranstalter? Fillmore, Avalon, mit dem Winterland-Theater läuft gerade auch irgendetwas – Kommerz pur, wirst sehen. Wo ist unser großer Traum?«

Lory verzog den Mund.

»Mir ... mir ist schlecht.« Sie stand auf und hielt sich den Bauch. »Ich ... bin gleich zurück.«

Sie verschwand auf die Toilette. Auch Cleo verspürte ein deutliches Unwohlsein in der Magengegend, doch nicht so stark, dass sie das Gefühl eines drohenden Erbrechens hätte. Nach wenigen Minuten kam Lory zurück.

»Besser?«

Lory nickte und atmete einmal tief ein und aus. »Pablo hat uns ja gewarnt.«

»Da müssen wir jetzt durch.«

Dann schwieg Cleo.

Lory schaute die Freundin einige Sekunden lang an, griff dann das vorherige Thema wieder auf. »Wir sollten uns mal mit einer der Kommunen in New Mexico befassen. Ich glaube, die Pranksters haben dort gerade etwas gestartet. Die trotzen dem Konsum konsequenter. Ziehen ihr Ding durch. Haben andere Ideen.«

Doch Cleo reagierte kaum. Sie hatte die Augen geschlossen und konzentrierte sich auf das Gefühl, welches sich gerade in ihrem Innern zusammenbraute. Sie kam sich stark vor. Lorys Stimme drang sehr wohl deutlich an ihr Ohr, aber sie hörte noch stärker die Nebengeräusche: den Ventilator im Nebenzimmer und die vereinzelten Stimmen von Passanten vor dem Haus. Klar und sehr fein, als stände sie selbst direkt an der Straße. Sie öffnete die Augen und sah die Freundin. Was war das? Lorys Körper schien zu leuchten. Ein feiner, blass-goldener Schleier hatte sich über die Welt gelegt. Der Anblick löste in Cleo ein Wohlbehagen aus. Sie fühlte sich wie in einem Schwebezustand.

Sie hörte die Worte der Freundin, doch jetzt fing die leuchtende Ausstrahlung von deren Körper all ihre Aufmerksamkeit ein. Cleo fühlte die Leichtigkeit stärker werden. Obwohl sie die fremden Stimmen so geschärft wahrnahm, als ständen die Menschen direkt neben ihr, und sie bisher nie gesehene Einzelheiten in Lorys Licht erkannte wie das Pulsieren des Körpers im Rhythmus des Herzschlags, fühlte sie sich weit entrückt, federleicht, als schaute sie aus großer Höhe auf die Welt.

Mit Erstaunen registrierte Cleo ihren Zustand. Dann fasste sie sich ein Herz und eine Zunge.

»Unglaublich. Geht es dir wie mir?«

»Ich, äh, ich sehe alles in starken Farben. Und du?«

»Licht. Gold. Und ich fühle, als reichten meine Nerven bis in dich hinein. Ich ...«

Sie schloss wieder die Augen. Ihr Innerstes tauchte in ihren Gedanken als eigene Welt auf, verschwommen, aber nicht unbekannt. Vieles erschien ihr vertraut. Und da – der Bär! Ihr gedanklicher Blick wurde klarer. Das Tier trottete zu einem Baumstamm, hob die Tatze und strich über die Rinde. Es war tatsächlich kein Kratzen. Der Bär hielt seine Krallen zurück. In diesem Augenblick fühlte Cleo eine Berührung in ihrer Brust. Nicht auf der Haut – nein, mittendrinn. Ihr Herz stockte für eine Sekunde. Ein besonderes Gefühl durchströmte ihren Körper: sie spürte, wie sie mit der Welt eins war. Als teilte sie mit allen Gegenständen und Lebewesen dieselben Nerven. Sie hatte noch immer die Augen geschlossen. Sie fühlte mit Lory, mit den Kakteen auf der Fensterbank, mit dem Baum neben dem Anwesen gegenüber. Sie erspürte das Bild der Harriet Street vor dem Haus.

Cleo erlebte den Morgen einer neuen Welt, eine andere Wahrnehmung.

Die Intensität dieses Zustands hielt an, auch nachdem sie die Augen wieder öffnete. Sie unterhielt sich mit Lory, der es ähnlich, aber offenbar nicht so eindringlich erging. Die Welten der gefühlten Wahrnehmungen und der real sicht- und anfassbaren Gegenstände verschmolzen zu einer. Eine neue, unbekannte Realität.

Es war der Tag des Aufbruchs. Cleo fasste den Entschluss zur Veränderung. Dieser Tag gab eine neue Richtung.

*

John mochte ihre Idee nicht. Es war für ihn unvorstellbar, San Francisco zu verlassen. Noch.

Cleo gab nicht auf. Sie argumentierte für ein Leben außerhalb der Stadt, irgendwo in Süd-Kalifornien oder noch besser New Mexico, wie es andere doch auch bereits geschafft hatten. Und sie sprach sich gegen Johns Lebensstil der letzten Wochen aus. Sie fand nichts Tolles darin, sich mit Bier volllaufen zu lassen und stundenlang am Flipper in einer der Hinterhof-Kneipen den Pinball zu jagen. Cleo war sich nicht einmal sicher, dass er nicht doch dann und wann mit einer anderen Frau ... Sie hatte die Hoffnung um ihren John jedoch noch nicht aufgegeben, auch wenn sein Sich-Gehenlassen eine harte Belastungsprobe für ihr Zusammensein darstellte.

John hielt nicht ernsthaft dagegen. Waren ihm die Ideen ausgegangen? Sie stichelte ihn mit der Frage nach seinen Zielen. Ein Schulterzucken und der Hinweis, dass doch alles bestens liefe, stellten seine einzigen Reaktionen dar.

Der August neigte sich seinem Ende entgegen. Cleos Job-Situation hatte sich nicht verbessert. Eines Tages stellte sie ihren Freund vor die Wahl.

»John, ich werde gehen. In jedem Fall. Sei ehrlich – was versprichst du dir noch hier?«

John biss sich verlegen auf die Lippen. Sie wusste es zu deuten und machte keinen Hehl daraus. Jetzt half nur direkte Attacke.

»Deine versteckten Träume von irgendeiner persönlichen Größe werden hier nichts. Und du weißt das. Du bist kein Rockstar, bist nicht einmal wirklich musikalisch. Ein Künstler auch nicht. Politik liegt dir nicht. Arbeit eigentlich schon – aber du willst nicht. Deine Träume von Freiheit platzen an dir selbst. Du baust dir dein eigenes Gefängnis. Wenn ich dich nicht so lieben würde ...«

John stand wortlos auf und verließ das Zimmer. Cleo hörte, wie er in der Küche herumhantierte. Geschirr wurde gestapelt, Töpfe schepperten. Cleo ließ ihn. Nach zehn Minuten kam John zurück.

»Okay.«

Dann verließ er die Wohnung. Cleo sah aus dem Fenster, wie er um die nächste Straßenecke bog. Sein üblicher Gang zu Joe's. Sie wusste nicht, wie der Abend für ihn enden würde. Beklemmung legte sich um ihr Herz. Sie ahnte, wie zerrissen John sich fühlen mochte. Doch sie war seit Kurzem davon überzeugt, dass es sein musste, wenn sie ihre Ziele und ihre Liebe retten wollte. Neben der Bedrückung spürte sie das andere Gefühl, den Triumph. Sie war sich sicher, dass sie gewonnen hatte. Es konnte weitergehen.

*

Nach einigen Tagen wirkte auch John von euphorischer Aufbruchsstimmung angesteckt. Mitte September war vorüber. Das Auflösen ihres kaum vorhandenen Hausstands ließ sich leicht bewerkstelligen. Cleo stellte ihre Sachen zusammen wie bei ihrem Aufbruch von der Ostküste vor einem Jahr. Ähnlich erging es John. Lediglich von seiner sich in den letzten Monaten angesammelten Schallplattensammlung wollte er sich nicht trennen, auch wenn er keinen eigenen Plattenspieler besaß. Peter würde sie später nachschicken, wenn das Paar eine neue Bleibe mit ausreichendem Platz gefunden hätte.

Dann war der Tag ihrer Abreise gekommen. Lory und Charly hatten sich in der Waller Street eingefunden.

»Viel Glück, Cleo.«

»Danke, Lory. Und es bleibt dabei? Ihr versucht es auch?«

Lory nickte, hatte Tränen in den Augen.

»Wir wollen es versuchen. Aber wir sind noch nicht so weit. Wir wissen es noch nicht.«

Cleo lächelte gezwungen. Ein Kloß saß ihr im Hals. Und doch putschten die Spannung und die Ungeduld sie auf. Gleich ging es los.

»Lass von dir hören. Schnell.«

Lory drückte die Freundin fest an sich. Cleo gab ihr einen Kuss auf die Wange, dann herzte sie Charly, Susan und Peter. Sie griff Johns offen ausgestreckte rechte Hand. Noch während sie sich nebeneinander auf dem Bürgersteig von den anderen entfernten, hielt John seinen linken erhobenen Daumen zur Straße hin. Irgendwann würde ein Auto stoppen.

*

Es war der 6. Oktober, als sie den Flecken nördlich von Taos erreichten. Arroyo Hondo. In dem weiten Areal verteilten sich die sechs oder acht Tipis in großem Abstand. Cleo hatte eher ein Arrangement wie in einem Indianerfilm erwartet, eng um ein zentrales Feuer aufgestellte Zelte. Doch dies hier war kein traditionelles Lager eines Naturvolkes und es war auch kein Film, sondern der neue Lebensmittelpunkt westlicher Aussteiger wie sie und John. Männer schichteten getrocknete Lehmquader um senkrecht aufgestellte Holzrahmen, die zukünftige Türen und Fenster erahnen ließen. Eine unkonventionelle Art, ein Haus zu bauen. Die Community schaffte einen befestigten Raum gegen die Unbilden des Wetters, vor allem des nahenden Winters.

Die Reise der beiden hatte länger gedauert als erwartet. Fast eineinhalb Tausend Meilen lagen hinter ihnen und mehr als zwei Wochen. Cleo spürte, wie auch John von einem neuen Aufbruchsgeist erfasst worden war. Sie hatten sich durchgekämpft, Seite an Seite. Gemeinsam wollten sie eine neue Lebensidee in Angriff nehmen. Hier. In Liebe zueinander.

Dies war also New Buffalo. Endlich angekommen! Die neue Hoffnung. Erschöpft, doch voller Anspannung näherte sich da Paar der Menschengruppe an der Baustelle.

*

Zu diesem Zeitpunkt veranstaltete eine Horde junger Menschen in San Francisco ein symbolisches Begräbnis. Sie betrauerten den ›Tod eines Hippies‹. Sie proklamierten das Ende des Summers of Love und der ganzen Bewegung. Der Kommerz hatte alles unterwandert und gesiegt.

2010 - Easy Ride

Er wollte sie am liebsten nicht mehr loslassen. Der Morgen hatte die Welt nicht verändert. Beim Continental-Frühstück in dem nüchtern eingerichteten, kleinen Frühstücksraum schmiedeten sie den Plan für die nächste Zeit.

Marlies hatte Robert überzeugt. Sowohl die mögliche Begegnung mit traditionell ansässigen Indianern und deren Lebensweise als auch das Wandeln auf den Spuren der legendären Hippies und Kommunen aus der Hochzeit der Liebe und der Geburtsstunden epochaler Musikstücke verfehlten ihren Reiz nicht. Und das alles gemeinsam mit Marlies! Robert erinnerte sich wieder an ›Easy Rider‹.

Er bereitete die nächsten Tage so weit vor, dass er seine wichtigsten Notwendigkeiten für Fotografie, Körperpflege und Kleidung in eine der mit einem Tragegurt bestückbaren Packtaschen verstaut war. Dann machten sie sich auf. Marlies hatte natürlich ihr gesamtes Gepäck dabei. Und wieder fragte sich Robert, ob seine Form des Reisens wirklich die beste war.

Der Motelverwalter hatte ihnen eindringlich vom Trampen abgeraten. Ja, früher, da wäre das Reisen per Anhalter – zumindest in diesem Teil der Staaten – durchaus eine Alternative gewesen. Aber das läge schon so lange zurück. Und selbst damals wären Menschen verschwunden. Die Öffentlichkeit hätte es nur nicht so deutlich mitbekommen. Jedenfalls – heutzutage sollte man das tunlichst vermeiden. Es verkehrte ja auch ein Shuttle-Bus zwischen Santa Fe und Taos. Er selbst wäre gern bereit, Roberts Fahrrad bis zu ihrer Rückkehr unterzustellen. Abgemacht.

So suchte das Paar die Haltestelle.

Marlies bemerkte den Mann als erste. Er fiel ihr auf, weil er seinen Blick nicht von ihr abwandte. Die Augen in seinem zerfurchten, vollbärtigen Gesicht unter seiner Zottelmähne strahlten Wärme und Freundlichkeit aus, wie er da so in den weiten Latzjeans gegen einen klapprigen Lieferwagen gelehnt stand. Seine nackten Füße steckten in ausgelatschten Turnschuhen. »Transportation & Services« und etwas kleiner darunter »From And To Taos« stand in teilweise schon durch Abblättern angefressenen Buchstaben auf der Seitenwand der Karosserie lackiert. Das Mädchen stieß den Deutschen an, doch auch diesem war der Alte mittlerweile schon aufgefallen.

»Du meinst, wir sollten ihn fragen?«

Marlies nickte. »Warum nicht? Wär doch eine Idee, oder?«
»Klar.«
Sie gingen auf ihn zu und begrüßten ihn. Ob er nach Taos führe und sie vielleicht mitnehmen könnte. Der Mann musterte das Paar von oben bis unten, kaute dabei auf irgendetwas Undefinierbarem herum. Sein Blick blieb einen auffallend langen Augenblick auf Marlies gerichtet. Er schob seine Unterlippe vor und nickte. Es kam noch besser, als sich das Gespräch vertiefte. Da er nur wenig nach Norden zurück zu transportieren hätte, könnte Robert das Fahrrad und das restliche Gepäck gern mitnehmen. Wäre gar kein Thema. Deal.

Zehn Minuten später fuhren sie schon am Motel vor und luden das Rad und das restliche Gepäck ein. Jetzt konnte es losgehen.

Zu dritt saßen sie nebeneinander auf der durchgehenden, in mittlerweile abgewetztem Kunstleder bezogenen Sitzbank, Marlies in der Mitte. Robert musste seine Nase erst an den beißenden Geruch nach Tabak und kaltem Rauch gewöhnen. Wenigsten funktionierte die Klimaanlage, auch wenn sie laut und dröhnend blies. Das Scheppern und Quietschen der Karosserie begleitete ihr folgendes Gespräch.

»Sie sind ein hübsches Paar, Folks.« Dabei schielte der Alte kurz zu den beiden herüber. »Schon lange unterwegs?«

»Ja.« Marlies grinste Robert an. Der lachte zurück, da er den Charme ihrer Antwort verstand. Jeder der beiden war bereits seit Langem unterwegs. Allein. Aber jetzt gemeinsam sah die Welt ganz anders aus. Zwar erst seit Kurzem, doch es lag hoffentlich noch viel vor ihnen.

»Ihr Ziel ist also Taos?«

»Ja. Wir sind sehr gespannt auf die Pueblos. Kann man die jederzeit betreten?«

»Meistens. Tagsüber. Manchmal ist aber auch geschlossen. Bei Feiern. Oder Todesfällen.«

»Ah ja.« Marlies nickte. »Null Problem, wir haben Zeit. Wenn es morgen geschlossen ist, dann übermorgen. Oder auch am Tag danach. Dann schauen wir uns in der Zwischenzeit an, was von den Hippies noch übriggeblieben ist. ... Äh, ich meine natürlich, von ihren Spuren.«

Sie grinste schelmisch.

»Hippies?« Der Alte hob deutlich seine Stimme. »Da werden Sie noch einiges finden und entdecken können, Mann, ... wenn Sie wollen.« Dabei drehte er seinen Kopf wieder zu ihr hinüber, schaute aber schnell wieder nach vorn und schwieg.

Robert konnte in der nur ganz leicht hügeligen Gegend sehr weit in die Ferne blicken. Blauer Himmel und klare Luft lagen über dem mit vielen dunkelgrünen Sträuchern gespickten hellbraunen Land. Anhand der Beschilderung des in jeder Richtung zweispurig ausgebauten Highways mit dem Nummernpaar 84 und 285 ließen sich Entfernungen schlecht abschätzen. So schielte Robert immer einmal wieder auf den Tacho. Sie passierten Abfahrten mit legendär kleingenden Namen wie »Buffalo Thunder Road« oder »Los Alamos«. Nach etwas mehr als zehn Meilen lenkte der Alte den Van in den Exit nach Nambe.

»Nebenstrecke?«, fragte Robert.

»Yeah.«

»Schneller?«

»Auch. Ich umgehe das Geschlängel bei Española, und – interessanter und vielleicht für Sie wichtiger – ich will Ihnen in einem Tal in den Bergen etwas zeigen. – Übrigens, ihr solltet mich John nennen. Mit Namen ist es doch einfacher, oder?«

Robert hatte sich schon gewundert, dass es mit einer Vorstellung so lange gedauert hatte. Ungewöhnlich. Er und Marlies nannten ebenfalls ihre Vornamen.

»Was willst du zeigen?«

»Oh, nichts Aufregendes. Aber ich glaube, wie gesagt, es interessiert euch. Ach was, ich bin sogar sicher, Mann.«

Dann schwieg er wieder. Die schmalen, zweispurigen Straßen, auf denen sie anschließend unterwegs waren, führten zunächst weiter geradlinig durch eine Wüstenlandschaft, verliefen dann aber kurvenreich und schlängelten sich durch hügeliges Gelände. Steilere Berge, wie Robert es nach Johns Worten erwartet hatte, waren nicht zu sehen, und doch war es offensichtlich, dass sie das flache Land verlassen hatten. Bei einem Ort namens Truchas durchquerten sie eine sich linker Hand weit erstreckende Ebene, dann wand sich der Weg wieder in die Berge. Wenige Meilen hinter dem Flecken Chamisal führte die Straße in ein weites, großenteils mit dichtem Grün bewachsenes Tal. Bäume bestimmten das Landschaftsbild. An einem Stop-Schild hielt John den Wagen an. Robert erkannte, dass sie wirklich noch auf dem richtigen Weg fuhren. Links ging es nach Española. John folgte dem Wegweiser nach rechts in Richtung Taos. Laut Tacho etwa eine Meile später parkte er den Van an einer Straßengabelung neben dem Asphalt.

»Wir biegen jetzt gleich nach links ab. Aber hier rechts hinein erreicht man nach wenigen Meilen Llano Largo. Der Name sagt euch etwas?«

Robert schüttelte den Kopf. Doch Marlies hob ihre rechte Faust, streckte den Zeigefinger ab und bewegte die Hand für einige Sekunden vor und zurück.

»Doch, da war was«, sinnierte sie, »ich erinnere mich, irgendetwas von einer Hippie-Farm gelesen zu haben.«

»Wow! Nicht schlecht, Marles. ...«

Das Mädchen grinste bei Johns Versuch, ihren Namen auszusprechen.

»... Dort war die berühmte Hog-Farm, eine der ersten Hippie-Kommunen hier in der Gegend. Großes Event, Mann. Und, Mann, da gibt's noch mehr, wirklich Besonderes: im Gelände hinter einem der Häuser steht einer der berühmten, damals in leuchtenden Glo-Farben bemalten Hippie-Busse. Kennt ihr doch, diese umfunktionierten Ex-Schulbusse.«

»Klasse! Und ... da fahren wir jetzt nicht hin?«

»Nein, Mann. Das müsstet ihr bei Gelegenheit allein machen. Die Besitzerin des Grundes ist auf mich nicht gut zu sprechen.«

John zog die Augenbrauen hoch, blies die Backen auf und startete den Motor wieder.

»Aber ihr seht, ihr seid jetzt mitten im Hippie-Land. Ich freue mich. Ich mag das, euch dies und das zu zeigen ... na ja, fast. ... Wie gesagt, da könnt ihr mal allein hin.«

Die Straße führte wieder durch Berge, bis sie das nächste, weite Tal erreichten, dem sie ungefähr fünf Kilometer nach Osten folgten. Schließlich bog John auf die 518 in Richtung Taos nach Norden ab. Jetzt schwang die Straße sich wahrlich nach oben. Die Steigung war steil und nicht zu ignorieren. Der dichte Bewuchs links und rechts setzte sich fort.

»Im Winter hätte ich diesen Weg nicht eingeschlagen. Da wäre ich lieber dem Rio Grande gefolgt.«

»Wie, habt ihr hier viel Schnee?«

»Ja, enorm, Mann. Nicht immer, aber wenn es hier schneit, dann wird es in kürzester Zeit sehr heftig.«

John überlegte einen Augenblick.

»Euch interessiert doch die Hippie-Zeit – sagt euch ›Easy Rider‹ etwas?«

Marlies nickte unsicher. Aber Robert schoss ein »Und wie!« heraus. Die Gedankengänge über seine Reisevorbereitungen, die mitschwingenden Träume und seine Vorstellungen von ihm mit seinem Vater und Britta waren mit einem Mal wieder da. So schlagartig, dass er zusammenzuckte und die Gedankengänge in seinem Innern verfluchte. *Wie kommt er auf genau diesen Film? Kennt er meine Gedanken?* Unsicher blickte er zu Marlies.

»Super, Folks. Dann habe ich wohl noch etwas für euch. Versprochen, dort halte ich an.«

»Was?« Roberts Neugier war ungestüm erweckt.

»Verrate ich vorher nicht. Aber ... na ja. Wartet's ab.«

Fünfzehn Minuten später hatten sie die Berge hinter sich gelassen. Vor ihnen erstreckte sich eine scheinbar unendlich weite Ebene. Nach wenigen Kilometern bog John in einen schmalen, nur einspurigen, aber asphaltierten Weg nach rechts ab. Ein kleines grünes Schild wies »Espinosa« als Straßennamen aus.

»Wo sind wir hier?«

»In Ranchos de Taos, Marles.«

»Muss man das kennen?«

»Müssen? Nein. Wegen seiner Kirche vielleicht, Mann. Aber sonst? – Nein.«

»Wo fährst du hin?«

John schwieg. Vorbei an Häusern, die eher wie Flachdach-Ställe aussahen, und umzäunten Arealen mit geschlossenen Gattern fuhr er noch wenige hundert Meter und bog dann links in eine Einfahrt auf ein unbezeichnetes Gelände, einer Weide ähnlich, ein. Die mit dünnem Schlamm bedeckte Fahrspur in der Wiese war mit Pfützen übersät und zeugte davon, dass es hier sicher nicht immer so sonnig und warm war wie heute. Sie fuhren an einem flachen Gebäude, vielleicht tatsächlich einem Stall, vorbei. Dann erkannte Robert die Art der Müll- und Geröllhaufen, die sie bei der Weiterfahrt links und rechts passierten. Vereinzelte Holzkreuze wiesen ihm die Lösung. Keine Abfälle, sondern Beigaben und bemalte Steine auf aufgeschütteten kleinen Hügeln. Gräber. John fuhr mit ihnen auf einen Friedhof.

»Was ...?«

Doch John unterbrach Roberts fragenden Ausruf.

»Here we go, man. Wir sind da.«

An einer breiteren, ebenfalls unbefestigten Stelle des Weges, einem Parkplatz ähnelnd, schlug er das Lenkrad scharf nach rechts ein und stoppte den Wagen. Was wollte John hier? Robert hatte noch keine Antwort auf seine Frage gefunden.

»Da ist es, Mann.« Dabei zeigte der Alte auf einen relativ frisch aufgeworfenen Steinhaufen direkt vor dem Van.

»Da ist was?«

»Das Grab. Dennis Hoppers Grab.«

Robert schluckte. Es lief ihm in diesem Moment heiß und kalt den Rücken herunter. Er hatte mit vielleicht Vielem gerechnet, aber urplötzlich und unvermittelt vor der Ruhestätte einer Ikone zu stehen, die auch ihm viel sagte und bedeutete, traf ihn wie ein Hammer. Wäre es ein erklärtes Ziel seiner Reise gewesen, hätte es ihn sicher mit Freude oder Stolz erfüllt. Aber jetzt, in diesem Augenblick, empfand Robert es sogar wie einen Schock.

John stieg aus.

»Kommt!«

Zögerlich folgte das Paar. Der Blick in die Ferne der Ebene mit den Gräbern im Vordergrund verwandelte die Weite der Landschaft trotz des strahlend blauen Himmels in ein trostloses Szenario.

Robert ging einmal um den Erdhügel herum. Dann betrachtete er die Einzelheiten. Ein kleiner, nur handflächengroßer Rahmen fasste ein weißes, mit Schreibmaschine ausgefülltes Papierformular unter dickem, transparentem Kunststoff ein: »*Dennis Lee Hopper, Born 05/17/1936, Died 05/29/2010, Age 74 Years*«. Im Gegensatz zu vielen anderen Gräbern waren hier weder Holzkreuz noch Grabstein an den Erdhügel gesetzt. Stattdessen thronte auf dem höchsten Punkt ein Schrein, den man aus einer üblicherweise für Gemüselieferungen gebräuchlichen Holzkiste zusammengezimmert hatte. Ein aufgenageltes Kreuz mit einem roten Herz in der Mitte bildete den krönenden Abschluss. Im Innern des Schreins erinnerte ein Harley-Modell an Hoppers Erfolg und Träume.

Sowohl gepflanzte als auch einfach abgelegte, zum Teil verwelkte Blumen schmückten den Hügel. Reste hellblauer Schleifen lagen herum. Bunt bemalte Steine sandten letzte Grüße. »Easy Ride«, »Ride Brother«, eine Theatermaske auf schwarzem Grund, asiatische oder indianische Schriftzeichen, ein Herz mit den Initialen »DLH«, »Peter Fonda Loves Den Den Forever«.

»Ja, Peter war hier«, unterbrach John die Stille. »Auch Jack Nicholson und noch ein Schauspieler, dessen Name mir aber nicht mehr einfällt. Und Hoppers Familie natürlich.«

Robert nickte stumm. Sein Start in Atlanta kam ihm wieder in den Sinn. Dort hatte er seine flüchtige erste Begegnung mit Marlies gehabt. Und dort hatte er die Nachricht von Hoppers Tod in den Händen gehalten. Und jetzt stand er hier in der weiten Ebene im Nirgendwo New Mexicos zwischen genau diesen beiden Menschen, der eine tot, der andere das blühende Leben, nur Schritte voneinander getrennt. Was hatte das zu bedeuten? Er spürte, dass in diesem Augenblick eine direkte Verbindung zwischen ihm selbst und den Geschehnissen im Easy-Rider-Abenteuer hergestellt war.

Ihn fröstelte. Er griff die Hand seiner Freundin, zog Marlies sanft in seine Arme und drückte sie fest, als er in Andacht auf den Grabschmuck starrte.

»Okay, Guys, wir müssen weiter«, störte John die Stille.

Robert löste sich aus seiner Haltung. Zögerlich blickte er noch einmal auf das Grab. Dann gab er Marlies' sanftem Drängen nach, die ihn an der Hand zum Auto zog. Sie setzten die Fahrt fort.

John kannte eine billige Absteige am Ortsrand von Taos. Die Hotels im Ort könnten sie sich wohl kaum leisten, meinte er. Der Preis war wohl niedriger als bei anderen Unterkünften im Ort, aber für das Budget der beiden immer noch heftig. Taos sei eben Tourismus-Gebiet pur. Marlies blickte Robert enttäuscht an. Sie wollten sehen, was sich in den nächsten Tagen im Sinne ihrer Erwartungen machen ließ.

Der Alte setzte sie am Ziel ab und wartete noch die Bestätigung ab, dass auch wirklich ein Zimmer für sie frei war. Stolz reichte er ihnen eine vergilbte Visitenkarte. Bei der Verabschiedung hielt er Marlies' Hand ungewöhnlich lange. Dass er überhaupt seine Hand hinhielt, machte Robert stutzig. Wer begrüßte oder verabschiedete denn hier mit Handschlag?

»Okay, Mann, falls ich euch helfen kann, lasst von euch hören. Ich bin die beiden nächsten Tage voraussichtlich nicht auf Reisen. Oder ich melde mich bei Gelegenheit.« Dabei zwinkerte er ihnen zu. »Das eine oder andere kann ich euch noch zeigen – oben bei mir im Ort.«

Dann fuhr er davon. Robert drehte die Karte in seinen Händen. Sein Blick fiel auf den Ortsnamen in Johns Adresse: Arroyo Hondo.

1967 – New Buffalo

Cleo hatte im Vorfeld gewusst, dass New Mexico kein Zuckerschlecken sein würde. Sie war bereit, für ihre Liebe und ihre Vorstellung von einer neuen Welt all ihre Kräfte aufzubringen. Sie würde ihren vollen Einsatz geben, egal wie hart es werden würde. Schlimmer als eine ganze Welt an der Ostküste und in Europa zurückzulassen konnte es nicht werden. Ein Leben im Einklang mit der Natur, in der Tradition der Native Indians und in der Gemeinschaft Gleicher war jeden Einsatz wert. Und an der Seite von John musste es einfach klappen. Dennoch hatte sie an den Bedingungen hier draußen schwer zu knabbern.

Die Tagesabläufe waren von Arbeit geprägt. Zu ihren persönlichen Pflichten gehörten die Versorgung und Pflege der Tiere und die damit verbundene Ertragsgewinnung, wie Tim, den alle nur ›Chief‹ nannten, obwohl er kein Häuptling war, denn alle waren gleich, das kurz und prägnant bezeichnete. Früh raus, Futter verteilen, die eine Kuh und die vielen Ziege melken, später am Nachmittag das Ganze noch einmal – glücklicherweise nicht allein. Zwei weitere Frauen, beide drei oder vier Jahre älter als Cleo, waren immer mit von der Partie. Wenn die schlanke Sara, eine der beiden, wenige Meter weiter bei einem der anderen Tiere hockte, dann bewunderte Cleo sie jedes Mal, wie sie mit den Fingern die Zitzen eines Tieres abstreifte, den Milchstrahl in einem kleinen Eimer auffing und gleichzeitig mit leichten Nickbewegungen des Oberkörpers bei leisem Gesang ihr Baby, das sie in einem Tragetuch vor ihre Brust gebunden hatte, im Schlaf wiegte. Der anderen, Jenny, sah man schon an ihrem fülligen Körperbau und ihrem resoluten Auftreten an, dass sie zupacken konnte. Hatte Cleo einmal irgendwelche Fragen zu Handgriffen oder Abläufen, dann konnte sie immer Jenny fragen. Jenny wusste Bescheid. Und sie konnte organisieren, hier draußen und drinnen im Gemeinschaftshaus.

Nach dem Melken stand das Einsammeln der Eier an. Die vielen Hühner wurden in einem großzügig mit einem aus langen, dünnen Ästen geflochtenem Zaun eingegrenzten Areal gehalten.

Cleo legte die Eier in einen Tragekorb und blickte hinüber zum Haus, oder besser gesagt zur Baustelle. Trotz der sehr kühlen Morgentemperatur an diesem Novembertag schuftete John mit freiem Oberkörper. In den wenigen Wochen der Arbeit hatten sich seine Muskeln ansehnlich herausgebildet. Ein Anblick, den Cleo in den Monaten zuvor noch nicht von ihm gehabt hatte. Sie dachte zurück an jenen Tag im frühen Oktober, als sie angekommen waren. Voller Erwartung, und doch gleichzeitig voller Angst nicht aufgenommen zu werden. Konnte man einfach aufkreuzen und einen Platz verlangen? Alle Beteiligten wünschten tatsächlich eine für jedermann offene Community, auch wenn die kleine Schar, die bereits hier lebte, an erste Grenzen gestoßen war. Sie hatten weniger als genug, um sich selbst zu verpflegen. Platz war da – aber sonst?

Tim hatte Cleo und John befragt. Jeder sollte Aufgaben übernehmen und in einen gemeinsamen Plan eingearbeitet werden. Es gab nichts, womit Cleo an besonderen Fähigkeiten hätte auftrumpfen können. Aber John hatte mit seinen Talenten zur Autoreparatur und dem Hausbau gepunktet. Cleo erinnerte sich, wie dumm sie bei der Nennung der Fähigkeiten dreingeschaut haben musste. John und Bauen? Aber es zog. Der Chief hatte das akzeptiert und auch Cleo zugetraut, sich besonders einbringen zu können. Sie waren aufgenommen. So hatte John direkt bei letzten Arbeiten zur Fertigstellung eines Nebengebäudes geholfen – und jetzt auf ein Neues beim Wiederaufbau des Haupthauses, eine Folge des Brandes, dem ein großer Teil des ersten Baus schon nach kurzer Zeit zum Opfer gefallen war und der zwar ein Unglück, aber in Cleos Augen schon fast wieder einen Glücksfall darstellte. Denn es würden durch einen geänderten Grundriss jetzt bessere Rückzugsmöglichkeiten für die Nacht entstehen. Kein allgemeiner gemeinsamer Schlaf aller vierzehn Erwachsenen und der zwei Babys in dem bisherigen großen, zentralen Raum mehr. Welch ein Fortschritt. Zumindest Familien sollten jeweils ein eigenes Zimmer erhalten. Cleo hoffte auch für sich und John auf etwas Eigenes, auch wenn sie keine Kinder hatten. Denn in Cleos Augen waren sie ein ganz festes Paar im Gegensatz zu anderen Mitbewohnern, die den Begriff der Gemeinschaft eben anders interpretierten, sich nie in einer festen Bindung fühlten und doch auf Sex nicht verzichteten.

Sie schaute zu den schneebedeckten Berggipfeln. Bald würde es auch hier unten permanent weiß sein, hatte sie erfahren. Erste, durchaus heftige Schneefälle hatte sie in letzter Zeit schon erlebt. Mit einer ruckartigen Armbewegung zog sie die grob gewebte Decke höher um ihre Schultern. Ihre Füße spürten in den Sandalen die Bodenkälte. Es wurde Zeit, auch wenn der Wind jetzt am Tage warm war. Noch einige Nächte in einem der Tipis, danach könnten sie ins Haus einziehen. John und die anderen hatten glücklicherweise nicht mehr viel fertigzustellen.

Der Anblick Randys bei der Arbeit jubelte ihren Herzschlag hoch. Im Hintergrund die Berge mit dem drohenden Winter, davor das karge, trockene Tal – und mittendrin John. Das Spiel der Muskeln unterstrich die natürliche Aura seines sehnigen Körpers, vor allem wenn er einen oder gar mehrere der selbstgefertigten Lehmziegel in einer kraftvollen Bewegung hochwuchtete. Seine Haut hatte in den wenigen Wochen ein tiefes Braun angenommen. Doch verhinderte der Bart, der mittlerweile ungestört gewachsen war, dass John optisch komplett in die Nähe eines Indianers rückte. Dabei empfanden viele in der Community gerade die Vergleichbarkeit mit den amerikanischen Ureinwohnern – sowohl gedanklich als auch in den Lebensformen und der Optik - als erstrebenswertes Ziel. Kleidung, Rituale, Frisur und eben auch Verzicht auf Bartwuchs gehörten dazu. Der eine oder andere war in Arroyo Hondo bärtig angekommen und achtete nun darauf, mit äußerst genauer Körper-

und Haarpflege es den Indianern gleichzutun. Ohne Gesichtshaare. In Reinheit des Körpers und des Geistes. John ging, wie wenige andere auch, den umgekehrten Weg.

Cleo liebte ihn, auch mit Bart, ihren John.

Die Einteilung sah für sie als nächstes den Küchendienst vor. Das Gericht stand schon fest: brauner Reis und Bohnen – wie meistens. Heute gäbe es vielleicht noch etwas Gemüse dazu, wenn Steve rechtzeitig mit den Einkäufen aus Taos zurückkäme. Was würden sie nur ohne die Lebensmittelmarken von den Behörden machen? Cleo hatte es sich im Vorfeld nicht so hart als selbstversorgende Gruppe vorgestellt. Manche meinten, es ginge auch ohne diese Zuwendungen. Aber sie selbst wusste, dass es nicht funktionieren könnte. Soviel Überblick hatte sie bereits. Und alle, wirklich alle hatten immer, wirklich immer Hunger.

Ihr erschien es sowieso wie ein kleines Wunder, dass das Experiment des Zusammenlebens hier überhaupt anlaufen konnte. Wäre nicht Rick mit seiner Erbschaft gewesen – niemand hätte Geld für diese fünfundzwanzig Hektar Land aufgebracht. Und ohne die Hilfe einzelner Indianer aus dem Taos Pueblo hätten die Bewohner länger gebraucht, die Techniken der Lehmziegel-Produktion und des Hausbaus zu erlernen. Auch wurde sie das unangenehme Gefühl nicht los, sich in ein gemachtes Nest gesetzt zu haben. Es war schon vieles vorhanden und erarbeitet, als sie und John angekommen waren. Hätten sie schon Monate früher dabeisein sollen?

Sie versuchte, das späte Dazustoßen durch umso mehr Arbeitseinsatz zu kompensieren. Wie schön, dass John sich gleichermaßen hineinhängte. In den letzten Wochen an warmen Tagen konnten die beiden sogar zusammen im Team beim Anfertigen der Lehmziegel arbeiten. John trug die Erdmasse herbei, rührte sie an und formte die Steine, während Cleo die zum Trocknen ausliegenden kleinen Blöcke in der Sonne wendete, dass ihnen die Feuchtigkeit von allen Seiten gleichmäßig entzogen wurde.

Jeder in der Gemeinschaft entwickelte für sich das berechtigte Gefühl, im selbsterbauten Haus zu wohnen. Das Gebäude schütze nicht nur – es hatte die Gruppe zusammengeschweißt.

Steve hatte es noch rechtzeitig geschafft. So wurde das Essen mit verschiedenen Gemüsen angereichert. Alle versammelten sich zur Mahlzeit in einem der Tipis. Sie saßen im Kreis auf dem Boden, hielten sich an den Händen und meditierten einige Augenblicke lang. Chief intonierte einen Gesang, der in der Laut- und Tonmalerei an indianische Lieder erinnerte, dessen Worte aber absolut unverständlich waren. Cleo war sich sicher, dass Chief kein Wort Indianisch beherrschte. Das Tiwa, die Sprache der Einheimischen, blieb ihnen wie allen anderen Fremden verschlossen. Doch der gehobenen Stimmung und der Verbundenheit mit Mutter Erde und ihren Früchten tat das keinen Abbruch.

Die hart Arbeitenden durften bevorzugt zugreifen. Man besprach den Ablauf des Nachmittags. Es war keine Überraschung, dass Feuerholzsammeln die höchste Priorität erhielt. Wie immer. Nichts wurde nach den Lebensmitteln so sehr benötigt wie Brennmaterial zum Kochen und zum Heizen. Das würde in den nächsten Wochen noch wichtiger werden. Cleo würde am Nachmittag dabeisein.

Nach der Mahlzeit nutzte sie aber zunächst ihre Pause und zog sich in den sogenannten Trommel-Raum zurück, ein Refugium für Meditation und übersinnliche Erfahrungen. Für eine echte Session hatte sie jetzt weder Zeit noch Partner, der die Trommel schlagen könnte. Dennoch tauchte sie auf den gewohnten Wegen in ihre Unterwelt ein. Sie hatte ihre Technik so weit entwickelt, dass sie das zumindest als ein die Ruhe förderndes Erlebnis erfahren konnte. An manchen Tagen übernahm Sara für sie die Trommel. Doch Cleo vermisste mehr und mehr Lory. Dann dachte sie an das Versprechen, dass die Freundin mit Charly irgendwann nachkommen wollte. Wann?

John arbeitete am Nachmittag weiter am Bau. Als sich die Gemeinschaft nach dem Brennholzbeschaffen am Abend zur Meditation traf, machte er einen abgekämpften Eindruck. Cleo bewunderte ihn für seinen unermüdlichen Einsatz und bedauerte ihn gleichermaßen. Den unbeschwerten, übermütigen John aus San Francisco hatte sie hier in den letzten Wochen nicht mehr erlebt. Der Kampf mit der Natur veränderte. Und doch führte diese Kraftanstrengung sie weiter zusammen. Es musste nicht immer Sex sein. Wenn sie sich abends erschöpft in den Armen lagen und die Decke über sich zogen, dann spürte Cleo das Glück der Zweisamkeit beim oft schnellen Einschlafen.

Meditation stand zwar an manchem, aber nicht an jedem Abend im Vordergrund. Oft, sehr oft sogar, entwickelte sich das Zusammensein zu einer Party. Mit Gitarre, Banjo und den Trommeln spielten sie rockige Songs. Manchmal, wenn befreundete Indianer aus dem Pueblo zu Gast waren, tönten getragene indianische Gesänge durch die Nacht. Wenn es noch warm genug und trocken war, saßen sie draußen unter freiem Himmel, ansonsten in einem der geräumigen Tipis, zu wenigen Anlässen im Haus. Gerade bei diesen Partys lebte Cleo besonders auf. Alle tanzten in der Gruppe, nur ganz selten paarweise. Sich drehen, alles aus sich herauslassen, eins werden mit dem Mondschein und der Nacht, sich als Teil von Mutter Erde fühlen. Feiern.

Es waren genau diese Gelegenheiten, bei denen sie Lory mit ihrem Charly besonders vermisste. Ein Stück San Francisco fehlte ihr sehr. Gleichzeitig merkte Cleo jeden Tag mehr, wie lebenswichtig ihr das Zusammensein mit John geworden war. Hätte sie diesen Schritt in die Community auch ohne ihn durchgehalten? Sie war sich sicher: nein, auch wenn sie selbst anfänglich die treibende Kraft gewesen war und ihn aus der San-Francisco-Lethargie herausgerissen hatte. Wäre er jetzt nicht da, würde sie doch irgendwann aufgeben. All ihre Ziele waren eng mit ihm verknüpft – nur noch mit ihm. Ausschließlich für ihn und sich selbst kämpfte sie um die neue Lebensform, Mutter Erde hin oder her.

Die gemeinsamen Nächte der Liebe, wenn sie sich doch einmal in Abgeschiedenheit zurückziehen konnten, erlebte sie intensiver als zuvor. Wenn sie seine Haut betastete, die Straffheit seiner Muskeln spürte und ihre Hände auf sein Gesäß legte, während er seine Unbändigkeit erst überzärtlich, dann explosionsartig herausließ, fühlte sie die ersehnte Erfüllung. Etwas in ihr wollte in solchen Augenblicken zerspringen – vor Glück. In ihrem Kopf wurde alles leicht und ihre umherschwirrenden Gedanken dehnten sich in scheinbar schwereloser Umgebung aus, als könnte sie die ganze Welt umfassen. Sie konnte die Unendlichkeit fühlen. Dann, vor allem dann, empfand sie sich als Teil von Mutter Erde.

Als Ende des Monats das Haus wieder hergestellt war, konnten sie und John tatsächlich einen separierten Schlafbereich übernehmen. Die Hauseinweihung wurde mit einem Peyote-Meeting gefeiert. Doch die Drogen waren für Cleo nicht das einzige Highlight des Abends. Die neue Rückzugsmöglichkeit schoss sie auf Wolke sieben. Das war der wahre Kick.

Die Kälte durfte kommen.

2010 - Pueblo

Tief geduckt krallte er sich wieder an der Pferdemähne fest. Der Sand stiebte. Doch bot die Kulisse diesmal keinen Anblick bizarrer Felsformationen, sondern die weite Sicht in eine sonnenbeschienene Ebene. Unendlichkeit. Neben Robert jagte Marlies dahin. In ihren Bewegungen formte sie eine Einheit mit dem schwarzen Hengst unter ihr. Die langen, in der Sonne hellgelb scheinenden Haare wirbelten wild nach hinten. Sie lachte zu ihm herüber. Diese Augen!

Robert riss seine Lider auf und drehte den Kopf nach rechts. Da lag sie neben ihm – Marlies. Sie schlief. Draußen hatte die Sonne bereits das Regiment übernommen. Noch herrschte Stille. Nur das Surren des sich langsam drehenden Deckenventilators und das dumpfe Brummen der zu schwach dimensionierten Klimaanlage in dem Fenster untermalten die Stimmung.

Wie hübsch sie sogar im Schlaf lachte. Robert strich Marlies zärtlich mit der Hand über den Kopf. Ihr Mund zog sich ein wenig weiter in die Breite. Aber sie schlief tatsächlich noch. Morgengefühle. Sweet Dreams.

Trotz der frühen Stunde und der spürbaren, wenn auch nur schwachen Kühlung hatten sich feine Schweißperlen auf seiner Haut gebildet. Leise stand er auf. Er betrachtete für einige Sekunden die schlanke, unbedeckte Verlockung im Bett, dann verschwand er ins Bad. Die dünnen Wasserstrahlen aus dem verkalkten Duschkopf kühlten den Körper herunter. Doch seine Gedanken nicht. Wie sollte er jetzt weiterreisen? Die beiden Tage und vor allem die Nächte hatten seine Welt auf den Kopf gestellt. Dieses schwerelos machende Gefühl des Zusammenseins und Verstehens, der gleichzeitigen Begierde und Lust, durchsetzt von der Angst, jemanden zu verlieren, ließ ihn nicht mehr los. Wie weiter?

Einfach so lange zusammenbleiben, wie es ging. – Eine simple Antwort, doch ein unangenehmer Gedanke, wie Robert feststellte. Warum eigentlich? Wäre es nicht toll, jede Minute mit ihr gemeinsam auszukosten? Alles genießen? Die in diesen Überlegungen verhaftete Ziellosigkeit stieß ihm übel auf. Es wäre doch nur ein Vor-Sich-Herschieben. Eine Verdrängung der anderen Art.

Ziele – was waren denn seine Ziele?

Die Flucht, ja, die konnte er benennen. Weg von Britta. Weg vom alten Sein, von seinem bisherigen, unausgegorenen Leben. Unausgegoren? Was hieß das? Der Gedankenfunke, dass etwas Zielloses in seiner Lebensplanung lag, nistete sich bei ihm ein. Ja und? Schlimm? Warum nicht das Leben nehmen, wie es kommt? Marlies nehmen, wie sie gerade erschienen war. Aber dann wieder entgleiten lassen?

Welcher Kampf tobte da gerade in ihm? Etwas tief drinnen torpedierte sein Verlangen. Wollte er selbst keine Sehnsucht zulassen? Er spürte sie doch. Das Glück an diesem Ort sprach doch eine eindeutige Sprache. Marlies.

Doch selbst, wenn er sich auf die Seite seiner Hingebung schlug – was würde Marlies tun. *Welchen Weg schlägt sie ein?* Durfte er diese Frage stellen? Nicht nur an sie gerichtet, wozu er sich nicht trauen würde, sondern schon im ganz Allgemeinen. Durfte er sie überhaupt an sich selbst richten? Fragen, die man nicht beantworten kann, zermürben. Stieg er gerade in sein nächstes Desaster ein?

Als er das Wasser abstellte, waren die Zweifel mit einem Schlag weg. Zumindest verspürte er sie nicht mehr. Ein neuer Tag brach an. Ein gemeinsamer Tag. Wow!

Während er sich abtrocknete, ließ ihn ein leichter Luftzug spüren, dass sich schon wieder eine feine Schweißschicht auf seiner Haut bildete. Er fuhr herum. Marlies!

»Hi, Robert. So gut geschlafen wie ich?«

Sie lachte ihn an und gab ihm einen Kuss. Ihre Zungen spielten wild miteinander, als wäre die Nacht dazwischen unendlich gewesen. Kräftig zog er Marlies an sich, als ihre Lippen sich voneinander lösten.

»Hi, Liebes.«

Sie drückte ihm noch einen Kuss auf, dann schob sie ihn sanft aus dem Bad. Robert folgte brav. Während er sich anzog, wirbelten die Gedanken über den heutigen Tag in seinem Kopf. Wieder etwas Neues. Und wieder mit Marlies. Er fühlte sich wie ein Shooting-Star. *Pueblo, wir kommen!*

Fertig gekleidet ging er im Zimmer auf und ab. Eine solche Ungeduld hatte er auf dieser Reise noch nicht verspürt. Dann war sie endlich so weit. Es ging los.

In einem Coffee Shop schoben sie ein schnelles Frühstück ein, bevor sie einen der Shuttle-Busse zum Pueblo San Geronimo de Taos suchten und ein Ticket kauften. Während der folgenden knapp drei Meilen achtete Robert nur so lange auf die Landschaft, bis Marlies ihren Kopf auf seine Schulter legte. Er gab dem sanften Druck nach, presste seine Wange gegen ihr Haar und schloss die Augen, obwohl er in keiner Form müde war. Das Brummen des Motors wirkte wie eine akustische Glocke, die den Rest Außenwelt abriegelte. Robert träumte vor sich hin, fühlte, wie ihre Herzen zusammen schlugen. Er war sich sicher, dass sie in diesem Augenblick nur ein gemeinsames Empfinden hatten. Wo sollte das hinführen? Wie weit würde es sie treiben? Er spürte ihre Hand auf seiner.

Taos Pueblo – die Sonne brannte vom wolkenlosen Himmel hernieder, als sie den Bus verließen. Durch eine Einfahrtsöffnung in der flachen Mauer betraten sie im grellen Vormittagslicht das Pueblo-Gelände.

»Sollen wir eine Führung mitmachen?«

Marlies schüttelte den Kopf. Sie lachte. Ihre Reaktion war ganz in Roberts Sinne. Sie beide konnten die Welt ganz allein entdecken und erobern. So empfand er die Zweisamkeit. Marlies nahm seine Hand und zog ihn vorwärts. Auf dem staubigen Platz blieben sie stehen und schauten sich um. Die Lehmbauten gruppierten sich vor allem an der Seite zu ihrer Linken. Rechts grenzte der Platz an einen Fluss. Vereinzelte Baracken, die sicher nicht dauerhaft hierhergehörten, fanden sich vor den Uferstäuchern. Jenseits des Wasserlaufes dominierte ein weiterer Pueblo-Komplex mit seinen drei oder vier Geschossen das Bild. Robert drehte sich um. Die Kirche, die er sah und an deren Flanke entlang sie soeben das Gebiet betreten hatten, fiel optisch aus dem Rahmen, denn sie schien bei Weitem nicht so alt zu sein wie der Rest des Pueblos. Frischer Außenputz im typisch hellen Rotbraun, aber auch in strahlendem Weiß auf der Einfriedungsmauer sowie dem Kirchenschiff zwischen den beiden eckigen, abgeflachten Türmen verliehen dem Gebetshaus ein besonderes Flair. Drei weiße Holzkreuze in vielleicht neun Metern Höhe thronten oben auf Türmen und Schiffgiebel und signalisierten der Welt den Glauben.

»Christentum und Indianer habe ich nie wirklich zusammengebracht.«

Robert brummte ein zustimmendes »Mhm«, doch ihm fiel im selben Augenblick der gottesgläubige Winnetou ein. Die Figur dieses Indianers hatte er schon lange verdrängt. Die Geschichten hatten ihn zur Enttäuschung seines Vaters nie wirklich interessiert. Nun war der Indianer auf einmal wieder in seinem Gedächtnis. Mit Marlies mitten im Wilden Westen ...

Er lachte sie an, als sie ihren Handdruck verstärkte.

»Komm!«

Damit zog sie ihn in die Kirche.

Eine unerwartete Atmosphäre fing sie in dem menschenleeren Raum ein. Die Kühle der Luft bot einen angenehmen Kontrast zu dem Glutofen draußen. Doch die wahre Überraschung bot sich ihren Augen. Strahlend weiße Wände gaben dem Raum ein feierliches Licht und boten gleichzeitig die kontrastreiche Umgebung für fünf gewölbte Nischen unterschiedlicher Größen an der Kopfseite, die in ihrem hellblauen Innenanstrich die Aufbewahrungsorte für Heiligenfiguren boten. In der Mitte unter dem zentralen, alles überthronenden Kreuz, das konnte nur Mutter Maria sein, rechts außen Jesus. Ganz links eine kleinere Darstellung der heiligen Mutter, ebenso davor freistehend eine sechste Figur. Blumenmalereien bildeten die schmalen Einfassungen der Bögen. Zwei weitere Abbilder der Mutter Gottes fanden sich über der zweiten und vierten Nische in der Höhe auf die weiße Wand gemalt. Die Seitenwände des Kirchenschiffs waren mit gerahmten Heiligenbildern geschmückt, dazwischen an jeder Wand ein kleineres Kreuz. Ein steinerner Altar mit Tabernakel stand direkt an der Mauer unterhalb der zentralen Madonna, ein einfacher Holztisch ungefähr einen Meter davor.

Hier wirkte nichts indianisch. Zumindest nicht so, wie Robert sich das vorgestellt hatte. Die Räumlichkeit hätte in ihrer Optik perfekt in jede südeuropäische Kapelle gepasst.

Stille.

Marlies verstärkte wieder ihren Handdruck. Robert fühlte sich mit ihr entrückt, weit weg. Als wäre dieser Raum nur für sie geschaffen und Lichtjahre entfernt an einem anderen Ort in der Welt, aber nicht hier mitten im Südwesten. Dabei hielt Robert sich vielleicht für vieles, aber nicht für gläubig. Hand in Hand standen sie still für mehrere Minuten. Schauten erst nach vorn, blickten einander an, schauten wieder nach vorn. Erst als andere Besucher die Kirche betraten, schreckten sie auf. Leise gingen sie hinaus.

Jeder Schritt an ihrer Seite verstärkte Roberts gefühltes Schweben. Leichtigkeit trug seine Gedanken. Temperaturen spielten keine Rolle.

An einem kuppelartigen Ofen im Freien backte eine Indianerin Brot. Der Duft verlockte, doch Hunger verspürten sie noch nicht. Sie gingen weiter. Gemeinsam blickten sie sich um, fanden einen Weg zwischen den Gebäuden. Hier, in der schattigen Enge, wehte ein kühlerer Luftzug. Hellblau gestrichenen Türen, einige mit Fliegengittern, andere ohne, formten Farbtupfer, welche die Intensität in Marlies' Augen widerspiegelten. Leuchtende, lebensfrohe Kleckse.

Marlies' Lachen hallte dumpf. Als sie einen Türgriff fasste, hielt Robert sie zurück.

»Verboten.«

Marlies verstand. Keinerlei Schild wies auf einen Shop oder ähnliches hin. Privatwohnungen waren tabu.

»Aber da.«

Marlies zog ihn hinüber und öffnete die Tür neben dem Schild ›Indian Arts‹. Gespannt traten sie ein.

»Wow! Schau dir das an.«

Das Mädchen machte keinen Hehl aus seiner Begeisterung für die Silber- und Türkis-Schmuckstücke, die sich vor ihnen in dem kleinen, nur durch ein einzelnes Fenster erhellten Raum ausbreiteten. Die Ornamente und Figuren auf den glänzenden Schnallen und Armreifen strahlten in ihrer Simplizität und Eckigkeit eine eigentümliche, vielleicht nur an diesem Ort wirkende Faszination aus. Marlies probierte einen Ring aus.

Robert blieb an diesem kleinen Schauspiel mit seinen Blicken hängen. Wie in Zeitlupe verfolgte er ihre Bewegung, mit Zeigefinger, Mittelfinger und Daumen ihrer rechten Hand ein wenig unbeholfen das Schmuckstück über den linken Ringfinger zu schieben.

»Passt«, lachte sie. Sie reckte die Hand in die Höhe, dass auch Robert ja alles bewundern konnte. Dann zog sie den Ring wieder ab und legte ihn zurück.

Aus der Ecke beobachtete der indianische Besitzer die beiden sehr genau und aufmerksam. Seine Augen verfolgten jeden ihrer Handgriffe.

»Sehen Sie sich ruhig um. So etwas wie hier finden Sie nirgendwo sonst.«

Als er seine Worte mit einem Lächeln untermauerte, warfen sich die zahlreichen Falten in seinem Gesicht noch stärker auf. Er langte an einen Schalter. Eine einzelne Deckenlampe leuchtete auf. Das gelbe, fahle Licht kämpfte schwer im Wettstreit mit dem dezenten, durch das schmale Fenster einfallenden Grell an.

Marlies stöbert. Hier dies, dort das. Als ein junger Indianer, vielleicht etwas älter als Robert, den Raum betrat, stutzte sie und schaute den Neuankömmling fasziniert an. Robert konnte ahnen, warum. Die braune Haut des Mannes wirkte wie Samt. Leicht vorstehende Wangenknochen unterstrichen die asketische Erscheinung. Die dunkelbraunen Augen funkelten in dem Licht der Lampe. Im Gegensatz zu dem Alten trug er langes Haar. Die schwarzen, glänzenden Strähnen waren zu einem Pferdeschwanz zusammengebunden. Er wechselte einige Worte mit dem Inhaber in einer für die Besucher nicht verständlichen Sprache. Dann lachte er Marlies an.

Sie lachte zurück. Ihr Mund formte sich zu einem unausgesprochenen »Oh«, als er mit einem geflochtenen Lederbändchen, das er von einem Ständer gegriffen hatte, auf sie zuging. Nur durch eine Handbewegung bat er um Erlaubnis, ihr das Stirnband umzubinden. Im Einverständnis neigte sie den Kopf ganz leicht. Er schob ihr das mit kleinen, hellblauen Perlen geschmückte Teil über, sortierte dabei mit feinen Fingerbewegungen ihr Haar, dass der Mittelscheitel sauber zu erkennen war und die Haare links und rechts in einem leichten Bogen zur Stirnaußenseite hingen. Marlies schien seine Handgriffe zu genießen. Fertig platziert verlieh das Stirnband ihrem Aussehen eine Strenge, die jeden Reiz auf Robert noch verstärkte. Auch wenn das Blond der Haare einem indianischen Erscheinungsbild entgegenwirkte, so erschien sie ihm in diesem Augenblick wie die göttliche Vertreterin eines Stammes. Doch sie sah ihn nicht an. Ihre Blicke klebten an dem jungen Indianer.

Roberts Kehle schnürte sich zu, als er die beiden so vor sich sah. Was war das für ein Kerl?

»Das steht ihnen ausgezeichnet.«

Das Kompliment des jungen Indianers traf. Marlies grinste. Ihr kecker Blick konnte ihren Anflug von Stolz nicht kaschieren. Ihre Augen strahlten. Sie antwortete nicht, nickte nur ganz leicht. Der Alte schob ihr einen Handspiegel hin. Marlies betrachtete sich.

»Mega.«

»Sieht wirklich klasse aus«, stimmte Robert bei. Er sah, dass der Indianer wohl ahnte, was er gesagt hatte, auch wenn der sicher kein Wort Deutsch verstanden hatte. Der Einheimische nickte.

Marlies streifte das Band wieder ab.

»Wieviel?«, fragte sie den Alten.

Bei seiner Antwort wackelte sie bedächtig mit dem Kopf hin und her. Sie schob ihre Unterlippe ein wenig vor. Die genannten fünfzehn Dollar waren ihr zu viel. Sie hängte das Stirnband zurück auf den Ständer. Fast entschuldigend blickte sie den jüngeren Einheimischen an. Der lächelte nur, schloss für einen ganz kurzen, aber deutlichen Moment verständnisvoll die Augen.

»Sie sind willkommen«, nahm er ihr jegliches schlechte Gefühl und wandte sich wieder in unverständlichen Worten an den Alten. Für einige Augenblicke blieb er noch, dann verließ er mit einem kurzen, verabschiedenden Nicken den Raum.

Robert atmete auf. Marlies tauchte weiter ein. Sie prüfte das grobe Gewebe der Umhänge mit den Fingern, starrte lange auf die Schmuckstücke mit den Steinen in leuchtendem Türkis, betrachtete eingehend die Zeichnungen und historischen Fotos.

Nach zwanzig Minuten verließen sie mit leeren Händen den Shop.

Robert verspürte ein flaues Gefühl im Magen, wie einen leichten, nicht schmerzhaften Krampf. Er spürte die Auswirkungen bis in die Kehle. Warum hatte Marlies den Typen so angesehen? Es gelang ihm nicht, seine Gedanken zu verdrängen. Ein Funke Angst. Wie fühlte Marlies?

Er wollte nicht weiter herumlaufen. Es zog ihn zu einem der wenigen Bäume am Flussufer. Er setzte sich nieder und lehnte sich an den Stamm. Marlies lachte und streckte sich neben ihm aus.

Gemeinsam lauschten sie dem Rauschen und Glucksen des Wassers. Langsam ließ das heftige Pulsieren in Robert nach.

Im Gespräch versuchte er, innerlich weiter herunterzukommen. Er fragte Marlies nach ihrer Ausbildung, die sie für diese Reise unterbrochen hatte. Warum machte er das? Es war nicht wichtig und vor allem hatte sie es bei einer ihrer ersten Unterhaltungen noch in der Bahn beiläufig erzählt. Dass sie an dem Lehrerberuf ihre Zweifel hatte. Dass die Lehrerknappheit in den Niederlanden sehr unangenehme Effekte auch auf den einzelnen Pädagogen hatte. Dass eine Grundschule dort umfassender war als in Deutschland. Dass ... dass es doch alles auch unwichtig sei. Sie hatte ihn dann in einer hintergründig vielsagenden Art angelächelt, dass Robert schon zu jenem Zeitpunkt sein Herz verloren hatte. Spätestens da.

Er merkte, wie Marlies bei seiner Frage ein wenig auf Distanz ging. Sie verstand ganz offensichtlich nicht, wieso er jetzt auf ein solch nüchternes und gleichzeitig unwichtiges Thema kam. Er selbst ja auch nicht.

»Warum fragst du?«

»Ach, nur so.«

Er drehte den Kopf zur Seite und starrte in die grell glitzernden Wellen. Er schloss die Augen, als könnte das eine weitere Frage von Marlies verhindern. Sie hakte nicht nach. Ob sie glaubte, dass er gerade träumte? Minuten vergingen.

»Ich muss mal für kleine Jungs.«

Sprach's, erhob sich und verschwand zurück ins Pueblo, ohne sich umzusehen. Warum war ihm nach Flucht? Er konnte es sich nicht beantworten. Die alte Unsicherheit war schlagartig wieder da. Er und Frauen - inkompatibel?

Als er nach einigen Minuten zurückkehrte, war ihm leichter ums Herz. Er konnte wieder lachen und sah, wie freudig Marlies dies zur Kenntnis nahm, als sie mit ihren nackten Beinen bis zu den Knien in Wasser spielte.

»Alles okay?«

»Yep.«

Doch schon im nächsten Moment gefror Roberts Lachen. Der junge Indianer tauchte auf. Wo kam der jetzt her? Er steuerte direkt auf die beiden zu. Robert blickte zu Marlies, die den Ankömmling schon mit einem Grinsen erwartete. Sein Herz pochte wild.

Als der Einheimische lächelnd auf Marlies zuging und ihr seine Hand reichte, verstand Robert die Welt nicht mehr. Was ging hier ab? Zwar bemerkte er ihr Zögern, doch als sie zugriff, biss Robert die Zähne aufeinander. Was war los?

Der charmante Blick des Rivalen versetzte ihm einen Stich. Langsam zog der Indianer Marlies zu sich heran.

»Not allowed – verboten.«

»Was?«, fragte Marlies.

»Baden.«

»Ist doch kein Baden.«

»Doch, auch das. Du stehst in unserem Trinkwasser. Aus dem heiligen See.«

»Heiliger See?«

»Blue Lake. Oben in den Bergen.«

»Und deshalb ...«, stotterte Marlies.

»Lasst euch aber nicht stören. Seht euch weiter um. Nur nicht ins Wasser, bitte. Es ist die Quelle unseres Lebens.«

Das Funkeln in den Augen des anderen machte Robert innerlich wild. Er sah doch, wie Marlies auf den Typen reagierte.

Ich habe ein Scheiß-Händchen mit Frauen.

Obwohl der andere jetzt weiterging, presste Robert seine Lippen aufeinander, weil er sah, dass Marlies dem Indianer noch einige Augenblicke hinterherschaute.

»Cooler Typ?«

Marlies verstand Roberts Frage nicht so recht.

»Was meinst du?«

»Gefällt er dir?«

Marlies legte den Kopf schräg und kniff ein Auge leicht zusammen.

»Das meinst du doch jetzt nicht im Ernst, oder?«

Robert zuckte mit den Schultern.

»Och komm, Robbi. Nicht doch.«

Sie sprach nicht weiter, sondern ging dicht an ihn heran und berührte mit den Lippen seine Wange.

»Kleiner Idiot«, flüsterte sie und legte ihren Arm um seinen Hals. »Klar ist der interessant. Aber du noch mehr. Solltest du doch wissen.«

Jetzt standen sie eng umschlungen neben dem Fluss. Robert löste sich und kramte in seiner Hosentasche. Er zog das Lederbändchen heraus und streifte es Marlies über den Kopf. Erstaunt sah seine blonde Indianerin ihn an.

»Wo hast du ...? Hast du es eben beim Gang ...?«

Robert nickte und lächelte erleichtert.

»Yep. Tatsächlich weiß ich noch immer nicht, wo die Toiletten sind. Und gerade jetzt müsste ich langsam doch ...«

Marlies lachte laut auf. Sie fiel ihm wieder um den Hals und küsste ihn innig. Verkrampfung löste sich. Sein Innerstes begann wieder zu hüpfen und fühlte sich unbeschwerter an. Marlies!

»Dann komm!«

Sie griff seine Hand und zog ihn vorwärts. Von einer Szene auf die andere hatte sich seine Beklemmung in Glück gewandelt. Marlies stutzte schon zwei Schritte später.

»Schau, Robbi, wer da ist.«

Fünfundzwanzig, dreißig Schritte entfernt von ihnen lehnte der alte John an einer Hauswand. Kauend grinste er herüber und hob die Rechte zu einem flüchtigen Gruß.

»Hi Folks«, rief er, »kleine Überraschung!«

Marlies und Robert schauten sich verdutzt an und zogen in unabgesprochener Gleichzeitigkeit die Schultern ganz leicht hoch, um dem anderen zu signalisieren, dass man mit Johns Ausruf nichts anfangen konnte. Sie gingen zu ihm hinüber.

»Was gibt's, John?«

Langsam kam er ihnen entgegen. Er machte es spannend, indem er eine Antwort noch einige Sekunden hinauszögerte.

»Ich habe eine günstigere Unterkunft für euch.«

»Echt? Wo?«, fragte Robert.

»In einem Bed-and-Breakfast-Haus. Sehr nette Leute. Und sie kamen mir preislich sehr entgegen, als ich sagte: ›Für gute Freunde‹. Und das seid ihr doch, nicht wahr? Wenn ihr wollt, dann können wir schnell zu eurem jetzigen Hotel fahren. Ist noch früh am Tag. Das Auschecken sollte noch möglich sein. Und sonst rede ich mit denen. Die kennen mich ja.«

Marlies und Robert blickten sich an. Keine schlechte Idee.

»Wie viel?«

»Fünfundzwanzig Bucks pro Nacht weniger. Mit einfachem Frühstück. Deal?«

Wow! Das war nicht schlecht. Bei dem Preis konnte man es tatsächlich länger hier aushalten. Marlies strahlte und nickte Robert zu.

»Okay, John. Gemacht. Dann lass uns losfahren.«

Sie sahen den Lieferwagen jenseits der Einfahrt zum Gelände stehen und gingen in die Richtung.

»Und wo ist das, John?«

»Wird euch gefallen, Mann«, antwortete der Alte und spuckt das Etwas aus seinem Mund auf den Boden. »Draußen, in Arroyo Hondo.«

Eine Minute später startete er den Motor. Robert hatte sein körperliches Bedürfnis fürs Erste verdrängt.

2010 - Arroyo Hondo

Der Straßenbelag forderte mit seinen Schlaglöchern heraus. Das Fahrrad schlug rhythmisch im Laderaum gegen die Seitenwand.

»Here we go, folks«, brummte John, als sie nach weniger als acht Meilen Fahrt Arroyo Hondo erreichten.

Die Bed-and-Breakfast-Unterkunft entpuppte sich als einfaches Wohnhaus, in dem die Besitzer aber tatsächlich zwei Zimmer regelmäßig an Gäste vermieteten. Einfach und altmodisch eingerichtet, aber sauber präsentierte sich das Innere. Die zwei Betten in dem Raum konnte man, je nach Belieben, zusammenschieben oder getrennt aufstellen. Der Preis war im Sinne von Robert und Marlies wirklich okay. Wenn jetzt das Frühstück auch in Ordnung wäre, läge die Sache umgerechnet auf sie beide sogar extrem unter dem Niveau, was Robert bei Rita bezahlt hatte.

Das Haus stand in unmittelbarer Nähe des Bretterbaus, in dem John wohnte. Aus ihrem Zimmer im ersten Stock konnten sie hinüberschauen und sahen seinen abgestellten Van.

»Okay?«, fragte Robert, als sie die Zimmertür hinter sich geschlossen hatten und endlich wieder allein waren, obwohl die Frage eher rhetorischer Art war, denn ihre Entscheidung hatten sie gemeinsam schon getroffen.

Marlies lachte, kam langsam auf ihn zu und legte ihre Arme um seinen Nacken.

»Vollkommen okay«, hauchte sie. Ihre Lippen spielten zärtlich mit seinem Ohrläppchen. Robert griff sie an der Taille und ließ sich auf das Bett fallen. Sie gab ihm einen langen Kuss, löste sich dann aber.

»Später, oder? Erst einmal die Gegend checken? Ist noch so hell.«

Ihr aufgesetztes Grinsen reizte Roberts Lachmuskeln. Als hätte das Tageslicht die beiden jemals in den letzten Tagen gestört. Haha!

Sie packten ihre wenigen Sachen aus und räumten sie in den einfachen, schmalen Schrank. Dann verließen sie das Haus.

»Meinst du, ich kann das Fahrrad da stehen lassen?«

»Klar. Wenn die sagen, dass hier nichts weg kommt, dann glaube ich denen das. Hier ist doch nichts los. Außerdem – jetzt? Mitten am Tag?«

Marlies beruhigte Robert mit ihrer Aussage. In seinem Kopf fand schon wieder ein kleiner Kampf für und wider seiner Reiseform statt. Und einmal mehr verlor das Fahrrad. Es war zu einer Last geworden.

»Zum Fluss?«

Robert wusste, was Marlies meinte. Der Wasserlauf, den sie bei der Fahrt in den Ort überquert hatten, verdiente in Roberts Augen aber die Bezeichnung »Fluss« nicht wirklich. Für einen Bach war das Bett allerdings schon wieder zu groß Wie nennt man sowas?

»Okidoki.«

Hand in Hand streiften sie einige Minuten später an den Ufersträuchern entlang. Hier, auf dieser Seite der Hauptstraße, war nur Gelände angesagt. Die Häuser lagen hinter ihnen vor der tiefstehenden Sonne. Tatsächlich hatten sie noch keine nennenswerte Distanz zurückgelegt, und doch schien der Ort schon weit weg. Ruhe. Vor sich sahen sie die Bergrücken, welche die Hochebene flankierten.

»Ob da oben im Winter Schnee liegt?«

»Ich glaube schon, Robby. Zumindest habe ich in Taos Bilder von einer Skiregion hier in der Gegend gesehen. John erzählte ja ebenfalls von Schnee. Wie hoch sind wir hier eigentlich?«

Robert zuckte mit den Schultern.

»Keine Ahnung. Aber wahrscheinlich höher, als wir glauben.«

Einige Minuten verstrichen wortlos. Der Indianer vom Vormittag ging Robert nicht aus dem Kopf. Für einige Augenblicke überlegte er, ob er das Thema wieder ansprechen sollte. Er spürte den heftigen Drang. Doch sein Kopf war noch klar genug, dem Verlangen zu widerstehen. Ein solches Gespräch könnte nicht gut sein. Was sollte das bringen? Reden war hier nicht Silber, sondern Blech. Entweder sie stand zu ihm – dann würde das Gespräch sie nur verärgern und verletzen – oder der Indianer faszinierte sie wirklich mehr als er selbst – dann brächten Worte erst recht nichts. Außerdem – wäre sie dann mit ihm jetzt zusammen?

Unsicher blickte er sie von der Seite an. Sie lachte und drückte ihm einen Kuss auf die Wange. Das Strahlen ihrer Augen beruhigte sein Gemüt. Die Leichtigkeit des Glücks gewann wieder die Oberhand.

Während der weiteren Schritte machte sich ein anderes Unwohlsein in ihm breit. Er schaute sich um, blickte zurück. Die Buschreihen am Ufer nahm er genauer ins Visier. Er konnte nichts Auffälliges entdecken. Doch sein Bauch versuchte ihn davon zu überzeugen, dass sie beobachtet wurden.

Robert schüttelte verwirrt über sich selbst den Kopf, ohne dass Marlies das bemerken konnte. Er fühlte sich in seiner Haut unwohl. Der Tag verlief nicht nach seinem Gusto. Falscher Ort?

Sie setzten sich hinunter an das Wasser. Man konnte ohne Schwierigkeiten durch das Rinnsal hindurchlaufen, doch die Steine und Felsbrocken sowie die Auswaschungen am Rand des Bettes ließen keinen Zweifel daran, dass der Fluss bei anderen Gelegenheiten sehr viel mehr Wasser führen mochte – und zwar kräftig. Nicht nur ihre Füße baumelten von dem Findling, auf den sie sich gesetzt hatten, herunter, auch ihre Seelen baumelten. Nur das leise Plätschern unter ihnen, der Wind in den Büschen und das Vogelgezwitscher bildeten die Akustikkulisse. Sie saßen einfach da, hielten die Hand des anderen und lauschten.

Nach einer halben Stunde machten sie sich auf den Rückweg. Als sie die Straße erreichten, sah Robert einen Menschen hinter einem der nächsten Häuser verschwinden. Er konnte schwören, dass es der junge Indianer aus dem Pueblo gewesen war. Was machte der hier?

Er behielt seine Beobachtung für sich. Das Thema wollte er nun wirklich nicht mehr hochkochen. Stumm legte er seinen Arm um Marlies. Nach nur wenigen Schritten entlang des Asphalts hörten sie ein Motorbrummen neben sich. Auf der gegenüberliegenden Straßenseite hielt Johns Lieferwagen.

»Hi Folks! Habt ihr Lust, die Gegend genauer kennenzulernen? Zum Beispiel den Rio Grande?«

»Wow!« Marlies sah Robert kurz an, registrierte sein Nicken und rief weiter: »Geritzt! Jetzt?«

»Klar. Ich habe gerade Zeit. Kommt rüber!«

Marlies grinste Robert kurz an, zuckte mit den Schultern und zog ihn über die Straße. Sie stiegen ein. John fuhr los und bog in die nächste Seitenstraße nach rechts ab. Nach einer Meile auf dem Schotterweg zeigte er zur Beifahrerseite hinaus.

»Da hinten, das Haus, das ist – oder besser war – New Buffalo. Auch eine der bekannten Kommunen. Starke Sache damals.«

Die beiden nickten, doch Robert war der Name nicht geläufig und Marlies anscheinend auch nicht. Die drei schaukelten heftig auf der weich gefederten Sitzbank. John konzentrierte sich auf den Weg, der sich Stück für Stück dichter an das Flüsschen rechts neben ihnen annäherte. Robert konnte erkennen, dass weiter vorn der Wasserlauf einen deutlichen Einschnitt in die Hochebene gefressen hatte und abtauchte. Wasserlauf und Straße mussten enger zusammengehen.

Beide suchten ihren Platz in dem immer deutlicher erkennbaren Canyon. Bald trennten nur noch ein paar Meter das Auto von dem Flussbett, das hier deutlich wilder aussah als oben, wo Robert und Marlies ihren Bummel gemacht hatten. Riesige Felsbrocken zeugten von der Kraft gewaltiger Wassermassen, die hier zu anderen Jahreszeiten wohl alles niederwalzten. Die rot-grauen Felswände zu beiden Seiten stiegen fast senkrecht hoch. Die Straße führte jetzt parallel zum Fluss immer steiler nach unten. Sie querten über eine einfache Holzbrücke den Wasserlauf und folgten nun auf dessen rechter Seite weiter dem Gefälle in den Canyon.

»Der Rio Hondo kann ganz schön garstig sein, wie ihr erahnen könnt.«

Wieder nickten die beiden.

»Aber macht euch keine Sorgen. Um diese Jahreszeit selbst bei starken Regenfällen nicht.«

John brummelte seine Worte, ohne den Blick von der Schotterspur abzuwenden. Wie immer kaute er etwas im Mund. Er wippte durch die Erschütterungen auf und ab, glich dabei mit permanenten kleinen Lenkbewegungen die Wegunebenheiten aus, schaukelte mit dem Oberkörper hin und her. Bald erreichten sie einen größeren, querlaufenden Canyon.

»Der Rio Grande.«

Über eine Stahlkonstruktion, deren Träger an den Seiten und über ihnen ein Gitter bildeten, querten sie den Fluss.

»Die Brücke von Long John Dunn«, erklärte John.

»Aha. Muss man den kennen?« Robert hatte wirklich keine Ahnung.

»Muss nicht. Aber ich schon. Ist eines meiner Vorbilder.«

»Vorbild? Wieso?«

»Der hatte es raus. Wusste genau, wo der Hase langläuft. Besaß hier die einzige Brücke zwischen Taos und der nächsten Eisenbahnstation oben auf der anderen Seite.« John zeigte mit dem Finger auf die Höhen der Felswand vor ihnen. Er zog seinen Rotz hörbar durch die Nase hoch, während er vor sich hin kaute. »Jeder Reisende musste hier durch. Und John kassierte. Verdiente an jedem Transport. Hatte später das erste Auto überhaupt in der ganzen Region von Taos. Das alles, bevor es die ganzen Straßen nach Santa Fe und Española oder die US 64 gab. Ja, wenn man Warenverkehr richtig organisiert ...«

Am anderen Ufer bog John nach rechts auf eine Schotterstraße ab, die in dieser Richtung unten direkt am Wasser entlangführte. Entgegengesetzt stieg sie in die Canyonwand hinauf und mit drei oder vier engen Serpentinen bis ganz nach oben auf die Hochebene diesseits des Rio Grande. Nach wenigen Metern hielt John an.

»Lust auf ein Bad?«

Robert und Marlies blickten hinaus. Fast ohne Strömung lag der Fluss an dieser Stelle vor ihnen und bildete einen kleinen, ruhigen See. Die helle, blaugrüne Farbe des Wassers lockte tatsächlich.

»Wenn du die Zeit hast – gern«, strahlte Marlies.

»Aber ... wir haben keine Badesachen. Geht denn das?« Robert dachte bei seinen Bedenken an mögliche Verbote in einem prüden Amerika.

»Haha, ich sehe niemanden, und verraten werde ich nichts«, lachte John.

Das Paar verließ den Van und suchte sich zwanzig oder dreißig Schritte weiter eine durch Sträucher und Felsbrocken geschützte Uferstelle. Marlies streifte T-Shirt, Jeans und Unterwäsche ab. In ihrer Nacktheit wirkte sie vor den sich in den sanften Wellen spiegelnden Felswänden wie eine Elfe. Sie tauchte ins Wasser ein.

»Uaah! Warm ist es nicht gerade.«

Robert schaute sich um. John stand an den Kotflügel gelehnt, kaute und schaute aus dieser Ferne dem Treiben zu. Ihre Blicke trafen sich. John wandte sich ab und ging um den Truck. Er fühlte sich sicher zu alt für so etwas. Robert legte die Kleidung ab und sprang auch hinein.

Wahrlich arschkalt!

Doch das störte nicht. Die beiden spritzten und planschten ausgelassen wie Kinder. In Ufernähe konnte man gut stehen. Noch in zwei Metern Ufernähe stand man nur bis zu den Oberschenkeln im Wasser. Der in diesem Bereich sandige Grund fiel nur ganz sanft zur Flussmitte hin ab. Robert tauchte bis zu den Schultern in die Flut ein, pirschte sich an Marlies heran und peitschte mit einer ruckartigen Bewegung beider Arme das Wasser auf. In voller Breitseite erwischte die Fontäne die Freundin.

»Uaah!«

»Haha!« Robert grinste betont boshaft. Schon im nächsten Moment klatschte die Revancheladung Wasser in sein Gesicht.

»Hehe!«, kicherte Marlies zurück.

Er schaute wieder zum Lieferwagen. John war zwar noch zu sehen, jedoch stand er jetzt jenseits des Autos und blickte über die Motorhaube und durch die Scheiben zu ihnen herüber. In gleichmäßigem Takt malmten seine Kiefer.

Robert zuckte zusammen, als sich zwei Hände links und rechts in seine Taille bohren. Marlies war an ihn herangetaucht. Sie wusste schon genau, wo er kitzelig war. Reflexartig drehte er sich aus dem Griff heraus. Mit Schwung warf er sich auf Marlies. Umschlungen drehten sie sich in dem Fluss. Ein Kuss unter Wasser peitschte ihn auf. Robert verspürte im Unterleib, was jetzt passieren könnte, wären sie allein hier.

Sie tauchten wieder auf, plantschten und neckten sich von Neuem. Von den Felswänden hallte ihr Lachen hell zurück. Der Rio Grande gehörte ihnen - ganz allein. Für diesen Augenblick. Unvergesslich.

Nach einer Viertelstunde hüpften sie mit ausladenden Schritten durch das Wasser zu ihren Klamotten zurück. Robert nutzte sein T-Shirt, um Marlies grob abzutrocknen, wobei seine Finger immer wieder ihre Haut zärtlich streichelten. Dann wischte er die Tropfen von seinem Körper ab. Die noch hohen Temperaturen sorgten auch hier im Canyonschatten ausreichend dafür, dass ihnen nach dem Anziehen trotz der teilweise nassen Kleidung nicht kalt wurde.

»Ihr braucht mir nichts zu erzählen. Ich habe gesehen, dass es euch Spaß gemacht hat.«

John zeigte bei dem Lachen wieder seine lückenhafte Zahnreihe. Dann kaute er weiter. Als sie wieder nebeneinandersaßen und den Canyon des kleineren Rios hinauffuhren, schlug er in seinen Worten einen Bogen zu vergangenen Zeiten.

»So wie ihr haben wir es damals auch gemacht. Exakt so.« Er schaute kurz zu ihnen herüber. »Nur länger, haha. Oft genug den ganzen Tag lang. Mein Babe und ich. Yeah, das war heute ein Ausflug in die Vergangenheit.«

Sein Blick blieb an Marlies hängen. Robert beobachtete John genauer und versucht, ihn sich als jungen Mann vorzustellen.

»Cool. Nicht schlecht. Du hast also damals schon hier gewohnt?«

»Ja, Mann.« Dabei zwinkerte John.

»Wann?«, fragte Marlies.

»Sommer achtundsechzig. War eine heiße Zeit.«

»Nicht schlecht.«

John hatte seine Aufmerksamkeit wieder voll auf die Straße gerichtet. Sie rumpelten über die kleine Brücke auf die andere Seite des Flüsschens. Robert versuchte sich vorzustellen, wie er selbst hier mit Marlies leben könnte. Aber wovon? Wie verdienten die Menschen hier ihr Geld? Egal. Keine ernsthaften Fragen. Er wollte einfach nur alles genießen.

»War bestimmt eine aufregende Zeit, John, oder? Über jene Jahre hört man ja eine Menge.«

»Oh ja, Mann, das sag ich dir.«

»Ähm, kannst du mehr erzählen? Oder – hast du sogar Bilder von damals?« Marlies machte aus ihrer Neugier keinen Hehl.

»Bilder? Ich? - Mit dem Erzählen habe ich es nicht so. Klar, einiges weiß ich schon aber ... Ich war auch oft nicht hier. Manches lief an mir vorbei. Und Bilder gibt es bei mir nicht. Doch ...«

Er zögerte.

»Nichts?«, fragte Robert.

»Na ja - wenn du magst, kann ich euch vielleicht mit jemandem bekanntmachen, der eine Menge an Bildmaterial über die Zeit hat - und sicher besser erzählen kann als ich.«

»Klar. Was meinst du, Marlies?«

Sie zog den Mund zu einem breiten Lächeln und nickte mit schnellen, kurzen Bewegungen. An ihren Augen konnte Robert erkennen, dass sie sofort Feuer und Flamme war.

»Okay, John. Gern.«

»Allerdings ...«

»Was?«

John zögerte wieder, schob aber dann nach: »Ach, nichts. Ist schon okay.«

»Super. Wann?«

»Sollen wir es vielleicht morgen Vormittag probieren?«

»Gebongt.«

Bald hatten sie das Plateau wieder erreicht.

»Wie wär's noch mit einem Bierchen bei mir?«

Robert zuckte mit den Schultern. Marlies signalisierte ihm mit einem aufblitzenden Blick, dass sie das nicht wollte.

»Danke, John. Aber Marlies und ich wollen uns so richtig ausruhen. Irgendwie sind wir noch nicht dazu gekommen, seit wir in Santa Fe angekommen sind.«

»Ah. Ausruhen. Verstehe.« John grinst die beiden kumpelhaft an und zwinkerte. Wenige Minuten später setzte er sie an der Unterkunft ab.

»Dann, Folks, seh' ich euch morgen.«

»Bis dann.«

Als John auf das Nachbargrundstück fuhr, dachte Robert, dass sie auch genauso gut dort hätten aussteigen können. Er hätte hier nicht vorfahren müssen. John umhegte die beiden schon sehr. Ein kleiner Glücksfall für sie. Wie könnte man dichter in das Land eintauchen als mit jemandem, der seit Jahrzehnten hier lebte? Die Reise entwickelte sich ganz anders, als er es erwartet oder auch in den ersten Wochen erlebt hatte.

Als er zehn Minuten später zum Zimmerfenster hinausschaute, sah er John aus dem Erdgeschoss des Nachbarhauses heraufblicken. Robert winkte kurz und ließ das Rollo herunter.

Marlies streckte sich schon auf dem Bett aus, als er seine Kleidung ablegte. Eine besondere Erholungsphase stand an.

1968 - Blonde Babe

Der Winter in New Buffalo entwickelte sich für die Kommune zu einer Zeit voller Mühsal und Entbehrung, aber auch voller Hoffnung, Träume, Spaß und Musik mit Feiern und Acid-Trips. Johns Arbeitsschwerpunkt verlagerte sich auf das Reparieren und Warten des Community-Trucks sowie auf Transportfahrten, bei denen es um Auslieferungen von zu verkaufenden Erzeugnissen wie Milch, Eier und Geflügel und von Handwerkskunst ging, welche die Hippies im Auftrag des Pueblos sowie einzelner Shops in Taos anfertigten. Weiterhin gehörten zu Johns Aufgaben die Besorgungen wichtiger Teile für Instandsetzungen an Maschinen oder am Haus. Durch die Pflege und die Fahrten wurde er de facto der Herr über den betagten und angerosteten Pick-Up.

Cleo intensivierte ihre Studien, wie sie es mittlerweile nannte. Niemand in der Community hatte ein solches Gefühl und Wissen für die indianischen Meditationstechniken entwickelt wie sie. Die Welt in ihrem Innern wurde zu ihrem wichtigsten Verbündeten, wenn Anspannung sie plagte oder sie einfach nur allein sein wollte. Es verging kein Tag, an dem sie nicht auf ihre spezielle Entdeckungsreise ging.

Trotz aller Härte der Lebensumstände lief die Beziehung zwischen Cleo und John in ausgeglichenen und glücklichen Bahnen, was sehr zu Cleos Wohlgefühl in der neuen Welt beitrug – bis die blonde Babe Anfang Februar auftauchte.

New Buffalo hatte sich zu einer der berühmtesten Kommunen im Land entwickelt. Als Folge dieser Publizität suchten immer mehr junge Leute den Weg nach Arroyo Hondo. Für die Bewohner wuchs sich das zu einem gravierenden Problem aus. Zum einen konnten sie nicht beliebig viele Neue in kurzer Zeit aufnehmen, zum anderen stellten sie mehr und mehr fest, zu einer Art Touristen-Attraktion geworden zu sein. New Buffalo lief Gefahr, zu einer Bühne zu verkommen. Wobei die »Touristen« Menschen wie sie selbst waren. Alle suchten nach neuen Lebensformen, kamen, schauten sich um, wollten bleiben oder auch nicht. Einige hielten es für kurze Zeit aus, um dann doch weiterzuziehen. Die Bewohner der Kommune wünschten sich die ursprüngliche Anonymität des Ortes zurück. Doch die Zeit ließ sich nicht umkehren. Neuankömmlinge waren auch schon zuvor eine Selbstverständlichkeit gewesen. Cleo und John hatten ja ebenfalls zu dieser Gruppe gehört. Also durfte man im Grunde nichts dagegen haben. Doch jetzt nahm es Überhand.

So erschien auch Babe, zwei Jahre jünger als Cleo, auf der Bildfläche. Blond, lange Haare wie sie. Mit Vorliebe trug die Neue eng sitzende Jeans, deren Hosenbeine direkt unter dem Gesäß abgetrennt waren. Da schreckte auch die kalte Jahreszeit sie nicht ab. Die Schlankheit ihrer Beine verfehlte in dieser Präsentationsweise die Wirkung nicht. Vor allem nicht bei John. Cleo verfolgte jeden seiner Blicke, wenn Babe in der Nähe war. Sie spürte die Veränderung in seinem Verhalten, wenn er manches Mal wie abwesend wirkte oder auf Ansprachen im ersten Moment überhaupt nicht reagierte.

Cleo wollte den Mann um Gottes Willen nicht verlieren. Wie eine Glucke achtete sie auf ihn und seine Kontakte. Sobald Babe in der Nähe war, verschärfte Cleo ihren Tonfall. Ihre Stimme wurde schrill, die Artikulation aggressiv. Leider nicht nur der Rivalin gegenüber, sondern bei jedermann – vor allem bei John. Cleo kannte sich selbst nicht mehr. Aber das war jetzt auch egal. Sie hatte ihre kleine, noch gar nicht richtig gegründete Familie aufgegeben, um für sich selbst das zum Überleben notwendige Glück zu suchen. Mit all ihrer Energie hatte sie es bis hierher geschafft, an ihrer Seite der einzige Mann, den sie sich als Lebensgefährten vorstellen konnte oder wollte. Verbunden mit den Träumen von einer neuen Welt. Jetzt scheitern? Niemals.

Nach wenigen Tagen kam es zum ersten Knall.

»Ich bin nicht dein Kind, verdammte Scheiße!«, brüllte John und rammte wütend die Axt in den Baumstumpf. Seinen linken Fuß hämmerte er kräftig gegen das zuletzt gespaltene, auf dem Boden liegende Scheit, dass es in flachem Bogen mit lautem Aufschlag gegen den Brennholzstapel flog.

Cleo stand zwei Schritte entfernt, die Fäuste in ihre Seiten gestemmt. Sie biss die Zähne aufeinander und stierte ihn an. Johns Blick zuckte aufgebracht in die Ferne, zurück zu dem Holzklotz, wieder in die Weite. Er mied den Blickkontakt mit Cleo. Mit kräftigem Griff fasste er wieder den Schaft der Axt, ließ ihn jedoch sofort wieder los. Er schnaubte. Dann wandte er ihr sein Gesicht zu und machte er seinem Ärger weiter Luft.

»Willst du mich an der Leine führen?«

»Du weißt genau, was ich meine! Lass es!«

»Was soll ich lassen? Leben?« John schob den Kopf etwas vor, um seinem bohrenden Blick mehr Nachdruck zu verleihen.

»Hör doch auf! Hör endlich auf, um sie herumzutanzen!«

»Tanzen? Ich? – Es hackt wohl! Du bildest dir Dinge ein, die es nicht gibt.«

»Ha – ha – ha. Kaum ist das Früchtchen in deiner Nähe, schwillt dir der Kamm. Jeder sieht es.«

»Musst du gerade sagen. Schau dich jetzt an. Du bist doch nicht mehr du selbst.«

»Schieb es jetzt nicht auf mich, John! Ich ... ich lass dich nicht einfach los. Verstehst du das denn nicht?«

In Cleos Wut mischte sich ein Flehen. John schüttelte den Kopf und wandte sich wieder ab. Er griff wieder die Axt, als wäre das Gespräch für ihn beendet.

»John! Sieh mich an, bitte!«

Er ließ den Griff wieder los.

»Sollen wir wie ein altes Ehepaar aufeinanderhocken?«

»Nein.«

»Was dann? Merkst du nicht, wie sehr du in alte, konventionelle Muster verfällst? Wir wollen doch in Freiheit leben.«

»Und in Freiheit den anderen verletzen?«

»Ach komm, du spinnst. Zur Freiheit gehört Ausleben. Das haben wir immer so gesehen. Kein Mensch gehört allein einem anderen. Stimmt's? Hast auch du immer gesagt.«

»Aber nicht Rumhuren. Zum Nehmen der Freiheit gehört auch Rücksicht.«

»Ich bin nicht rücksichtsvoll? Ich muss lachen! Ist jetzt nicht dein Ernst.«

»Du verletzt.«

John machte eine abfällige Handbewegung.

»Du verletzt dich selbst, Cleo. Mach dir nichts vor. Du willst aus mir etwas backen, was ich nicht bin.«

»Ich ... ich will dich nicht ändern. Aber ... zusammen geht es nicht weiter so wie jetzt.«

»Und wie dann? Doch wie ein abgeschottetes altes Ehepaar? Mann, Cleo, unsere Gemeinschaft sind alle hier.«

»Ich will nicht ›abschotten‹, wie du das nennst.«

»Aber mir Sachen verbieten. Mich verbiegen.«

Cleo schüttelte nur schweigend den Kopf.

»Wenn du was anderes willst als ich bin, dann musst du woanders suchen.«

»Ich suche nicht woanders. Ich will dich.«

»Und? Willst du mich knebeln? Ich lebe, wie ich bin. Und wenn ich mit der Kleinen zusammen bin, dann bin ich mit ihr zusammen.«

»Ne-ein«, hauchte Cleo. »Ich werde kämpfen. Und da sein. Sie wird mich spüren.«

»Jetzt mach doch nicht so ein Drama daraus! Ich bin doch hier, bei dir. Aber ich muss auch einmal andere Luft atmen, wenn ich nicht ersticken soll. Da läuft nichts. Das geht doch nicht gegen dich.«

»Doch, wir ... Mal sehen. – Ich werde einfach da sein – ob du willst oder nicht.«

»Damit riskierst du den Bruch zwischen uns. Willst du das wirklich?«

»Es wird keinen Bruch geben. Ich werde das verhindern.«

Mit einem energischen, ruckartigen Nicken unterstrich sie ihre Ankündigung und machte auf dem Absatz kehrt, ohne eine Antwort abzuwarten. Für Cleo war das Thema erledigt – jetzt zumindest. Beim Weggehen spürte sie, wie John ihr sprachlos hinterherblickte. Noch immer aufgebracht warf sie beim Betreten des Hauses die Tür mit heftigem Schwung hinter sich zu.

*

Nichts hatte es bewirkt. Die Tage vergingen. John schien dem Charme des Neuen unweigerlich zu erliegen. Kaum tauchte Babe in der Nähe auf, veränderte er seinen Tonfall. Seine Blicke kannten nur eine Richtung. Seine Suche nach ihrer Gesellschaft war trotz all seiner gegenteiligen Beteuerungen unübersehbar.

Die Stimmung blieb angespannt. Gespräche verliefen gereizt.

Cleo hatte die Herausforderung angenommen. Sie ließ sich auf Dispute mit Babe ein, vor allem in Johns Gegenwart. Wobei ihr nie richtig klar wurde, welche Strategie ihre Rivalin verfolgte. Es gab sogar Situationen, in denen Cleo einen Hauch von Mitleid mit Babe verspürte. Wollte die Kleine wirklich nichts Ernsthaftes von John? Oder reagierte sie deshalb verstört, weil sie der Älteren nicht gewachsen war? Es wäre schön, wenn das zuträfe. Cleo vermied es jedoch, in einen tiefergehenden Kontakt zur anderen einzutreten. In jedem Gespräch verpesteten Gift und Galle gleich vom ersten Atemzug an die Atmosphäre.

Cleo genoss es, John leiden zu sehen. Die permanenten Sticheleien, vor allem, wenn diese ihn für Babe erkennbar trafen, kratzten deutlich an seinem Ego. Die Luft brannte.

Bald kam jener Tag, den Cleo sich unabhängig von ihrem Rosenkrieg mit John so erhofft hatte. Lory und Charly erreichten Arroyo Hondo. Sie hatten ihr Versprechen wahr gemacht. Außer sich vor Freude stürzte Cleo auf die beiden Neuankömmlinge zu, als diese vor dem Haus erschienen.

»Lory!«

»Sweetheart! Lass dich knuddeln.«

Sie umarmten sich. Dann kam Charly an die Reihe.

»Wart ihr lang unterwegs?«

Charly schüttelte den Kopf und zeigte mit dem Daumen nach hinten. Cleo sah den Volkswagen Käfer, zwar mit einzelnen Dellen, aber hübsch bunt bemalt.

»Oh, ihr Glückspilze.«

Sie lachten und scherzten.

Die nächsten Tage verliefen, als hätte sich die Welt verändert. Die Streitigkeiten zwischen Cleo und John ließen nach. Lory und Charly standen im Mittelpunkt. Cleo half den beiden, wo sie konnte. Schnell kristallisierte sich heraus, dass die beiden Neuankömmlinge nicht im New-Buffalo-Gebäude leben wollten. Sie hatten ein altes, leerstehendes Haus in der Nähe entdeckt und den Besitzer ausfindig gemacht. Mit einem anderen Paar zogen sie dort ein, als Cleo, ohne sich mit John abzustimmen, ein Verlassen ihres jetzigen Wohnbereichs abgelehnt hatte. Trotz aller Freude über Lory und Charly und den Erinnerungen an das letzte Jahr wollte sie an ihrem Aufgehen in der Community festhalten.

In dieser Zeit erkrankte sie. Es war eine einfache Erkältung, die sich zu einem dicken Fieberanfall ausweitete, der fünf Tage anhielt. Sie fühlte sich schwach, konnte viele Arbeiten nicht wahrnehmen.

John kümmerte sich. Er brachte in seinen Arbeitspausen das Essen und die speziell gemixten Getränke, denen in der Community Heilwirkung nachgesagt wurden. So auch an jenem Tag.

Cleo lag im Halbschlaf auf dem Bett, als ein donnerndes, blubberndes Motorengeräusch von draußen dröhnte. Sie konnte den Lärm keiner Maschine und keinem Ereignis zuordnen. Als John eine Stunde später kam, fragte sie ihn danach.

»Du, keine Ahnung. Ich hörte das auch, konnte aber im Areal nichts entdecken. Unser Pick-Up war es jedenfalls nicht. An dem schraube ich ja gerade. Ich vermute, einer der Nachbarn hat seinen

Traktor überholt und angeworfen. Kennst ja zum Beispiel den alten Myers.«

»Traktor? Aber das Geräusch hat sich doch wegbewegt, wurde immer leiser. Und – so schnell kann doch kein Traktor fahren.«

»Wer weiß. Dann war es etwas anderes. Ich konnte vom Hof aus jedenfalls nichts sehen.«

Später, als John wieder seiner Arbeit nachging, kamen Lory und Charly auf einen Sprung herein. Sie brachten selbstgebackenes Brot mit. Charly zwinkerte Cleo zu und sagte:

»Du glaubst nicht, wer da war.«

»Hm, jemand aus unserer Frisco-Zeit?«

»Hmhmhmhm.« Charly neigte dabei seinen Kopf hin und her. »Wie man es nimmt.«

»Jemand direkt aus Haight-Ashbury?«

»Nein. Er lebte nicht dort. Aber ich weiß noch genau, dass wir über ihn gesprochen haben.«

»Gesprochen? – Pfffft. Wir haben über Gott und die Welt geredet. Was weiß ich. – Gott?«

Dabei lachte Cleo los. Sie hatte keine Idee. Also konnte es auch die Inkarnation Manitus gewesen sein.

»Hopper, Dennis Hopper. Du erinnerst dich? Haben wir bestimmt einmal drüber diskutiert. Ich zumindest erinnere mich.«

»Schauspieler?«

»Genau. Giganten. Mit Elizabeth Taylor – also mit dir, hahaha. Deswegen erinnere ich mich ja daran.«

»Ach ja. Es dämmert. Der war hier?«

»Yep. Und ganz anders, als ich ihn in Erinnerung hatte. Langes, lockiges Haar, Riesenschnäuzer. In wilder Lederjacke. Auf 'ner Harley. Hast du bestimmt gehört.«

»Gehört? Was?«

»Na den Sound. Der produziert hier in der Gegend einen Motorrad-Film, ich glaube mit dem Sohn vom Henry Fonda. Die wollten hier drehen.«

»Hier?«

»Yep. Würde gut in ihr Setting passen. Sie würden uns auch entlohnen – mit Catering aus ihrer Crew-Küche. Haha. Du glaubst nicht, was Chief ihm gesagt hat. Er soll sich vom Acker machen. Wir essen nur Reis und Bohnen – und sind damit vollauf zufrieden. Wir sind keine Filmkulisse.«

Cleo starrte ihn an. Seine letzten Worte waren schon an ihr vorbeigerauscht.

»Du sagtest eben ›Sound‹. Von der Harley? Das grollende Motorengeräusch?«

»Genau. Wahnsinn. Die Maschine hättest du einmal sehen sollen.«

»Wo? Hier?«

»Klar. Direkt vor dem Haus auf dem Hof. Chrom pur.«

»Auf dem Hof? ... Auf dem Hof ... Was hat John dazu gesagt?«

»John? Der war gar nicht ...«

Er zögerte. Cleo sah Lorys Blick, der nervös und gleichzeitig strafend Charly traf. Cleo schaute zu Charly, zurück zu Lory.

»Ihr wisst etwas. – Verdammte Scheiße, ihr wisst es. John war gar nicht auf dem Hof. Wo war John?«

»Cleo, das ist sicher ...«

»Hör auf, Lory! Er hatte sich mit Babe zurückgezogen, stimmt's? – Ouh Scheiße! Warum macht ihr das?«

Cleo sprang auf, stürmte aus dem Zimmer.

»Nicht, Cleo! Du brauchst Ruhe!«

Sie suchte John – und fand ihn. In Babes Armen. Nackt. Sie schleuderte den ersten Gegenstand, den sie zu fassen kriegte, auf die beiden. Dummerweise war das ein Blumenstrauß, der Schaden hielt sich also sehr in Grenzen.

John brüllte sie an:

»Raus! Das ist mein Leben! Mach, dass du rauskommst!«

Zum ersten Mal wurden beide miteinander vor einem Dritten handgreiflich. Wenige Augenblicke später stand Cleo allein vor dem Raum, in Tränen aufgelöst. Lory schielte um die Ecke, trat vorsichtig hervor und nahm die Freundin in den Arm.

»Komm. Er ist es nicht wert.«

»Das sagst du so. Du hast gut reden.«

Mit einer befreienden Armbewegung stieß Cleo die Freundin beiseite. Sie stürmte in ihr Zimmer und vergrub sich im Bett.

Wenige Tage später verließen Lory und Charly New Buffalo für geplant eine Woche. Sie wollten zurück nach San Francisco, um in den Zeiten des Vorwahlkampfes zur Präsidentschaft Foto-Aufnahmen von dem Treiben in der Stadt zu machen. Außerdem erhoffte Lory sich neue Eindrücke durch den zeitlichen Abstand, den sie und Charly gewonnen hatten. Mit welchen Augen würden sie Haight-Ashbury jetzt erleben?

Cleo fühlte sich jetzt endgültig allein. Als hätte John nur darauf gewartet, rasselten sie schon am Tag nach dem Abschied aneinander.

»So geht das nicht weiter, Cleo!«

»Ha, das hättest du gern, wie? Aber so nicht. Nicht mit mir.«

»Und? Was willst du tun?«

»Ich hatte dir schon einmal versprochen, ich werde immer da sein. Und ich bin immer da.«

»Du bist krank.«

»Ha! Wer ist hier krank?«

»Du. Du weißt es nur nicht.«

Cleo schüttelte den Kopf, drehte sich verächtlich lachend ab. Ihre Hand suchte schon wieder nach einem Gegenstand. Ein unerträglicher, stechender Schmerz durchfuhr ihren Kopf, begleitet von Lichtblitzen. Der Schädel schien zu platzen.

Dann wurde es schwarz um sie herum, tief schwarz.

2010 - Die Fotografin

»Scher dich zum Teufel, John Randerak!« Die Frau stand noch vor der Tür auf der Veranda, hatte aber schon einen Besen gegriffen, der an der Hauswand angelehnt war. Sie schwang ihn als Waffe wild in der Luft. »Ich habe dir schon zigmal angedroht, dass ich Kleinholz aus dir mache, wenn du hier noch einmal auftauchst. Du alte Saufnase! Lass dich hier nicht mehr blicken!«

Resolut machte die geschätzt über Sechzigjährige zwei Schritte nach vorn. Sie blickte das erschrockene Paar an.

»Was wollt ihr? Seid ihr mit dem da im Bunde?«

»Nein ... äh, entschuldigen Sie, Ma'am.« Robert schluckte. Mit einem solch aufbrausenden Überfall hatte er nicht gerechnet, obwohl der Alte in seiner verstockten Art etwas von »die mag mich nicht« gemurmelt hatte, während er sie auf den Besuch bei der Fotografin vorbereitete. Robert schaute zu ihm hinüber, als er selbst noch um weitere Worte rang. John zog nur den Kopf tief zwischen die Schultern und hob in Unschuld die Hände.

»Wir haben ihn nur nach Informationen über vergangene Zeiten gefragt«, schaltete sich Marlies ein. »Und er meinte, die mit Abstand beste und kompetenteste Person seien Sie. Dann zeigte er uns den Weg.«

Robert atmete schwer aus. Da hatte Marlies einen tollen Bogen geflogen. Das rundliche Gesicht der Fotografin hellte sich auf.

»Das hätte ich ihm gar nicht zugetraut, dem Faulpelz.« Sie warf John einen giftigen Blick zu. Dann lächelte sie die beiden wieder an.

»Aber wenn ich jeden hereinbitten würde, der von irgendwem angeschleppt wurde ...«

Ihr Blick blieb auffallend lange an Marlies hängen. Eine Zeitlang schwieg sie. Mit einem leichten Kopfschütteln intensivierte sie ihr Lächeln. »Dann bin ich mal nicht so. Kommt.«

Sie machte kehrt und bewegte ihren übergewichtigen Körper, dessen Fettpolster sie unter einem weit hängenden Kleid zu verstecken suchte, beschwerlich zum Hauseingang.

»Immer hinein in die gute Stube.« Sie machte eine einladende Handbewegung. »Und du bleibst draußen!«, schrie sie hinaus. Dann schloss sie die Tür, als die beiden eingetreten waren.

Robert schaute sich um, während die Frau zwei zusätzliche Stühle an den in der Mitte des Raumes stehenden Tisch schob. Ein spartanisch möbliertes, sauberes Zimmer. Außer dem Tisch, drei Stühle vor einer Wand, ein Sofa, ein Sideboard mit einer Kaffeemaschine – das war's. Die Wände waren mit gerahmten Fotografien gepflastert, schwarz-weiße Aufnahmen bunt gemischt mit farbigen. Sein Rundblick dauerte nur kurz, da die Frau ihnen die Plätze anbot und sie sich setzten. Trotzdem hatte er auf die Schnelle einige bekannte Gesichter unter den abgebildeten Personen erkannt. Martin Luther King und Robert Kennedy waren dabei.

»Danke, Ma'am.«

»Okay, ihr beiden. Ich bin Lory. Jeder kennt mich so und nennt mich so. Ihr auch, in Ordnung?«

Sie nickten und stellten sich vor.

»Wow! Europa! Nicht schlecht.«

Als sie lachte, wandelten sich ihre Augen zu kleinen Kügelchen, die in den Höhlen zu verschwinden schienen. Das Gegenlicht durch das Fenster im Hintergrund verstärkte den rötlichen Schimmer ihrer grauen Haare, die ihr strohig und gelockt bis auf die Schultern reichten.

»Was wollt ihr wissen?«

»Och, alles was geht. Wie die Hippie-Zeit hier war. Wie alle hier lebten. Wir haben von den Indianerzelten gehört. Was so geworden ist. – Einfach so viel wie geht.«

»Haha. Ihr seid gut.« Sie schüttelte lachend den Kopf, aber offensichtlich nicht als Ablehnung, sondern als Ausdruck dafür, dass Roberts Wunsch vielleicht zu umfassend war.

»Na ja, Lory, nur so das eine oder andere.«

»Ist schon gut, Sweetheart.« Sie lachte schallend. »Aber euer Interesse ist schon richtig. War eine herrliche Zeit – so hart sie auch manches Mal war.«

»Du lebst schon die ganze Zeit seit damals hier?«

»Hmhm.« Das Grunzen konnte nur als ja interpretiert werden. »Wobei wir gerade in den ersten Jahren doch zu manchem Großereignis gereist sind. Egal, ob musikalisch oder politisch.«

Sie machte eine ausladende Armbewegung. Robert verstand. Sie zeigte im Rundumschlag auf die Bilder.

»Dann seht euch erst einmal um. In den Fotos gibt es genug zu entdecken. Wenn euch etwas besonders interessiert, fragt. Die schwarz-weißen Fotos sind wahrscheinlich die, welche euch am meisten interessieren. Ihr habt doch ›alte Zeiten‹ gesagt. Viele hier aus dem Tal, aus dem glorreichen Aufbruch in die Siebziger, manche aus San Francisco. Nur zu, schaut euch um.«

Sie ließen sich nicht lange bitten und standen auf. Bilder mit Leuten in einem Alter wie sie selbst jetzt, wobei die Männer in einer Vielzahl bärtig erschienen. Für Robert überraschend war die Tatsache, dass lange Haare bei Weitem nicht dominierten. Bei den Frauen durchaus, doch bei den männlichen Dargestellten nicht. Zumindest waren die Haare selten schulterlang. Das hatte Robert sich für jene Zeit anders vorgestellt. Szenen aus einer Großstadt. ›San Francisco‹ erläuterte ein kleines Schildchen unter den Bildern. Viele Datumsangaben wiesen auf 1967 hin. Fantasievoll gekleidete Zuschauer bei Konzerten. Robert erkannte die Sängerin auf einem der Fotos.

»Janis Joplin, stimmt's?«

»Du hast es, Sweetheart.«

»Und da, Martin Luther King, hast du auch selbst fotografiert?«

»Nein. Das war mir nicht vergönnt. Das ist eines der wenigen Bilder hier an der Wand, die nicht von mir stammen. Aber Bobby Kennedy, hier, habe ich selbst erleben dürfen.«

Er las ›San Francisco, April 1968‹.

»Du hast in San Francisco gelebt?«

»Ja.«

»Wie lange?«

»Nur bis Anfang 68. Bei dem Bild war ich dann aber noch einmal für eine Woche in Kalifornien. Ich wollte unbedingt Kennedy erleben. – Ach ja, das hätte etwas werden können, wenn ...«

Robert glaubte zu verstehen, was sie meinte, war sich aber unsicher.

»Wann wurde er erschossen?«

»Einige Wochen später. Das hier war bei seinem Vorwahlkampf. Der Kennedy-Fluch ...«

Eine Bildergruppe stellte Szenen in einem Gelände dar, in dem weitläufig verteilt Tipis aufgebaut waren. Menschen mit dicken Pullovern oder in Decken gehüllt standen um ein Feuer. Kinder spielten, ihre Gesichter schlammverschmiert.

»Hier?«

»Ja. Drüben, im New-Buffalo-Areal.«

Sein Blick blieb an einer der abgebildeten jungen Frauen hängen. Mit ihrem langen, blonden Haar und dem schlanken Körperbau wirke sie wie ein Zwilling von Marlies. Robert schaute nochmal auf die Fotos aus San Francisco. Schon in diesen war sie ihm aufgefallen. Vor der Bühne mit Janis Joplin in Aktion tauchte die Blonde mit erhobenen Armen, scheinbar im Tanz, auf.

»Die sieht ja ...«

Lory nickte und schmunzelte.

»Ja, sie sieht aus wie deine Freundin. Es fiel mir gleich auf, als ihr vor mir gestanden habt. Zwar nicht wie aus dem Gesicht geschnitten, und dennoch wie ein Abbild. Der erste Eindruck war derselbe.«

Marlies stand einige Schritte entfernt, studierte ebenfalls Bilder und folgte dem Gespräch nur beiläufig. Jetzt schaute sie kurz herüber und lachte. Doch sie sagte nichts.

»Hm, du scheinst deine Fotomotive ja sehr genau zu kennen.«

»Haha. Nein, Robert, im Allgemeinen nicht. Zumindest sind sie mir nicht permanent präsent. – Aber diese Person hier schon. Cleo, eine gute Freundin.«

»Oh. Lebt auch noch hier?«

»Cleo? Nein.« Lorys Blick änderte sich. Sie schien nachdenklich. »Sie verschwand damals von einem Tag auf den anderen. Ganz kommentarlos. Genau in der Woche, als ich nochmal in San Francisco war. Nie wieder etwas gehört.«

Sie starrte wie abwesend ins Leere.

»Sind viele aus der damaligen Zeit noch hier?«

Lory schreckte auf.

»Manche. Aber die meisten sind relativ schnell weitergezogen.«

»Verstehe. Ist bestimmt auch hart hier. Ihr habt in den Zelten gewohnt?«

»Nicht lange. Die anderen schon. Charly, mein Mann, und ich blieben zwar in der Community aktiv, aber wir suchten uns bald schon eine etwas privatere Bleibe in der Nähe. Wir und noch ein anderes Paar fanden ein heruntergekommenes Haus, das wir billig mieten konnten.«

»Mieten? Wie konntet ihr Geld verdienen?«

»Wir konnten arbeiten wie andere auch. Wir verkauften selbstangebaute Lebensmittel, wenn etwas übrig war. Und Handarbeiten, die sich schon damals gut hier, in Taos und in Santa Fe absetzen ließen.«

»Und heute? Du lebst von deinen Bildern?«

»Ha, das wäre schön. Na ja, zum Teil schon. Aber ohne die paar Tantiemen aus den Musikaufnahmen meines Mannes sähe ich ganz schön alt aus.«

»Wow! Dein Mann ist Musiker.«

»War, Robert, war. Leider. Charly starb vor einigen Jahren.«

Ihr Gesicht verlor jeglichen Anflug von Lachen.

»Sehr erfolgreich?«

»Wegen der Tantiemen? Nein. Aber in der Folk-Szene gibt es genug Liebhaber, die sich auch CDs unbekannter Künstler kaufen. Vor allem aus jener Zeit. Zum Glück. Ist nicht viel, aber zusammen mit den Bildern reicht es fürs Überleben.«

Er wandte sich wieder den Aufnahmen zu. Eine Gruppe von Fotos fesselte seine Aufmerksamkeit. Farbbilder. Immer mit demselben Mann. Manchmal mit langen, lockigen Haaren und in anderen Aufnahmen älter, kurzgeschoren und grauhaarig mit Kinnbärtchen.

»Das ist doch – Hopper. Dennis Hopper, oder?«

Lachfältchen legten sich um ihre Augen, als sie nickte.

»Du hast ihn öfter getroffen, wie es scheint.«

»Oh ja. Das war auch nicht schwer. Er wohnte ja fast um die Ecke.«

»Wie? Hier?«

»Joho. Er liebte diese Gegend.«

»Cool. Schön, dieses Foto aus ›Easy Rider‹ dazwischen.«

»Ne, ne«, grinste Lory. »Selbst geschossen. Ich durfte damals bei einem Aufnahmeset unweit von hier dabei sein. Das war unsere zweite Begegnung. Der Beginn einer langen Freundschaft.«

Robert nickte anerkennend. Er biss die Zähne leicht aufeinander und überlegte, ob er die Frage stellen sollte. Es war ja nichts Schlimmes. Doch es könnte ungewollte Gefühle auslösen. Er zögerte, aber nur kurz.

»Warst du bei seiner Beerdigung dabei? John hat uns sein Grab gezeigt.«

»Ja. Natürlich bin ich dabeigewesen.«

Sie seufzte. An ihrem Blick glaubte er zu erkennen, dass er das Thema besser doch nicht vertiefen sollte.

»Ist dein Mann auch auf den Bildern?«, schaltete sich Marlies ein.

Lorys Gesicht hellte sich wieder auf. Sie nickte.

»Hier, das ist er.«

Robert entdeckte die dürre Gestalt mit dem Schnäuzer und dem Pferdeschwanz jetzt auf mehreren Fotos, auf einigen mit Gitarre, oft gemeinsam mit jener Cleo und anderen wiederkehrenden Gesichtern.

»Bist du selbst auch abgebildet?«

»Ha, selten. Eigentlich nie. Wie auch. Aber ... warte mal ... hier ist eins. Da hatte Cleo den Auslöser gedrückt.«

Robert sah die Frau in Charlys Arm. Gertenschlank. Langes, lockiges Haar. Jetzt, wo er den Hinweis hatte, erkannte er dieselben fröhlichen Augen. Doch ansonsten hätte er Lory nie identifiziert.

»Wow! Schön sahst du aus«, rutschte es ihm heraus.

Lory zog einen Mundwinkel nach oben und setzte einen betont strafenden Blick auf.

»Danke, Sweetheart.«

Robert schluckte und konnte ihr folgendes Lachen nicht recht deuten. Schnell wechselte er das Thema.

»War bestimmt eine tolle Zeit, oder?«

»Toll? Es war das grandioseste, was man sich vorstellen kann. Egal wie hart es manchmal auch war.« Sie machte eine Pause. »So etwas Revolutionierendes gab's nie wieder. Eurer Generation entgeht etwas. «

Er suchte nach einer Erwiderung. Bloß kein weiteres Fettnäpfchen.

»Deswegen sind wir ja hier«, tönte Marlies aus dem Hintergrund. Sie lachte laut auf.

Lory reckte nur den Daumen in die Höhe und watschelte zur Kaffeemaschine. Mit drei gefüllten Tassen kehrte sie an den Tisch zurück. An den feinen Wellenbewegungen auf der Flüssigkeit in den Keramikgefäßen erkannte Robert das Zittern ihrer Hände. Sie griff Fotoalben und lose Abzüge. Das junge Paar setzte sich zu ihr.

So saßen die drei noch weit über eine Stunde zusammen. Fasziniert lauschten die Jungen den Erzählungen der Alten. Sie ratschten, was das Zeug hielt. Sie tauchten ein in eine Welt, die schon lange Geschichte war. Hörten, wie sich Zusammenleben neu definiert hatte, wie die Musik eine tragende Säule eines neuen Lebensgefühls geworden war. Immer wieder blickte Robert zwischendurch zu Marlies und versuchte sich vorzustellen, wie er und sie gemeinsam die späten Sechziger wohl erlebt hätten. Und er registrierte, wie Lory in manchen Augenblicken Marlies ansah, als wäre sie mit ihren Gedanken abwesend, weit weg.

Als sie sich verabschiedeten, bedankte sich zu seinem Erstaunen die Fotografin fast überschwänglich.

»Euer Besuch hat mir sehr viel Freude bereitet. Gemeinsam mit euch hat mich einiges neu berührt. Etwas, das sehr lange zurückliegt.« Wieder schaute sie lange in Marlies' Gesicht. »Ich würde mich freuen, wenn ihr nochmal auf einen Kaffee vorbeikommt.«

Wirklich erstaunlich. Robert wusste, dass das über die Belanglosigkeit eine Small-Talk-Floskel weit hinausging. Sie hatten etwas in Lory ausgelöst. Und es war wohl nichts, was auf den Bildern offensichtlich war. Er war sich sicher, sie eines Tages wiederzusehen. Sie verabschiedeten sich mit einer herzlichen Umarmung. Als sie sich auf den Weg gemacht hatten, bemerkte er beim Blick zurück, das Lory ihnen noch lange hinterherschaute.

John war nirgends zu entdecken.

2010 - Verlust

Der Fahrtwind blies die Gedanken frei.

Robert legte alle Kraft in seine Tritte. Erst jetzt wurde ihm so richtig klar, wie sehr ihm das Durchpowern in den letzten Tagen gefehlt hatte. So intensiv auch die Zauberwelt im engen Zusammensein mit Marlies jeden einzelnen Tag zu einem berauschenden Abenteuer gemacht hatte, so sehr schrie sein Körper doch nach der Lust, seine Kräfte geballt und ausdauernd in die Landschaft zu feuern. Die letzten Wochen hatten seinen Lebensrhythmus stärker geprägt, als ihm bewusst gewesen war.

Die Mesa zwischen Arroyo Hondo und Taos war perfekt - eben, topfeben, mit einem freien Blick auf die Bergkulissen im Gegenlicht der Sonne zu seiner Linken. Robert blinzelte auf den kleinen Tacho am Lenker. Dreißig Stundenkilometer gaben ihm ein gutes Gefühl. Er war wieder drin.

Marlies hatte mit seinem Wunsch kein Problem gehabt. Sie fand es gut, dass er für vier Stunden seine Einsamkeit im Sport suchte.

»Ich habe mich schon gewundert, wieso das Fahrrad für dich fast Luft geworden ist«, hatte sie gesagt und ihm damit jegliches schlechte Gewissen genommen. Sie wollte noch ausschlafen, sich später in Arroyo Hondo umsehen und nach lokalen Künstlern Ausschau halten, die es hier geben sollte. Vielleicht entdeckte sie ja schöne handwerkliche Stücke, die sich als Schnäppchen herausstellten.

Robert hatte seinen Rhythmus gefunden. Nach weniger als einer halben Stunde in der kargen, unbewohnten Ebene erreichte er die ersten Ausläufer von El Prado, einem Vorort von Taos. Er passierte das erste Haus, einen Flachbau mit mehreren Autos davor, zwei dürren Bäume, einem weißen Gastank nahe der Straße und einem simplen Drahtzaun, der das Areal vor was auch immer schützte. Nach wenigen Metern hatte Robert die US 64 vor sich. Tatsächlich wollte er nicht bis nach Taos hineinradeln, sondern hatte sich einen Rundkurs ausgewählt, der ihn außerhalb der Orte nach Arroyo Hondo und zum Teil jenseits des großen Rios zurückführen würde. Er bog rechts ab und folgte der US 64 nach Westen, wieder in die Kargheit der mit kniehohen Büschen bewachsenen Ebene.

Eine halbe Stunde später stand er mitten auf der Brücke, die von der einen Ebenenkante zur anderen den Rio Grande überspannte. Er hatte sich zur Aussichtspause eine erkerhafte, eckige Ausbuchtung im Seitengeländer ausgewählt, in das er und sein Fahrrad hineinpassten. Auch wenn hier in keiner Weise auch nur irgendetwas im Bezug auf Menschenansammlungen los war, so hätte sich jetzt doch ein Publikumsstrom über den Fußweg der Brücke ergießen können, ohne dass Robert irgendjemandem im Wege gestanden hätte. Ob hier zu anderen Zeiten mehr los war? Robert bezweifelte das.

Mit der Sonne im Rücken schaute er tief hinunter in die Schlucht. Die Bewegung des Wassers erschien ihm hier wilder als weiter flussaufwärts an jener Stelle, in der sie gebadet hatten, denn die Bildung weißen Wassers an einer Flussverengung direkt unter ihm sprach eine eindeutige Sprache. Zwei Kajakfahrer kämpften sich zwischen den Verblockungen hindurch. Noch welche, die so früh am Morgen den Kick suchten.

Auf dem linken Steilhang der Schlucht sah Robert den Schattenumriss der Brücke und seiner selbst obenauf. Unter ihm spannte sich offensichtlich ein Bogengitter aus Stahlträgern, von dem hier oben auf oder neben der Fahrbahn ansonsten nichts zu erahnen war. Welch ein Unterschied zu der alten Konstruktion des seligen John Dunn.

Nach fünfzehn Minuten setzte er seine Fahrt fort. Die Straße beschrieb eine weitläufige Kurve nach Norden. Als er nach einigen Kilometern rechts nach Osten schaute, konnte er nur die Durchgängigkeit der Ebene bis zu den Bergen erkennen. Von der Schlucht, die sich nur einen oder zwei Kilometer entfernt in das Plateau schnitt, ließ sich nichts erahnen. Welch ein grandioses Spiel der Natur!

Knapp eine halbe Stunde später hielt er an einer Kreuzung an. Nun ja, »Kreuzung« war vielleicht etwas hochtrabend gewählt. Links und rechts der US 64 zweigten Schotterspuren ab. Robert hatte sich diese Stelle beim morgendlichen Kartenstudium eingeprägt. Trotzdem wollte er sich vergewissern. Aus der Lenkertasche kramte er das kleine GPS-Handgerät hervor. Zwecks Schonung des Akkus benutzte er dieses während seiner Fahrten möglichst nicht, denn Gelegenheiten zur Wiederaufladung boten sich im Allgemeinen nur selten. Dann verließ er sich lieber auf den kleinen Lenkertacho mit seiner langlebigen Batterie. Nur zu einer notwendigen, genauen Standortüberprüfung machte er von der Elektronik Gebrauch. So wie jetzt.

Korrekt. Er hatte sich nicht geirrt. Ab jetzt musste er auf Asphalt verzichten, bis er wieder Arroyo Hondo erreichen würde. Trotzdem erwies sich die Fahrt als problemlos. Und mit jedem Tritt gewann er mehr Gewissheit über seine Wünsche. Es gab nur eines, was er wirklich wollte: Marlies. Die letzten Tage hatten seine Ziele vollkommen verändert. War sie – oder jemand wie sie – von vornherein sein innerster Wunsch gewesen? Je näher er an Arroyo Hondo heranradelte, umso klarer wurde ihm: ja.

Sechs Kilometern nach dem letzten Stopp erreichte er den Punkt, den er schon vor zwei Tagen beim Baden von ganz unten hatte sehen können. Von hier oben blickte er hinunter in die Schlucht und sah die Dunn-Brücke und den ruhigen Flussabschnitt, in dem sie geplanscht hatten, ganz offensichtlich aufgestaut, wie er jetzt aus der Höhe erkennen konnte. Die Abfahrt war steil und bestand im Wesentlichen aus Geraden. Robert zählte nur drei Serpentinen – dann hatte er schon die Brücke erreicht. Was jetzt folgte, war der erwartet schwierigste Part der Tour: der schon bekannte Anstieg durch den Canyon des Hondo-Flusses. Doch steckte Robert ihn besser weg, als er befürchtet hatte. Nach fünfzehn Minuten hatte er die Ortschaft erreicht.

Marlies war nicht im Zimmer. Das war nicht unbedingt eine Überraschung, denn Robert hatte seine Tour deutlich schneller absolviert, als er bei der Abfahrt noch gedacht hatte.

Nach dem Duschen legte er sich auf das Bett und döste vor sich hin. Was würde Marlies sagen, wenn er ihr seinen Entschluss präsentierte? Sollte er das überhaupt tun? Robert war sich unsicher. Sie dachte vielleicht nicht einmal im Traum daran, mit ihm mehr als einen intensiven Urlaubsflirt zu erleben. Er stand für ihn aber fest, dass er seine ursprünglich geplante Reise nicht einfach fortsetzen konnte. Jetzt nicht mehr. Entweder er fand einen Weg zu einem Leben gemeinsam mit Marlies, oder aber ... Er hatte keine Vorstellung über eine Alternative. Machte er sich etwas vor?

Er schlief ein. Zwar hatte ihn die Tour nicht übermäßig gefordert, aber sein Körper nahm die Einladung der horizontalen Lage dankbar an.

Als er erwachte, erschrak er. Fast zwei Stunden hatte er jetzt gepennt. Wo war Marlies? Er stand auf, schaute ins Bad, blickte zum Fenster hinaus. Wo war sie? Dass sie nicht schon wieder hier war, wollte ihm nicht wirklich in den Sinn. Sie wusste doch, dass er spätestens nach vier Stunden wieder in Arroyo Hondo wäre. Wollte sie allein sein?

Er schlüpfte in Jeans, T-Shirt und Schuhe und war im Begriff, das Zimmer zu verlassen. Halt, das Handy. Robert stutzte. Das Handy. So etwas Verrücktes. Tagelang waren sie nicht voneinander gewichen. Und sie hatten trotzdem ihre Telefonnummern nicht ausgetauscht. Oder gerade deswegen – nicht trotzdem. Mega-blöd. Vor der heutigen Tour hatten sie nicht daran gedacht. In diesem Landstrich mit der dünnen Mobilfunkabdeckung war das Handy schon lange aus seinem Bewusstsein verdrängt. Verdammt! Robert kannte Marlies' Handynummer nicht. Hatte sie das Phone überhaupt mitgenommen? Er blickte sich um, konnte es nicht entdecken. Darüber nachzudenken war allerdings müßig. Ob sie es nun dabei hatte oder nicht – Robert konnte sie nicht anrufen.

Auf dem Weg nach draußen fragte er die Hausbesitzerin, ob sie Marlies gesehen hätte. Sie verneinte. Ob sie ihm denn etwaige Künstleradressen hier im Ort nennen könnte. Sie konnte - zwar nur drei, diese allerdings mit genauer Wegbeschreibung. Robert machte sich zu Fuß auf, das GPS-Gerät in der Hosentasche.

Im Verlauf der nächsten Dreiviertelstunde lernte er einen Maler, eine Keramikerin und eine Silberschmiedin kennen. Jedoch konnte niemand ihm einen Hinweis auf Marlies geben. Keiner der drei hatte sie gesehen. Wo war sie? Was war hier los?

Robert setzte alle Hoffnung in John. Vielleicht hatte der noch einen Tipp.

Der Alte lud gerade Kartons in seinen Lieferwagen, als Robert das Grundstück betrat.

»Hi, Mann! Sah dich heute mit dem Rad fahren. Großartige Tour?«

»Hi, John. Ja. Perfekt. Großartige Landschaft. – Ähm, sag, hast du Marlies gesehen? Heute?«

»Klar. Vor – warte mal ...« Er blickte auf seine billige Armbanduhr. »Gegen Neun war das. Sie ging in die Richtung.«

Er zeigte dorthin, wo Robert gerade hergekommen war. Der junge Mann schüttelte nur den Kopf. Hatte er nicht aufgepasst? So groß war dieses Kaff doch nicht. Hier konnte man sich doch nicht verlieren!

»Ich ... ich weiß nicht, wohin sie gegangen ist. Dort habe ich schon gesucht. Hast du eine Idee?«

John unterbrach sein Kauen und zog die Mundwinkel nach unten. Er zuckte mit den Schultern.

»Vielleicht zum Rio Grande?«

»Allein? Glaub' ich nicht. Aber ...«

Was wäre, wenn die Vermutung stimmte? Es hatte ihr dort ausgesprochen gut gefallen – genauso wie ihm. Er hatte heute gesehen, dass der Fluss auch andere Seiten zeigen konnte. Was wäre, wenn Johns Spekulation zuträfe? Aber hätte er ihr dann nicht begegnen müssen? Robert dachte nach. *Nicht zwingend*, war seine Schlussfolgerung. Er hätte sie nur wahrgenommen, wenn sie direkt auf seinem Weg gewesen wäre. Wenn sie aber im Wasser ...

»Danke, John. Guter Hinweis. Ich muss los.«

»Warte mal, Mann. Willst du zum Rio Grande?«

»Sicher. Mit dem Fahrrad geht's schnell.«

»Und wenn du dann noch woanders hinmusst? Du willst sie suchen, stimmt's?«

»Ja.«

»Meine Tour sollte zwar jetzt um die Mittagszeit starten, aber etwas Zeit habe ich noch. Komm, wir nehmen den Van.«

Robert ließ sich nicht lange bitten. Natürlich hatte John Recht. Und er hatte etwas nicht ausgesprochen, was auf der Hand lag. Wenn Marlies irgendwo liegen sollte und Hilfe benötigte, dann wäre das Fahrrad die schlechteste Fahrzeugwahl von allen. John warf die Hecktür zu. Weiter beladen könnte er später. Sie stiegen ein und fuhren los.

Robert kannte ja die Strecke hinunter zur John Dunn Bridge. Es war seine dritte Fahrt auf diesem Abschnitt. Doch dieses Mal ohne jeglichen Blick für die Schönheiten der Landschaft, auch wenn seine Augen jeden Quadratmeter links und rechts der Straße absuchten.

Sie stiegen an der Brücke aus. Doch das Abgehen der Uferbereiche ergab nichts. John fuhr mit Robert noch durch die drei Serpentinen auf das Plateau hinauf, um den Ausblick von dort zu nutzen. Erfolglos.

»Kann man irgendwie am Rio entlangfahren? Hier oben oder gar unten?«

»Nein. An einzelnen Stellen kann man auf der Höhe heranfahren. Das war's.«

Sie kehrten zum Ort zurück. John drehte noch einige Runden. Dabei fuhren sie, soweit Robert das beurteilen konnte, wohl jede Straße ab.

»Mehr fällt mir nicht ein, Mann. Tut mir leid.«#
»Aber ich weiß noch jemanden. Lory. Lass uns zu Lory fahren.«
»Echt?«
»Klar. Du kannst ja im Auto bleiben. Wird sowieso besser sein.«
John zuckte mit den Schultern. Dann setzte er seine Fuhre in Bewegung.

Lory schüttelte nur den Kopf. Nein, Marlies hatte sie seit dem gemeinsamen Besuch nicht gesehen. Ihrem Blick entnahm Robert ehrliche Besorgnis. Doch weiter helfen konnte sie nicht. Da halfen auch nicht die Besänftigungen, dass Marlies doch erwachsen sei, auf sich aufpassen könnte und sicher bald wieder auftauchen würde.

Robert überlegte, ob er noch für ein Gespräch hierbleiben sollte. Vielleicht ergäben sich ja doch noch Hinweise auf andere Plätze, an denen er suchen konnte. Aber Lory war eine Fremde. Aus welchen Kenntnissen heraus sollte sie auf Verhaltensweisen von Marlies schließen? Er verabschiedete sich. John setzte ihn an der Pension ab.

Bald hörte er das Zuschlagen der Türen und das Starten des Motors. Jetzt wäre auch sein einziger Kumpel in dieser Situation wag. Aus dem Fenster sah er John losfahren, der nochmal durch die geöffnete Seitenscheibe heraufwinkte.

Der Nachmittag und der Abend hatten ihn unerträglich lang in ihrem Griff. Nervös ging Robert im Zimmer auf und ab, schaute zum Fenster hinaus, legte sich auf das Bett, stand wieder auf. Er durchsuchte Marlies' Kleidungsstücke, hoffte auf irgendetwas, das ihm einen Gedankenblitz bescheren würde. Eintönigkeit. Er blätterte in ihrem Reisepass, betrachtete das Foto, das einzige anfassbare Bild von ihr. Er steckte das Dokument zu seinem und fingerte sein Handy hervor. Bild für Bild blätterte er durch den Speicher, suchte jede Perspektive, die er von Marlies in den letzten Tagen eingefangen hatte.

Allein. Die Leere des Zimmers beklemmte. Wo war Marlies?

Bei Einbruch der Dämmerung wanderte er zum Rio Hondo, zu der Stelle, an der sie beide gesessen hatten. Er stellte sich vor, jetzt wieder genauso mit Marlies die Ruhe zu genießen. Verdammt nochmal – sie war erwachsen. Er konnte ihr sicherlich keine Vorschriften machen, wann und wo sie sein durfte. Aber wann kam sie zurück? Ziellos streifte er weiter durch die Gegend. Ein langer Kombi fuhr vorbei. Trotz der schlechten Lichtverhältnisse glaubte Robert, den Fahrer erkannt zu haben. Warum tauchte der Indianer aus dem Pueblo genau jetzt auf? Robert blickte den Rücklichtern hinterher, bis sie in der Ferne verschwanden.

Marlies kam nicht. Er fand in dieser Nacht keinen tiefen Schlaf. Bilder zuckten durch sein Hirn. Geräusche schreckten auf. Jede Kleinigkeit löste neue Überlegungen aus. Als er am Morgen aus seiner Ruhelosigkeit erwachte, war es einzig die Sonne, die neue Hoffnung versprühte.

2010 - Vergangenheit

Robert überlegte verzweifelt, was er jetzt tun könnte. Zur Polizei?

Die Hausbesitzerin hatte ihm gerade die Spiegeleier und die Hash Browns zum Frühstück serviert, als ihr Telefon klingelte. Er bemerkte die Blicke, die sie ihm während des Gesprächs mit dem Anrufer mehrfach zuwarf. Sie legte den Hörer auf und kam zurück an den Tisch.

»Schöne Grüße von Lory. Sie fragte nach Ihrer Frau. Ist sie wirklich nicht hier?«

Robert stutzte. Was schwatzten die Waschweiber jetzt über ihn?

»Nein, Ma'am. Sie ist nicht da.«

»Ja ... für den Fall meinte sie, sie sollten zu ihr kommen, falls es ihnen passt. Ihr wäre noch etwas eingefallen.«

Seine ›Waschweiber‹ tat ihm schon wieder leid. Und ob es Robert passte!

»Thanks, Ma'am.«

Er schlang die Bissen herunter und beeilte sich. Schon zehn Minuten später klopfte er an Lorys Haustür.

Sie hatte Kaffee auf dem Tisch serviert. Offensichtlich wusste sie bereits, dass er tatsächlich kam.

»Hallo, mein Junge. Komm, setzt dich.«

»Hi, Lory ...« Weiter kam er nicht. Die Worte blieben ihm im Halse stecken. Die Behutsamkeit in ihrem Tonfall und die demonstrative Fürsorglichkeit, mit der sie ihn berührte, als sie ihn zum Tisch führte, entgingen ihm nicht. Das konnte nichts Gutes bedeuten. Sie lächelte ihn an und wartete, bis er einen ersten Schluck genommen hatte.

»Schön, dass du kommen konntest.«

»Dir ist etwas eingefallen?« Robert wollte seine Ungeduld nicht zähmen.

»Ja. Ich ...« Sie machte eine deutliche Pause. »Du hast also keine Idee, wo sie hin ist?«

Er schüttelte den Kopf.

»Okay, Sweetheart, ich weiß auch nicht, ob es irgendetwas damit auf sich hat. Also keine unnötige Aufregung. Ich würde es mir allerdings nicht verzeihen, wenn ...«

Sie presste die Lippen kurz aufeinander, nahm dann einen Schluck aus ihrem Becher.

»Etwas Schlimmes?«

»Ich hoffe nicht. Aber ... Na ja, es gibt – oder gab Geschehen in der Vergangenheit, die mir unweigerlich in den Sinn kamen, obwohl ich seit Jahrzehnten nicht mehr daran gedacht habe.«

»Vor Jahrzehnten? Was soll das mit Marlies zu tun haben?«

»Das weiß ich nicht. Ich ... ich weiß ja nicht einmal, ob das überhaupt in irgendeiner Form von Bedeutung ist. Ich hoffe, dass nicht. Aber ...«

»Was?«

»Ich habe nie darüber nachgedacht. Heute Nacht drehten sich meine Gedanken auf einmal wieder und wieder um dieses eine Thema. Vielleicht gibt es andere, mit denen ich wegen der gemeinsamen Vergangenheit besser darüber reden könnte. Aber jetzt bist du durch das Verschwinden deiner Freundin der erste, mit dem es sogar sein muss.«

Robert starrte sie wortlos an.

»Es handelt sich um Ereignisse in den siebziger und achtziger Jahren.«

»Was?«

»Ich hatte euch ja schon über das Kommen und Gehen in der Community erzählt. Manche blieben länger, andere nur ganz kurz. Die einen brachten sich aktiv ein, die anderen nannten wir später nur noch die Parasiten, weil sie sich ein schönes Leben auf Kosten anderer machen wollten. Du kannst dir vorstellen, dass man die eine Gruppe besser kannte und zu seinen Freunden zählte, die andere weniger.«

Robert nickte.

»Es war Anfang der Siebziger, so einundsiebzig oder zweiundsiebzig. Da verschwand eine Frau, die nur ganz kurz in New Buffalo gewesen war. Wie gesagt, Verschwinden war nichts Besonderes. Man reiste einfach weiter. Aber diese Frau hatte all ihr Gepäck hiergelassen. Einer aus ihrem engeren Kreis behauptete das zumindest steif und fest, und dass sie sicher nicht von sich aus gegangen sein könnte. Nun, ich verfolgte das nicht weiter. Es ging mich nichts an. Außerdem fühlten Charly und ich uns zwar zu New Buffalo gehörig, aber wir wohnten gemeinsam mit einem anderen Paar abseits in einem Haus, bekamen also nicht alles hautnah mit, auch wenn wir ansonsten am Community-Leben teilnahmen.«

»Das hattest du schon erwähnt.«

»Ach ja? Nun, ich will damit auch nur nochmal betonen, dass es durchaus Menschen in der Gemeinschaft gab, von denen wir wenig bis nichts mitbekamen. Na ja, jedenfalls stellte sich Monate später heraus, dass die Frau tatsächlich nicht einfach so gegangen war. Man - man fand ihre Leiche.«

»Schlimm. Aber das liegt fast vierzig Jahre zurück. Was hat das ...?«

»Ich weiß es noch nicht, aber ... Es gibt an der Sache etwas, das – ach was, ich erzähle erst einmal zu Ende. Also, ungefähr zehn Jahre später – mittlerweile hatte sich viel in der Community verändert – geschah etwas Ähnliches. ›Verändert‹ heißt, dass der gesamte Produktionsbetrieb in New Buffalo professioneller geworden war. Eine erstaunliche Entwicklung übrigens. Die Community hatte sich zu einem landwirtschaftlichen Erzeuger entwickelt, mit Traktor und anderem Gerät. Sie spielte eine gewichtige Rolle hier im Ort, übernahm sogar kommunale Aufgaben wie die Betreuung der Wasserkanäle und Ähnliches. Das Kommen und Gehen hatte nachgelassen. Trotzdem gab es auch in jener Zeit immer wieder Neuankömmlinge, die man nach kurzer Zeit kannte oder auch nicht. Und wieder verschwand eine Frau aus dieser Gruppe unter vergleichbaren Umständen. Und zwar in jeder Beziehung. Sechs Jahre später fand man ihre Leiche.«

»Was?« Eine Ahnung stieg in Robert auf. Er bekam eine erschreckende Vorstellung von dem, was Lory andeuten wollte. »Wo fand man die Toten? Hier irgendwo?«

Lory schüttelte den Kopf.

»Nein. Weit weg.«

»Okay.«

Robert beruhigte sich wieder, aber nur leicht. Lory blickte ihn einige Sekunden schweigend an. Dann fuhr sie fort:

»Man fand sie weit weg, in Mexiko. Aber – die Fundorte müssen wohl in derselben Gegend gelegen haben. Bei der ersten weiß ich noch etwas von einem abgelegenen, trockenen Flussbett in einer Wüste. Die zweite soll man zwar nicht in jenem Creek, aber auch nicht weit davon entfernt gefunden haben. Nur noch Knochenreste, nicht vergraben.«

»Und?«

»Das alles muss keine Bedeutung haben.«

»Wurden sie umgebracht?«

»Genau das weiß man nicht. Verwundungen konnte man nicht mehr feststellen. Du verstehst – in der Wildnis die Tiere ...«

Klar. Robert begriff. Er nickte.

»Es ist auch nicht ungewöhnlich, dass Menschen hier im Südwesten sich in irgendeiner Wüstengegend verlaufen und nicht mehr zurückfinden. Ich erinnere mich an einen Fall – nicht hier aus der Gegend – bei dem eine dreißigjährige Frau vermisst wurde. Ihre Familie organisierte Nachforschungen. Man fand ihr Auto im Death Valley. Daraufhin verstärkte man die Suche in dem Tal. Erfolglos. Dann, fünf Jahre später, fand man die Überreste der Frau – unweit des Autos, ebendort im Death Valley. Durch DNA-Analysen konnte man sie identifizieren. Fünf Jahre, obwohl man dort alles abgesucht hatte! Das Verschwinden der beiden Frauen aus dieser Gegend war für sich nichts extrem Ungewöhnliches, ihr Tod auch nicht. So etwas passiert. Die Zeitpunkte lagen so weit auseinander, dass auch das als unbedeutend und zusammenhanglos eingestuft werden musste. Einzig die Parallelität, dass beide in derselben Gegend gefunden wurden, könnte stutzig machen. Doch auch das kann ein durchaus nicht ungewöhnlicher Zufall sein.«

»Warum erzählst du mir das dann? Willst du mir Angst einjagen?«

»Nein, bestimmt nicht. Zumindest ...« Sie hielt inne. »Na ja, es gibt schon einen Grund. Warte, ich zeige dir etwas.«

Sie stand auf und holte eine Kiste mit losen Fotoabzügen.

»Es gab etwas, das mir heute Nacht keine Ruhe mehr ließ. Ich wühlte in den alten Bildern. Auch wenn mir die beiden Frauen an sich nichts bedeuteten, so hatte ich doch eine vage Erinnerung an sie.«

Sie legte drei Schwarzweiß-Bilder auf die Tischplatte, dass Robert sie betrachten konnte.

»Hier, auf dem einen, ist die zum späteren Zeitpunkt Verschwundene. Und hier, auf den beiden anderen, die erste.«

Robert schaute sich die Personen, auf die Lorys Finger zeigte, genauer an. Ein Frösteln lief seinen Rücken hinunter. Er schluckte mühsam.

»Du verstehst mich jetzt? Es ist das Aussehen deiner Freundin, das mir den Stachel versetzte.«

Er verstand sie nur zu gut. Jede der beiden Frauen hätte im Bezug auf Körperbau und Haartracht als Zwilling von Marlies durchgehen können. Blond, lange Haare, schlank, schmale Gesichtszüge. Selbst die Nasenpartien wichen nicht sonderlich voneinander ab.

»Aber das ist dreißig oder vierzig Jahre her. Es gibt mit Sicherheit viele Frauen ähnlichen Aussehens, denen Schicksalsschläge widerfahren sind. Deshalb kann man nicht ...«

»Da magst du Recht haben, Robert. Aber den eigentlichen Stich versetzte mir ein Bild, das ich seit über vierzig Jahren in meinem Kopf und auch meinem Herzen mit mir herumtrage. Dazu brauche ich keine Abzüge.«

Sie stand auf und ging zur Wand. Behutsam nahm sie einen Rahmen vom Haken – das Foto aus dem Golden Gate Park mit dem Auftritt von Janis Joplin. Robert verstand schlagartig, noch bevor das Bild vor ihm lag. Die Blonde, von der Lory schon erzählt hatte, die wohl eine gute Freundin gewesen war und an die Lory sich beim Anblick von Marlies so frappierend erinnert fühlte, fing seinen Blick sofort ein. Noch ein optischer Zwilling. Jetzt waren es vier gleichaussehende Frauen.

»Auch sie war eines Tages verschwunden.« Lory schluckte hörbar. »Seit letzter Nacht treibt mich der Gedanke um, dass auch Cleo ein ähnliches Schicksal widerfahren ist. – Und ich fürchte um deine Freundin.«

»Das ...« Robert fasste sich mit beiden Händen an den Kopf. »... das kann doch nicht sein! Da liegen so ... so unendlich viele Jahre dazwischen. Wenn da irgendetwas dran wäre, dann wäre doch sicher schon jemand auf die Idee gekommen. Wo soll denn da der Zusammenhang sein?!«

Er sah den traurigen Blick, als Lory langsam den Kopf schüttelte.

»Ich weiß es nicht, Robert. Ich weiß es nicht. Aber etwas in mir rebelliert. Verstehst du jetzt, warum ich mit dir – und nur mit dir – reden wollte? – Reden musste?«

Sie meinte es ernst. Diese verdammte, altgewordene Überlebende einer vergangenen Epoche der Lebenslust und des Aufbruchs meinte das alles wirklich ernst. Robert biss die Zähne aufeinander. Er spürte, wie seine Kiefermuskulatur zitterte.

»Hatte auch diese Cleo alles zurückgelassen?«

»Ob alles, weiß ich nicht. Vieles – ja. Aber man kann in einem Backpack keine große Menge mitnehmen. Sie war mit einem Rucksack nach New Buffalo gekommen. Und dieser fehlte nach ihrem Weggehen. Was sie im Einzelnen dabei hatte – keine Ahnung. Sie verschwand während jener Woche, als ich nochmal in San Francisco war.«

Wie in Gedanken zeigte sie auf die Bilderwand. Robert verstand. Die Kennedy-Rede. Aber was sollte er mit diesen Fakten anfangen?

»Und jetzt?«

Lory saß stumm, kramte nachdenklich in der Fotokiste. Doch sie schien nichts Bestimmtes zu suchen. Sie schob einfach nur Abzüge hin und her. Ihr Griff zur Kaffeetasse erfolgte wie ein Automatismus, ohne dass die Frau ihren Blick von der Box abwandte. Dann fand sie ihre Sprache wieder.

»Wenn uns sonst nichts einfällt, sollten wir uns mehr Informationen über die alten Fälle holen.«

»Hm.« Er mochte den Gedanken nicht. Sich mit zwei Toten zu beschäftigen bedeutete, dem Verschwinden der Freundin das gleiche Schicksal zuzuordnen. Das durfte nicht sein. Ums Verrecken nicht.

»Was ist mit dem Pueblo? Kann Marlies dort sein?« In seiner Frage schwebten Hoffnung und Angst gleichermaßen mit.

»Sie kann natürlich überall sein. Wie soll ich das wissen? Wie kommst du darauf?«

»Der Indianer. Da hat einer ein Auge auf Marlies geworfen. Er tauchte sogar zweimal hier auf.«

»Einer aus dem Pueblo?«

Robert nickte.

»Kann ich mir nicht vorstellen, wenn auch ... Wie sah der aus?«

»Ein junger, ungefähr mein Alter. Vielleicht etwas älter. Fährt einen ziemlich langen Schlitten.«

»Ah. Netter Junge. Ich glaube eher nicht. Du meinst wahrscheinlich Joseph, den Sohn vom alten Schwingende Feder. Ich weiß gar nicht, wie der Alte amtlich heißt.« Sie schmunzelte. »Joseph macht die Einkäufe für den Shop. Er ist zwei oder drei Mal die Woche hier in Arroyo und holt bei den Zulieferern die Stücke ab.«

»Zulieferer?«

»Glaubst du wirklich, dass alle Indianerkunst nur von Indianern gefertigt wird? Das meiste schon, aber ...«

Sie grinste. Robert war danach nicht zumute. Sie schien das zu bemerken, denn von einer Sekunde auf die andere nahm ihr Gesicht wieder ernste Züge an.

»Okay, Dear. Also an das Pueblo glaube ich nicht.«

Sie zuckte die Schultern, legte ihren Kopf dabei leicht schräg und zog einen Mundwinkel schief zur Seite. Robert verstand.

»Also die beiden Fälle. – Wie machen wir das?«

»Ich rufe Neil an.« In langsamer Bewegung erhob sie sich, drehte ab, schaute aber über die Schulter nochmal zu Robert. »Ein alter Freund bei der Polizei in Taos.«

Sie zwinkerte und schlurfte zum Telefon.

Robert vernahm ihre Stimme während des Telefonats, hörte aber nicht genau hin. Seine Gedanken kreisten um das Unfassbare. Irgendjemand oder irgendetwas sollte hier seit vierzig Jahren sein Unwesen treiben? Vierzig Jahre? Er schüttelte ungläubig den Kopf. Doch was sollte er sonst tun? Lorys Überlegungen lieferten den augenblicklich einzigen Ansatz.

»Dauert ein bisschen. Aber er wird uns helfen.«

»Hat denn die Polizei nie nach einem Täter gesucht?«

»Täter? Es wurde nie ernsthaft an Gewaltverbrechen geglaubt. Die Sachlagen waren in dieser Beziehung zu dünn.«

»Und trotzdem hilft er jetzt?«

Lory setzte einen schelmischen Blick auf, vermied jedoch ein offenes Grinsen.

»Ich habe Neil nichts von irgendeinem Verdacht erzählt. Ich bin doch nicht blöd. Er hilft uns bei einer allgemeinen Recherche über die Siebzigerjahre. Du verstehst?«

Robert hatte kapiert.

»Aber – soll ich nicht trotzdem die Polizei informieren? Ich meine, über das plötzliche Verschwinden von Marlies?«

Lory zog die Augenbrauen kurz hoch.

»Ja, das solltest du. Allerdings – was passiert dann? Erste Frage: glauben sie dir? Wer bist du? Ihr Mann? Ihr Bruder? Hier auf dieser Mesa sind schon so viele Menschen plötzlich aufgetaucht und genauso plötzlich verschwunden – seit über vierzig Jahren. Was, glaubst du, wird die Polizei unternehmen? Nichts. Wann ist sie verschwunden? Und der Polizist denkt dabei: wann soll sie Ihrer Meinung nach denn verschwunden sein? Ach, gestern. Ist sie eine erwachsene Frau? Da kann sie doch ... Was sagten Sie noch? Wie haben Sie sie kennengelernt? Oh, im Zug. Erst vor ein paar Tagen. – Und er wird dich bohrend ansehen, eine Notiz machen und dich mit einem ›wir kümmern uns drum‹ verabschieden. Wenn er nicht gar anfängt, dein eigenes Alibi zu überprüfen.«

»Alibi? - Aber die Sachen! Sie geht doch nicht ohne ihr Gepäck! Das muss einen Polizisten doch stutzig machen.«

In Gedanken hing er aber noch immer an dem Wort ›Alibi‹. Lory zögerte. Alles Listige verschwand aus ihrem Blick.

»Du bist ein Herzchen.« Sie machte wieder eine Pause. »Was glaubst du, wozu eine Frau fähig ist, wenn sie von einem auf den anderen Augenblick ihren Traummann findet?«

Rumms! Das saß. Es traf Robert wie ein Hammer. Er sog tief den Atem ein. So hatte er die Sache noch nicht betrachtet. Er starrte Lory an.

»Ganz cool, Sweetheart. Ich sage doch nicht, dass es so ist. Aber ein Polizist würde so denken, es zumindest ernsthaft in Erwägung ziehen, bevor er eine Aktion startet, die nur Geld kostet.«

Robert blieb sprachlos. Er hatte zu verdauen.

»Nochmal, Sweetheart: ich spiele nur den Gedankengang eines amerikanischen Durchschnittspolizisten durch. Jetzt sofort die Detectives einzuschalten kann gegen uns laufen. Neil würde sofort meine Bitte in einem anderen Licht sehen und nichts rausrücken. Er würde sich einarbeiten und nachforschen wollen. Dann kann es zu spät sein. Falls überhaupt etwas daran ist. Glaube mir, ich hoffe inständig, dass alles eine Blase ist. Aber wir sollten es in Ruhe prüfen, solange wir nichts anderes haben. Verstehst du mich?«

Robert wollte es erst nicht wahrhaben, aber sie hatte Recht. Er stimmte zu. Sie mussten warten, bis Lory die Informationen erhielt. Das konnte eine Zeitlang dauern.

Was konnte Robert in der Zwischenzeit tun? Sie tauschten die Telefonnummern aus, dann verabschiedete er sich für die nächste Stunde. Untätig rumsitzen war ihm ein Graus. Er schnappte sich das Fahrrad und strampelte los, damit seine Anspannung Entladung fand. Wie ginge das besser als auf dem Rad? Er konnte auf diese Weise gleichzeitig seine ziellose Suche fortsetzen. Jedes Haus nahm er im Vorbeifahren unter die Lupe, suchte nach Marlies' Gesicht oder verdächtigen Bewegungen hinter angestaubten Fensterscheiben und vergilbten Vorhängen.

Schon nach einer halben Stunde umklammerte ihn die Ungeduld und trieb ihn keuchend zurück. Lory lächelte verständnisvoll und machte ihm einen Kaffee. Von Neil hatte sie noch nichts gehört.

»Kopf ein bisschen freier?«

»Nein. Aber die Tour tat trotzdem gut.«

»Schön. Wird auch sicher nicht mehr lange dauern. – Hatte euch denn Arroyo bisher gut gefallen?«

»Ja. Es ist schön hier. Ruhig. Und natürlich der Rio Grande – absolut stark. Warst du früher auch oft da unten zum Baden?« Noch bevor Lory antworten konnte, schob er schnell noch kleinlaut nach: »Oder heutzutage?«

»Oh, Sweetheart, oft, sehr oft. Damals.« Sie lachte und zwinkerte ihm zu. »Nach manchem harten Arbeitstag war das die Erlösung. Hier ...«

Sie erhob sich und holte ein Bild von der Wand.

»Ich weiß nicht, ob dir dieses schon aufgefallen war.«

Robert betrachtete die Schwarzweiß-Szene: das Wasser, damals schon so aufgestaut wie heute, die Brücke im Hintergrund, schlanke Menschen stehen im Fluss, die nassen, langen Haare der Frauen klebten am Körper, barbusige Erscheinungen, sowieso alle nackt, genau wie die Männer und wie Marlies und er selbst vor zwei Tagen. Er dachte noch intensiver an sie, an das gemeinsame Plantschen, an ihr Lachen. Er tauchte ab, versank.

»Sag, bei Millers ist es okay?«

Robert schreckte auf. Miller – einen Augenblick musste er überlegen. Der Name seiner Bed-and-Breakfast-Wirte war ihm nicht spontan präsent.

»Millers – oh ja. Ganz schön günstig für uns.«

»Günstig? Wie viel, wenn ich fragen darf?«

»Fünfundzwanzig.«

»Wow. Pro Person.«

»Nein. Zusammen.«

Lory blickte ihn skeptisch an.

»Ah ja.« Sie stützte ihren Ellbogen auf die Tischplatte und legte zwei Finger ihrer Faust vor den Mund. Sie dachte nach.

»Echt fünfundzwanzig?«

Robert nickte. Lory stand auf, ging zum Telefon und wählte.

»Hi, Hilda, ...«

Robert hörte nicht weiter hin. Seine Gedanken zogen ihn wieder zu Marlies. Er kam sich wie in einem Gefängnis vor. Durch die Gitterstäbe hindurch konnte er seine Liebe nicht erreichen. Die Unfreiheit fraß ihn auf.

»Eigenartig, Sweetheart, sehr eigenartig.«

»Was ist?«

»Euer Zimmerpreis. Sehr merkwürdig. Er beträgt fünfundvierzig die Nacht.«

»Nee. Sicher nicht. Wir haben für vier Tage im Voraus bezahlt. Einhundert glatt.«

»Ich weiß. Und genau das ist das Merkwürdige. Die restlichen Achtzig kommen von John. Hilda sollte es euch aber nicht erzählen.«

»Was?!«

»Bemerkenswert, nicht wahr?«

Was sollte das? John übernahm einen Teil der Kosten, von denen er nichts wusste? Seine Gedanken überschlugen sich.

»Warum ...?«

»Ja, warum? Wie seid ihr hierhergekommen?«

»John vermittelte uns die Unterkunft. Wir wohnten in Taos. Er ...« Er stockte. »Der Preis war ein echtes Argument. In Taos bezahlten wir das Doppelte.«

»Wäret ihr für fünf Dollar Vorteil umgezogen?«

»Ich glaube nicht. Wir wären sogar ziemlich sicher am nächsten Tag weitergereist, denn das war uns zu teuer. Fünf Dollar weniger ... Wir wären trotzdem weitergezogen.«

Lory nickte in sehr langsamer Bewegung mit dem Kopf, schien durch Robert hindurchzublicken. »Genau, Sweetheart, das ist es.«

Robert verstand nicht.

»Siehst du es nicht?«

Er versuchte, ihren Gesichtsausdruck zu ergründen. Gedanken schossen kreuz und quer durch sein Hirn. Sie kreisten um das Bild seiner Marlies. Da war es wieder – das Grün-Blau ihrer Augen. Er könnte lange in diese Tiefe versinken. Starren, wie auch Lory, als sie Marlies das erste Mal sah. Oder John, als er ... Der gedankliche Schlag raubte ihm schier den Atem. Sowohl Lory als auch John waren von ihrem Anblick fasziniert. Die Erinnerung an jemand anderen hatte beide gleichermaßen eingefangen. Marlies hatte etwas in John berührt. Mein Gott!

»John wollte Marlies in seiner Nähe haben«, platzte es aus ihm heraus.

Lory nickte.

»Aber ich habe doch gestern noch zusammen mit John gesucht.«

Sie blickte ihn stumm und regungslos an.

»Ich ... Du meinst John ...?«, stammelte Robert vor ich hin.

»Ich weiß nicht, was ich glauben soll. John ist ein alter Mann, der sein Gehirn in den letzten Jahrzehnten weggesoffen hat. Bis hin zur Hilflosigkeit. Ein ruinierter Weiberheld. Ja, ein Weiberheld. Empfänglich für bestimmte Reize war er über alle Maßen, immer. Ich traue es ihm nicht zu. Aber ich kann auch nicht in ihn hineinschauen.«

»Er ist gestern fortgefahren.«

»Ja, eine seiner üblichen Touren. Er fährt Lieferungen aus. Produktionen der Künstler aus der Gegend. Einmal im Monat nach Albuquerque, manchmal – wenn auch ganz selten – nach Phoenix. Das ist dann allerdings eine ganz schön weite Fahrt. Ich denke, dass dies jetzt seine Monatstour ist.«

Das Piepsen des Faxgerätes unterbrach ihr Gespräch. Nach einem kurzen Kontaktsurren ratterte der Papiereinzug los. Die Unterlagen von Neil kamen an. Vier Seiten.

»Nicht viel. Namen, Alter. Mary Olsen, dreiundzwanzig, der erste Fall. Melinda Forth, siebenundzwanzig, Fall Nummer zwei. Fundorte wenigstens mit geographischen Koordinaten, nicht schlecht.« Lory überflog weiter. »Aussagen von Leuten zum Verschwinden. Jason Montgomery, Kirk Henner, Melanie Smith, Jenny Bishop – sagen mir alle nichts. Oups! John Randerak. Moment ... taucht in beiden Fällen auf. Hatte Mary als einer der letzten gesehen. Mit Melinda soll er ein Verhältnis gehabt haben, das aber nur kurz dauerte und schon beendet war. Hm, davon weiß ich gar nichts. Muss damals komplett an mir vorbeigelaufen sein. – Keine Todesursache feststellbar, bei beiden nicht, wie ich schon annahm. Meine Erinnerungen lassen mich also nicht im Stich. – Schade, das war's im Wesentlichen. Ich hatte mir mehr versprochen.«

Robert stierte vor sich hin, zunächst unfähig, ein Wort über die Lippen zu bringen. Dann stammelte er nur: »John.«

»Okay, Sweetheart, es wird Zeit. Das läuft anders, als ich es gedacht habe. Wir rufen den Sheriff offiziell für eine Vermisstenmeldung an. Und zwar schnell. Kein Polizist wird blöde Fragen stellen. Jetzt nicht mehr.«

Noch bevor Robert etwas darauf sagen konnte, stand Lory schon am Telefon. Es war ein kurzes Gespräch.

»Der Officer wird gleich hier sein.«

Zehn Minuten später hielt der mit einer Ramme bestückte Ford vor dem Haus. Ein einzelner Uniformierter stieg aus und kam herein.

Lory berichtete vom überraschenden Verschwinden der Niederländerin, von Parallelitäten zu alten Fällen, an die sie sich erinnern konnte, und von Auffälligkeiten bei John Randerak, angefangen bei seinen wie auch immer gearteten Verstrickungen in die alten Todesfälle über seine ungewöhnlichen Bemühungen, Marlies und Robert in seine Nähe zu locken, bis hin zu der zeitlichen Nähe seiner Lieferfahrt. Dass sie ein Fax zu den alten Fällen erhalten hatte, verschwieg sie.

Der Officer nahm alle Daten auf.

»Ich werde mir die alten Fälle heraussuchen, falls wir überhaupt noch Akten dazu haben. Aber wenn es so ist, wie sie sagen, dann werde ich zumindest im Bezug auf die alten Fundorte wenig unternehmen können. Jedenfalls nicht schnell. Mexiko ist nicht so einfach.«

»Verstehe, Officer. Hauptsache, Randerak wird schnell gefunden. Wobei ich natürlich nicht weiß, ob er wirklich etwas mit dem Verschwinden zu tun hat.« Fast entschuldigend hob Lory beide Hände. »Man will ja nicht ...«

»Keine Sorge, Ma'am. Das ist schon ganz in Ordnung so, wie Sie das machen.«

Lory sollte ihm noch ein Foto von John geben, falls sie eines hätte. Sie konnte mit einer fast zwanzig Jahre alten Aufnahme helfen – besser ging es leider nicht. Er würde eine Fahndung ausrufen und die Durchsuchung der Randerak-Bude unverzüglich in die Wege leiten.

Wenige Minuten später waren Lory und Robert wieder allein. Er spürte wieder den inneren Griff, der ihm die Luft abwürgte. Wie könnte er Marlies finden? Was könnte er tun?

Warten, bis der Sheriff das Haus durchsuchte. Aber wenn sie nicht da wäre? Was dann? Er hätte Zeit verloren.

Und wenn sie doch dort gefangengehalten würde? Dann käme sie wieder frei, ob mit ihm vor Ort oder nicht.

Er wusste, was jetzt zu tun war.

»Ich will keine Zeit verlieren. Wo kann ich hier einen Mietwagen bekommen?«

Lory musterte ihn einen Augenblick lang, dann grinste sie. »In Taos.«

»Wie komme ich am schnellsten dahin? Mit dem Rad dauert es mir zu lange.«

»Ich kann dich fahren.«

»Das wär' mega. Perfekt.«

Wenige Minuten später durchquerten sie in Lorys klapprigem Toyota die Ödnis der Hochebene, die Robert bei seiner Tour am Vortag noch so genossen hatte. Nach einer Viertelstunde setzte Lory ihn in Taos ab.

»Wir sind da, Sweetheart. Da vorn ist es, an der Ecke zum Paseo del Pueblo. Meine Nummer hast du. Lass von dir hören. Viel Glück.«

Robert bedankte sich. »Und sobald zum Haus Näheres klar ist, meldest du dich bei mir. Egal was es ist.«

»Klar, Sweetheart.«

Vor dem Aussteigen drückte er ihr noch einen Kuss auf die Wange. Er griff seine Packtasche, warf die Tür zu und sah sie abfahren.

Ab jetzt war er allein.

2010 - Palomas

Als er die ersten Exit-Schilder von Albuquerque passierte, fühlte sich Robert hin- und hergerissen. Diese Stadt war höchstwahrscheinlich eines von Johns aktuellen Zielen. Und? Sollte er hier jetzt irgendetwas unternehmen?

Das Für und Wider pulsierte in seinem Hirn. Dabei lag die Antwort doch auf der Hand. Schon bei Antritt seiner Fahrt war ihm die Sinnlosigkeit einer selbst durchgeführten Suche im City-Raum klar. Wenn überhaupt, dann sollte die Polizei den Lieferwagen aufspüren. Er als einzelner Zivilist konnte nichts bewirken. Robert wusste das. Ganz gleich, wie groß seine Verzweiflung war. Er musste sich auf einen ganz anderen Ort konzentrieren.

Lorys Anruf vor einer Stunde hatte nichts Neues gebracht, auch wenn Robert bei der Information über das leere Haus aufatmete. Zwar wurde seine Hoffnung auf die Befreiung seiner Freundin enttäuscht, andererseits überwog die Erleichterung darüber, dass man sie nicht misshandelt oder tot aufgefunden hatte.

Die Schilder flogen vorbei. Albuquerque lag hinter ihm. Das Asphaltdoppelband der Interstate 25 vor ihm zielte genau in Richtung Sonne. Trotzdem ließ er die Sonnenblende hochgeklappt, denn der Stand des Himmelskörpers hatte seinen Tageszenit erst vor kurzem überschritten. Das Autodach bot Robert ausreichend Sichtschutz. Das reichte.

Noch zweihundertfünfzig Meilen bis Mexiko zeigte ein Schild – aber Robert hatte seinen Plan genau im Kopf, wusste, dass sein Ziel weiter entfernt lag. Erst in ungefähr dreihundert Meilen würde er den ausgewählten Grenzübergang erreichen. Ciudad Juarez würde er gar nicht durchqueren. Schon weit vorher, bei Las Cruces, wollte er nach Westen abbiegen.

Eintönig zog sich die Fahrt dahin. Als bestünde New Mexiko nur aus hellbraunem, rötlich schimmerndem Sand- und Geröllboden mit spärlichem Strauchbewuchs, verbreitete das Land einen Anblick fast ohne jegliche Abwechslung, auch wenn sich der Rio Grande noch auf den ersten Meilen direkt hinter Albuquerque gegen diesen Eindruck stemmte. Links des Highways sah Robert vereinzelt grüne Flächen. Die Vielzahl der Häuser unterstrich den Ausnahmestatus der Flussnähe, auch wenn Robert den Wasserlauf selbst nie zu Gesicht bekam.

Doch schon bald passte sich auch diese Seite dem allgemeinen Bild an. Robert vermutete den Rio Grande jetzt viel weiter im Osten.

Die Interstate hatte die Nachbarschaft des Flusses verloren. Nur die Bergkette weit in der Ferne zur Linken zeugte davon, dass es noch etwas anderes gab als rotbraune Eintönigkeit.

Zum ersten Mal auf seiner gesamten Reise hörte Robert während einer Fahrt Musik. Rihannas *Rude Boy* erfüllte mit den staccatoartigen »*Boy-Boy*«, »*Boum-Boum*« und »*Wonna-Wonna*« die akustische Welt. Wie der vorwärtspeitschende Schlag eines adrenalingepushten Herzens. Weiter – immer weiter.

»*This is KGRT on air!*«

Lady Gaga trieb Roberts Gedanken weiter. Trotz seiner Anspannung musste er bei der ausgestrahlten Live-Version ihres Songs schmunzeln. Der fast getragene Gesang der Lady zu einer Piano-Begleitung trug ihn in Blues-Feelings. »*Oh-O-Oh, no, he can't read my poker face*«. Robert sang lauthals mit. Ein Stückchen Befreiung aus der Beklemmung.

»*And now – let's roll back! To the roaring seventies!*«

Robert kannte den Song nicht, auch wenn ihm der Gruppenname Iron Butterfly irgendetwas sagte – nur was? »*Easy, easy, easy rider ...*« Andere Bilder entstanden in seinem Kopf. Pferde, und ... Er dachte wieder an Dennis Hopper.

Wieder und wieder marterte er sein Hirn mit der Frage nach Marlies. Wo war sie? Wie ging es ihr? Und – war ihr tatsächlich etwas zugestoßen?

Die Fahrt nahm ihn mit in ein Auf und Ab. Mehrmals ertappte er sich beim Überschreiten der zulässigen Höchstgeschwindigkeit. Aber was würde ein Ticket jetzt bedeuten? Nichts. Er musste sein Ziel schnell erreichen.

Die Bergkette zur Linken rückte näher an den Highway heran. Der Rio Grand erschien als ausgedehnter See dazwischen. Kurz darauf kreuzte die Straße den Fluss. Ein Rinnsal, von Grandeur nichts zu sehen. Offenbar raubte der Stausee dem Wasserlauf seine Lebenskraft.

Bei Las Cruces bog Robert auf die Interstate 10 nach Westen ab. Knapp fünfzig Meilen später wählte er eine Route wieder nach Süden.

Am Abend erreichte er Columbus, eine kleine Grenzstadt. Schnell fand er ein Hotel. Für eine Fortführung seiner Aktion in Mexiko war es für den heutigen Tag zu spät. Die nächsten Stunden sollten wieder unter die Regentschaft der Untätigkeit fallen. Trotzdem empfand Robert so etwas wie Zufriedenheit. Dafür sorgte das Bewusstsein, aktiv die Fäden in die Hand zu nehmen und nicht abzuwarten. Aber hatte er wirklich etwas in der Hand? Er verdrängte die Frage.

Am nächsten Tag brach er früh auf. Nach zehn Minuten erreichte er die Grenzstation. Für den Mietwagen war eine Fahrt nach Mexiko vertraglich ausgeschlossen. Robert wollte kein unnötiges Risiko eingehen und stellte das Auto auf einem Parkplatz gegenüber der Kontrollanlagen ab. Im Hotel hatte man ihm versichert, dass es kein Problem sein sollte, jenseits der Grenze ein Taxi zu finden. Er solle nur auf den Fahrpreis achten, sagte ihm die Dame im Büro grinsend. Mexikanische Taxifahrer nähmen gern einen Zuschlag von unwissenden Touristen – aber das sei ja in den Staaten auch nicht anders.
Zu Fuß passierte er die Kontrolle, die nur durch Mexikaner erfolgte und nicht intensiv war. Formlos. Auf der anderen Seite kam ihm Puerto Palomas, so der Name des Ortes, zunächst nicht anders vor als ein beliebiges US-Nest. Ein herausgeputzter Drogeriemarkt, ein Liquor Shop, Restaurantreklamen – alles wie gewohnt. Ein Taxi fand sich tatsächlich schnell, das einzige, das auf dem kleinen Platz stand. Robert handelte wie empfohlen erst die genauen Fahrtbedingungen aus. Dann stieg er ein. Die Stadt präsentierte sich farbenfroh: eine Casa de Pancho Villa in grellem Pink, bunte Steinfiguren zum Verkauf, ein knallgrünes Taco-Restaurant, ein braunrotes Motel mit Namen Santa Cruz, Andenken- und Trödel-Shops in weiteren Farben. Das Treiben unterschied den Ort dann doch von einem US-Durchschnittsflecken. Robert glaubte, mehr Menschen auf der Straße zu sehen, im Vergleich zum Norden schon fast ein Gewusel – nun ja, vielleicht etwas übertrieben – aber mehr war hier dennoch los.
Nach wenigen hundert Metern hatte sich das Bild geändert. Straßenverkäufer säumten den Bürgersteig. Zwischen den Steinbauten nahm Robert auch vermehrt Wellblech- und Holzdächer wahr. Er durfte in Mexiko eintauchen. Bald sah er die ersten Wohnbaracken.
Südlich des Ortes war die Welt schlagartig wie ausgestorben. Die gleiche Kargheit und Rauheit wie in den Weiten New Mexicos fingen Robert hier ein. Der Taxifahrer vergewisserte sich noch einmal in gebrochenem Englisch, dass sein Fahrgast auch wirklich wusste, wo er hinwollte.
Auf einem weißen Steinbogen, der sich über die Straße spannte und auf dem zwei Tauben den krönenden Abschluss bildeten, grüßte ein »Feliz Viaje« - Glückliche Reise. Das konnte Robert

gebrauchen. Er hoffte inständig auf ein positives Ende der Ereignisse. Aus der Tasche fingerte er das Handy hervor. Lory hatte sich noch nicht wieder gemeldet. Täte sie es jetzt, würde sie ihn nicht erreichen. Das Display signalisierte ihm ein Funkloch.

Als er wenige Kilometer später nach einem Blick auf sein GPS-Gerät den Fahrer aufforderte, einen Abzweig nach links zu suchen, sah er den prüfenden Griff des Mexikaners zwischen Tür und Sitz. Robert konnte sich vorstellen, was der Mann dort deponiert hatte. Aber genauer wollte er es erst gar nicht wissen.

Die Auswaschungen und Spurtiefen im fast unfahrbaren Gelände schaukelten das Taxi heftig auf. Die Umgebung wies Erhebungen und Tiefen auf, war also nicht bei Weitem mehr so flach wie direkt hinter Puerto Palomas, war aber gut einsehbar. Robert kontrollierte wieder die Daten. Gleich wären sie da. Beinahe. Robert erkannte, dass der Weg in einiger Entfernung an dem Zielpunkt vorbeiführte. Er bat den Fahrer anzuhalten.

Als er ausstieg, blickte der Mexikaner ihn scharf an. Robert verstand. Er zog einige Dollarnoten aus der Hemdtasche, einen Betrag, der ungefähr der bisherigen Fahrtstrecke angemessen war.

»Aber Sie warten bitte. Es dauert nicht lange.«

Mit flauem Gefühl in der Magengegend folgte Robert nun der Wegführung seines Gerätes. Was wäre, wenn das Taxi bei seiner Rückkehr nicht mehr hier wäre? Nebensache. Jetzt ging es um Marlies. Nur um sie.

Der Boden, eine Mischung aus Sand, Geröll und hier und da Fels war fest. Nach geschätzten einhundertundfünfzig Schritten schnitt sich vor ihm ein ausgetrocknetes Flussbett in den Grund. Nicht sehr tief, aber erst auf den letzten Metern zu erkennen. Robert prüfte seine Position. Er hatte das Ziel erreicht.

Er blickte sich um, konnte nichts Auffälliges entdecken. Mit vorsichtigen Schritten stieg er hinab. Er suchte, ging in jede Richtung dieses Creeks zweihundert Schritte oder mehr. Dabei achtete er peinlichst darauf, ob er Fußspuren entdecken konnte. Aber er entdeckte nichts Verdächtiges. Er wusste nicht einmal, ob er überhaupt in der Lage wäre, einen frischen Sohlenabdruck zu erkennen, denn er kannte sich mit den Bedingungen in einer solchen Gegend nicht aus. Zuhause, auf einer Wiese oder einem feuchten Waldboden, könnte er das sicher. Aber hier? Er schaute sich um, probierte sich an seiner eigenen Spur. Vergeblich. Er registrierte seine diesbezügliche Unfähigkeit. Wann auch immer hier ein Mensch gelaufen war, er könnte es nicht bestimmen.

Es war eine Schnapsidee gewesen, hierherzufahren. Robert wusste es jetzt. Er ahnte, dass er vielleicht woanders mehr gebraucht würde.

Frustriert kehrte er zurück. Er atmete erleichtert auf, als er das Taxi schon nach seinem Aufstieg aus dem Creek sehen konnte.

»Zurück.«

Eine halbe Stunde später überquerte er wieder die Grenze, doch dieses Mal in einer deutlich längeren Prozedur. Die amerikanischen Beamten führten ihre Arbeit gründlich durch, mit allen vorschriftsmäßigen Checkpunkten. Obwohl er offensichtlich weder Tragetasche noch Rucksack oder ähnliche mitführte, fragte man ihn nach Früchten, Fleisch und anderen Mitbringsel. Robert musste trotz seiner miesen Stimmung ein Lächeln unterdrücken. Bei naiven Fragen nach Drogen lacht man nicht. Nach zehn Minuten war er durch.

Niedergeschlagen kehrte er ins Hotel zurück. Das Glück, nichts Schlimmes entdeckt zu haben, wog das Unglück, keine Spur von Marlies zu kennen, nicht auf. Robert wollte wissen, woran er war. Wo um Himmels Willen steckte sie?

Erschöpft fiel er aufs Bett, wobei die Kraftlosigkeit nicht aus einer Anstrengung resultierte, sondern von seinen Gedankengängen verursacht worden war. Die Leere in ihm forderte ihren Tribut. Jetzt direkt zurückzufahren wäre keine gute Idee. Er brauchte Schlaf. Selbst wenn er heute noch in Arroyo Hondo eintreffen sollte, so wäre das spät in der Nacht und er könnte doch nichts tun. Es gab nichts zu tun.

Das Telefon schreckte ihn aus dem Mittagsschlaf auf. Lory.

»Sie haben John. Gestern Abend.«

»Wow! Wo?«

»Albuquerque.«

»Und Marlies?«

»Sorry, Sweatheart ... Keine Spur.«

»Scheiße! Was ist ... was sagt John?«

»Er brach förmlich zusammen, als sie ihn mit den Indizien konfrontierte. Ganz eigenartig. Dabei ist doch gar nichts bewiesen.«

»Warum meldest du dich erst jetzt?«

»Ich weiß es erst seit einigen Minuten.«

»Neil?«

»Yep. Aber ... es kommt schlimmer.«

Robert fuhr der Schock in die Glieder.

»Oh Gott! Was?«

»John ist ... er ist tot.«

»Was?! Jetzt – jetzt fehlt jeder Hinweis und er ist ...«
»Neil war außer sich vor Zorn.«
»Woran ist er ...?«
»Atemlähmung. Wahrscheinlich Gift. Neil sagte – aber wirklich ganz im Vertrauen, hörst du? Also er sagte, dass so etwas nie passieren dürfte. Festgenommene werden durchsucht. Bei John müssen sie etwas übersehen haben.«
»Ich ... ich fass es nicht. – Und jetzt? Was sollen wir tun?«
Robert erschrak über seine eigene Verzweiflung.
»Es gibt einen – ähm, Lichtblick will ich es nicht nennen - einen Strohhalm. Neil ahnte ja wohl seit unserer Vermisstenmeldung, dass meine Anfrage nach den alten Fällen nicht so unschuldig war, wie ich vorgegeben habe. Ein feiner Kerl. Deswegen rief er mich heute an. Wie gesagt – wir, du und ich, wir wissen davon nichts, verstanden? Also, sie haben das Navi, das im Lieferwagen auf dem Armaturenbrett lag, untersucht und ausgelesen. Sie habe Tracks oder sowas Ähnliches ...«
»Ja, Tracks. Das kenn ich. Ja?«
»Sie haben diese Tracks ausgewertet. John war vorgestern in der Nacht an jenem Punkt, unserem Koordinaten-Punkt. Zwar nicht exakt, aber wohl auf zweihundert Fuß genau«
»Oh Mann!«
»Nur weil diese Stelle in Mexiko liegt, hat Neil mich informiert. Er selbst könnte nicht so schnell reagieren, zumal er nicht zuständig sei. Die Kollegen ... Okay. Mit Mexiko sei das nicht so einfach. Er hat mitgedacht. – Wie sieht es bei dir aus?«
»Ich war schon dort. Habe aber nichts entdecken können. Aber – wenn der innerhalb der letzten achtundvierzig Stunden hier war, dann muss dort etwas sein. Das gibt es doch nicht!«
»Du warst schon ... Shit. Ich hatte gehofft, dass wir dort fündig werden. – Im positiven Sinne, meine ich natürlich.«
»Ich fahre nochmal raus. Dann muss ich genauer suchen. Okay?«
»Klar. Wenn du ...«
»Ich bin schon weg. Ich melde mich.«
Zwar stand die Verbindung noch, aber er hatte schon seine Schlüssel gegriffen und eilte zur Tür hinaus. Eine Minute später fuhr er wieder nach Süden.

2010 - La Güera

Der Taxifahrer kannte das Prozedere schon. Robert fragte sich, wie viele Cabs es denn in Pueblo Palomas tatsächlich gäbe, obwohl er froh war, dass eine der beiden Taxen jene vom Vormittag war. Das ersparte erneutes Verhandeln und Erklären.

Und Zweifel, wie er sich jetzt eingestand, als er zum Creek hinüberging. Der Fahrer würde warten. Dieses Mal war Robert sich sicher. Sie konnten sich aufeinander verlassen.

Auch wenn er nicht wusste, was er jetzt anders machen sollte als vor wenigen Stunden, stieg er mit einem hoffnungsvolleren Gefühl in das Flussbett. In diesem Augenblick konnte er mit Sicherheit davon ausgehen, dass hier in der Wüste etwas Bestimmtes sein musste, das mit Marlies' Verschwinden zu tun hatte. Aber was?

Stückchen für Stückchen bröselte seine Überzeugung jedoch, als er auf dem trockenen Grund stand. Was hatte er heute Vormittag übersehen? Er fand es nicht. Die Böschungen schienen von Menschenhand unberührt, nirgends eine Vertiefung oder Höhle. Eintönigkeit im Säuseln des Windes.

Er erinnerte sich an Lorys Ergänzung zu den Koordinaten. Im Umkreis von zweihundert Fuß hatte das Auto seine Position erreicht. Eine mögliche solche Stelle kannte er. Dort stand das Taxi. Er suchte sicherheitshalber das Gelände auch in die anderen Himmelsrichtungen ab. Aber es gab keine andere Stelle, wo ein Auto hätte langfahren können. Johns Van musste genau dort gestanden haben, wo jetzt das Taxi stand.

Nochmals suchte er in dem Areal. Nichts. Was jetzt?

Er nahm die Gestalt nur im Augenwinkel wahr. Mit einer ruckartigen Bewegung drehte er den Kopf. Einige zig Schritte entfernt stand ein Indianer im Flussbett, den Körper trotz der hohen Temperatur in eine Decke gehüllt. Das überschulterlange, schlohweiße Haar tanzte leicht in dem Luftzug. Wo war der jetzt hergekommen? Robert hätte ihn schon früher sehen müssen, da war er sich ziemlich sicher.

Mit langsamen, majestätischen Schritten näherte sich der Mann. Robert blinzelte gegen die Sonne, konnte erste Feinheiten in dem matt-braunen Gesicht erkennen. Die Gestalt war nur noch drei Schritte entfernt. Sie blieb stehen.

»Robert?«

Es traf den Deutschen wie ein Schlag. Gleichzeitig prasselten viele durch dieses eine Wort aufgeworfene Fragen in seinen Gedanken aufeinander, als hämmerte ein unbändiger Hagelschauer ohne Unterlass auf ein Plastikdach. Robert? Woher kannte der seinen Namen? Was wollte er von ihm? Immerhin klang die Stimme nicht aggressiv, fast weich. Aber das machte alles keinen Sinn. Noch frappierender: Wieso betonte der überhaupt seinen Namen mit einer langgezogenen ersten Silbe? Jedermann hier in Nordamerika sprach die erste Silbe kurz, wie es im anglo-amerikanischen Sprachraum bei diesem Namen üblich war. Robbert. Nur eben Marlies nicht. Sie kam aus demselben Sprachraum wie er. Marlies?

»Ja?« In seiner Sprachverwirrung antwortete er in Deutsch – als Frage.

Der Indianer blickte ihn stumm an. Mehrere Augenblicke verstrichen. Dann nickte er kurz und forderte in Englisch auf:

»Folge mir. – Und schicke das Taxi weg.«

Robert kämpfte mit sich, ob er der Aufforderung nachkommen sollte. Er schaute den Indianer eindringlich gegen das gleißende Sonnenlicht an, wurde aber dadurch nicht schlauer. Andererseits sah er keine Alternative. Er fand hier ja doch nichts. Oder halt – er hat den Indianer gefunden. Sein einziges Ergebnis, und doch hatte er jetzt mehr in den Händen als am Vormittag. War das ein Erfolg? Wenn es eine Chance bedeutete, Marlies zu finden, musste er sich darauf einlassen.

»Okay.«

Er stieg hinauf, ging zum Taxi, entlohnte den Fahrer und ließ sich eine abgegriffene Visitenkarte geben. Besser als nichts, falls er Hilfe oder eine Rückfahrt brauchte.

Das Taxi wirbelte Staub auf, als es sich entfernte. Robert drehte ab und folgte dem Indianer stumm durch die karge Wüstenlandschaft. Der Einheimische ging vorweg, sah sich nicht um, sprach nicht. Nach einer halben Stunde kamen Robert erste Zweifel. Er konnte nicht einschätzen, wohin der andere ihn führte. In jedem Fall nicht in Richtung der Straße. Zweifel stiegen in ihm auf. Wie konnte er nur so dumm sein, den Fahrer fortzuschicken? Hätte das Taxi sie beide nicht besser transportieren können? Er hatte sich in die Obhut eines Fremden begeben, eines absolut Unbekannten, nur getrieben von der Hoffnung, eine Spur von Marlies zu finden. Welch ein Leichtsinn. Könnte er alleine überhaupt aus der Wüste hinausfinden?

Der Indianer führte ihn immer weiter von der Straße weg. Das Gelände wurde noch unebener. Das hatte Robert bei seinem Blick aus dem Taxi in die Landschaft nie vermutet. Alles schien doch so relativ eben. Er suchte die Gegend nach anderen Menschen ab. Aber sie wanderten hier in einer gottverlassenen Einöde. Kein Haus, keine Fahrzeuge, keine Strom- oder Telefonleitungen, kein Mensch. Wer hier verlorenging würde erst recht nicht gefunden.

Nach mehr als einer halben Stunde erreichten sie eine Mulde, in deren Senke ein Bretterverschlag an den Rand des Hanges gebaut war. Sie stiegen hinunter. Der Indianer öffnete die Tür. Innen schien alles dunkel. Robert konnte beim Hineinschauen nichts erkennen. Er zögerte. Warum sollte er dem Mann in die Finsternis folgen? Was ging darin vor?

Der Indianer sah ihn an und lächelte. Der Gesichtsausdruck erschien Robert warmherzig und offen. Sein Misstrauen verflog – zumindest zum Teil. Langsam folgte er ihm ins Innere. Als der Indianer ein Licht entzündet hatte, erkannte Robert Einzelheiten. Ein Tisch, vier Stühle, eine Feuerstelle mit zwei Töpfen, Indianerschmuck an den Wänden. Es duftete nach Kräutern und Gewürzen. Drei Türen an der Rückwand sowie die Größe des Zimmers selbst ließen keinen Zweifel daran, dass die Räumlichkeiten sich in den Hang hinein fortsetzten. Dieses Haus war deutlich größer als es von außen den Anschein hatte.

Das Gesicht des Indianers wirkte im flackernden Lichtschein viel weicher, gar anmutiger als draußen in der grellen Sonne. Als er seine Decke ablegte, war für Robert die Überraschung perfekt, auch wenn sich in den letzten Momenten eine Ahnung herausgebildet hatte. Der Indianer war eine Frau. Ihr Alter konnte er nicht wirklich schätzen, daran hatte sich nichts geändert. Sie mochte gut und gerne siebzig Jahre alt sein, vielleicht auch achtzig, oder doch jünger? Robert konnte mit den Spuren in ihrem Gesicht, welche die Natur dort hinterlassen hatte, nichts anfangen. Ihre Hände hatten eine schlanke, grazile und doch sehnige Form. Die dünnen Beine – umfangreich konnten sie keinesfalls sein, wie Robert aus der Erscheinung der schmalen Hüfte schloss – steckten in einer hellbraunen Leinenhose. Eine fast weiße, leichte Bluse umschloss ihren Oberkörper und ließ flache Brüste erahnen. Das Gesicht wies keine der typischen, wie Robert es sich formulierte ›aztekischen‹ Merkmale auf. Die Nase war schmal und gradlinig, den Lidern fehlte der Hauch des Indio-Schnitts, die Augen waren – blau.

»Setz dich.«

Sie schöpfte aus einem Krug Wasser, füllte zwei Becher und reichte Robert einen.

»Es geht ihr gut.«

Robert musste sich sammeln, alles verarbeiten. Keine Frage, die Indianerin sprach von Marlies, da war er sich sicher.

»Wo ist sie?«

»Nebenan. Ich denke, sie schläft noch. Ruhe braucht sie.«

»Ruhe?«

»Sie liegt. Und so sollte es auch bleiben.«

»Ich verstehe nicht.«

»Es wäre nicht gut für sie, jetzt von hier zu verschwinden. – Komm.«

Sie führte Robert in einen Nebenraum. Im Schein einer schwachen Petroleumlampe sah er Marlies in einem Bett. Sie hatte die Augen geschlossen, aber ob sie wirklich schlief, konnte er nicht sagen. Sie lag auf dem Rücken unter einer dünnen Decke. Robert stand vor dem Bett und schaute sie glücklich an. Ihr blondes Haar sauber gekämmt, die freien Schultern und nackten Arme deuteten darauf hin, dass sie nicht oder nur spärlich bekleidet war. Ihre Haut wies eine Vielzahl blau unterlaufener Flecke auf. Sein Blick fiel auf die Spritze in einer Ablage. Er sah die Indianerin an, doch diese reagierte mit keinem Zucken.

Er setzte sich auf die Bettkante und berührte zärtlich mit der Hand Marlies' Wange. Sie öffnete die Augen, doch nur einen Spalt breit.

»Robert.«

Er erschrak bei dem schwachen, heiseren Klang ihrer Stimme. Doch ihr Lachen war Belohnung genug für alle Aufregung und Hektik. Er hielt ihre Hand, sagte nichts, strahlte nur. Mehrere Augenblicke lang.

»Was hat sie?«

Die Indianerin antwortete nicht. Stattdessen reichte sie Marlies einen Becher mit einer Flüssigkeit.

»Trink.«

Robert spürte einen fast beißenden Geruch nach Zwiebel und anderen Gewürzen oder Kräutern in der Nase. Langsam nahm Marlies Schluck für Schluck in einer Position, die dem Liegen näher war als dem Sitzen.

»Komm«, sagte die Alte und führte ihn wieder hinaus, als der Becher geleert war. »Sie braucht noch Ruhe.«

»Was hat sie? Ist sie verletzt?«

»Nein. Zumindest keine äußerlichen Verletzungen. Und den Rest päppele ich jetzt wieder auf. – Ach, man nennt mich La Güera. Entschuldige, dass ich mich noch nicht vorgestellt habe.«

Robert setzte sich. Die Alte stand an einem Wandtisch und schnitt mit einem Messer getrocknete Pflanzen klein.

»Wie hast du mich gefunden? Woher wusstest du, dass ich Robert bin? Ich nehme an, du kanntest den Namen von Marlies.«

»So ist es. Ich sah dich, und ich wusste es.«

»Wie – du wusstest?«

»Ich wusste es. Das kommt vom Wort ›wissen‹.«

Sie grinste in einer überlegenen Manier, als müsste Robert das jetzt verstehen. Er fand darauf aber keinen Reim. Es war auch unwichtig, jetzt, hier bei Marlies.

»Wo sind ihre Sachen?«

Sie unterbrach ihre Arbeit nur kurz und schüttelte den Kopf.

» Sie war – nackt.«

Robert zog einen tiefen Atemzug ein. Er malte sich aus, was Marlies widerfahren sein könnte. Er schaute auf seine Armbanduhr und versuchte abzuschätzen, wann sie im Hotel sein könnten.

»Und wie soll ich sie mitnehmen? Ich möchte so schnell wie möglich mit ihr los.«

»Ich werde ihr Kleidungsstücke von mir geben. Aber das Mitnehmen, lieber Robert, wird noch nicht gehen.«

Was meinte sie?

»Was ... was ist ihr zugestoßen?«

La Güera schaute ihn an, keinerlei Regung in ihrem Gesicht.

»Ich kann es dir zur Vorgeschichte nicht sagen. Ich fand sie dort, wo du sie suchtest.«

Mit einem Stein als Mörser zerrieb sie die Pflanzenstücke. Robert beobachtete ihre Handgriffe.

»Was hast du ihr zu trinken gegeben?«

»Eine Medizin.»

»Und die Spritze?«

La Güera sieht ihn an, doch nicht so stoisch wie bisher, sondern mit einem Anflug von Ärger.

»Auch für eine Medizin.«

»Wogegen? Oder wofür?«

»Rattengift.«

»Du spritzt ihr - Rattengift?«

Er war aufgesprungen. Sie zieht eine Augenbraue ganz leicht hoch, schüttelt sanft den Kopf.

»*Gegen* Rattengift. Was stellst du dir hier eigentlich vor?«

»Rattengift? Bist du sicher? Wie kommst du darauf?«

»Ich weiß es.«

»Du ...?«

Er unterdrückte seine Frage, dachte an ihre vorherige Betonung von ›wissen‹. Sie blickte ihn kurz an und wandte sich wortlos wieder ihrer Arbeit zu. Robert setzte sich zurück auf den Stuhl. Er starrte gegen die Wand, sortierte seine Gedankenfragmente.

Was war geschehen? Rattengift? Nackt?

»Bewusstlos von Rattengift?«

»Nein. Das hatte eine andere Ursache. Aber da muss ich nichts mehr behandeln. Die Wirkung ließ von allein nach.«

»Was kannst du mir noch erzählen? Wie ging es ihr, als du sie gefunden hast?«

Sie antwortete nicht, sondern konzentriere sich auf ihre Handgriffe. Sie gab von den geriebenen Pflanzen etwas Pulver in zwei frische Becher und füllte aus dem anderen Topf noch ganz leicht dampfendes Wasser hinein. Mit den Tassen kam sie an den Tisch und stellte eine vor Robert.

»Hier, trink. Alles.«

Er stutzte. Er hatte keinen Durst. Sie wartete. Was sollte das?

»Trink.«

Sie wartete, bis Robert angesetzt hatte, dann führte sie ihren Becher zum Mund. Robert zog es die Kiefermuskulatur zusammen. Brrrraah, was für ein ekelhaftes Gesöff. Er blickte in ihre kontrollierenden Augen und schluckte weiter. Bitter, im Geschmack sogar wie Schimmel. Nach vier Schlucken hatte er dennoch das Gefäß geleert. Auch La Güera setzte ab.

»Wir warten. Dauert nicht lange.«

Robert spürte seinen Magen, der sich gerade verknotete, wenn seine Gefühle ihn nicht täuschten. Der Kampf unter seinem Zwerchfell tobte heftig. Was hatte sie ihm da gegeben? Erste Panik erfasste ihn. Wärme breitete sich aus, vom Bauch über den Brustkorb nach oben. Die Welle erreichte seinen Hals. Das Bild vor ihm verschwamm. La Güeras Konturen zerflossen in dem Licht, das in Roberts Wahrnehmung vor ihm tanzte. Es wurde heller, überstrahlte bald alles, was Robert wenige Minuten zuvor noch im Hintergrund hatte erkennen können.

Statt Krämpfen im Bauch übernahm eine Leichtigkeit das Regiment in ihm. Er fühlte seinen Körper nicht mehr, meinte gar, ihn zu verlassen. Er war in einen Zustand eingetaucht, von dem er hinterher nicht sagen konnte, ob er komplett geträumt hatte oder seine Halluzinationen La Güeras Schilderungen direkt in wirre Empfindungen gewandelt hatten.

In dem Lichtzentrum vor ihm tauchte Marlies auf. Sie lag in dem Bett, an dem er eben gestanden hatte. Schweißperlen standen auf ihrer Stirn. Sie bewegte die Lippen. Und obwohl Robert sich sicher war, jetzt nur ein Bild zu sehen, hörte er ihre gehauchten Worte.

»Robert ... komm! – Schnell!«

Er wollte antworten, doch die Erscheinung verschwand wieder. Das Zentrum des Lichtes verdunkelte sich.

Nacht. Ein Lieferwagen hielt an, Johns Van. Der Fahrer stieg aus und öffnete die Hecktür. Langsam zog er einen Körper heraus. Marlies, nackt. Er schulterte sie und ging ins Gelände. Als er sie unsanft auf dem Wüstenboden abgelegt hatte, öffnete er den Bund seiner Hose. Die Bewegungen, die er jetzt über dem Mädchen praktizierte, ließen keinen Zweifel – John onanierte.

Obwohl die Szenerie weit weg erschien, konnte Robert das Stöhnen hören. Nach eine Minute war das Schauspiel vorbei. John ging zurück, warf die Hecktür zu und begab sich zur Fahrerseite. Ein Schatten versperrte für einen Augenblick den freien Blick. John schrie auf. Als die Sicht nicht mehr verstellt war, sah Robert, wie John sich den linken Oberarm hielt. Blut floss zwischen den Fingern der rechten Hand, welche die Wunde abdeckte.

»Verdammtes Biest!«, brüllte Randerak.

Dann hastete er in den Van, verriegelte die Tür von innen und fuhr davon.

Im Staub der Wüste lag der nackte Körper.

Das Bild verschwamm. In seiner Leichtigkeit fühlte Robert die Weite des Universums. Eine Empfindung, die er später nur als Glück beschreiben konnte. Schwerelose Unendlichkeit. Und er verspürte noch etwas: die Präsenz eines anderen Menschen, den er nicht sehen könnte.

Er spürte seinen Magen wieder. Das Krampfen war in abgeschwächter Form wieder da. Er öffnete die Augen. Ihm war nicht bewusst, dass er sie länger geschlossen hatte. Vor ihm saß La Güera und lächelte.

»Alles okay?«

Robert wusste weder, was er antworten sollte, noch, worauf sie anspielte. Er nickte stumm.

»Sind ein paar Fragen beantwortet?«

Er bejahte wieder wortlos. Was ging hier ab? Unruhe packte ihn Er wollte so schnell wie möglich mit Marlies zurück. Sie konnte nicht?

Er blickte auf die Uhr. Über eine Stunde? Roberts Konfusion ließ ihn den Magen vergessen. Seit seinem letzten Blick auf die Uhr waren über siebzig Minuten vergangen. Wie konnte das sein?

»Geht es dir besser?«

Die Frage verwirrte. Es war ihm nicht schlecht gegangen. Besser? Sein Magen hatte sich beruhigt. War es das, was La Güera meinte?

Aber die Krämpfe hatte sie mit ihrem Gesöff doch selbst verursacht. Vorher war es ihm besser gegangen. Wirklich? Er verspürte noch immer die neue Leichtigkeit. Eigenartig – er wusste und sah, dass er hier saß, und doch sagte ihm sein Körper, dass er schwebte. Ein Gefühl, dass tatsächlich Ruhe und Ausgeglichenheit ausstrahlte.

»Ja. Besser.«

Als brauchte er seine eigene Antwort, um diesen Zustand zu akzeptieren. Alles erschien ihm leicht. Die Sorge um Marlies war einem Optimismus gewichen, dessen Ursache er nicht benennen konnte. Alles würde gut.

»So soll es sein. – Du kannst gern hierbleiben. Ich denke, dass Marlies morgen schon so weit ist, mit dir zurückzufahren. Vielleicht auch erst übermorgen.«

Robert überlegte einen Moment lang. So sehr er auch in ihrer Nähe sein wollte, so stark meldete sich seine Vernunft.

»Nein, danke. Ich bereite in Columbus alles für die Abreise vor. Und – danke für das andere Angebot – ich besorge die wichtigsten Kleidungsstücke.«

La Güera schloss als Ausdruck der Zustimmung ihre Augen für einen deutlichen Augenblick. Eine Viertelstunde später führte sie ihn durch die Wüste. Nach einer Dreiviertelstunde erreichten sie die Straße. Robert zückte das Telefon – ja, er hatte ein Netz. Er rief die Nummer von der Visitenkarte an und beschrieb mit La Güeras Hilfe die Stelle, wo er auf das Taxi wartete. Die Alte verabschiedete ihn mit dem Hinweis, genau hierher zurückzukommen. Sie würde ihn dann inklusive Auto näher an das Haus lotsen.

Zum zweiten Mal an diesem Tag durchlief Robert die US-Einreiseprozedur. Bei der Frage nach den Drogen hoffte er, dass man seine Beklemmung nicht bemerkte. Noch an diesem Abend kaufte er Kleidungsstücke für Marlies und hoffte, dass er mit seinen Größenschätzungen nicht komplett danebenlag.

Er verspürte Freude und Stolz, für sie sorgen zu dürfen.

2010 – Abschied

»Du weißt echt nicht mehr, was geschehen ist?«

Robert stellte endlich die Frage, die ihm unter den Nägeln brannte. Direkt nach Fahrantritt hatte er Marlies damit nicht überfallen wollen. Jetzt lagen über fünfzig Meilen hinter ihnen.

Marlies hatte ihren kurzen Schlaf beendet. Ihr waren die Augen zugefallen, kaum dass sie Columbus durchfahren hatten.

»Was hauptsächlich passierte, weiß ich nicht.«

»Woran kannst du dich denn erinnern?«

»Ich wollte los, hatte die Pension gerade verlassen. John stand vor seinem Van und lud mich auf einen kurzen Schwatz ein. Ich hatte ja keine Eile. So akzeptierte ich seinen Kaffee. Nach zwei oder drei Schlucken erfasste mich auf einmal ein eigenartiges Gefühl. Geräusche drangen nur noch dumpf an mich. Ich fühlte mich im wahrsten Sinne benebelt. John gab mir Kommandos, die mir unsinnig vorkamen, trotzdem folgte ich ihnen. Er sagte, ...«

Sie stockte einen Moment lang.

»... ich solle den Boden küssen – und ich küsste ihn. Ich konnte nichts dagegen tun. Auch nicht bei seinen anderen verrückten Befehle wie ›Reiß deine Augen auf!‹ oder ›Bell wie ein Hund!‹. Er stellte mir eine undurchsichtige Brühe hin. Ich sollte das essen. Es schmeckte ekelig. Aber ich musste folgen. Dann kam sein Wunsch, ich solle meine Schuhe ausziehen. Dann meine Hose. Dann ... dann weiß ich nicht mehr. Ab da ist alles weg.«

»Alles?«

»Ja. Das erste, an das ich dann wieder Erinnerung habe, ist der Blick an die Holzdecke über dem Bett. Und an La Güera.«

»So ein Scheißkerl!«

Sie schaute zu ihm herüber und schob ihre Hand über seine rechte, die er auf dem Automatikhebel ruhen hatte.

»Es ist schön, unendlich schön, dass du mich gesucht hast. Ich ... ich kann es noch immer nicht fassen. Mexiko. Über fünfhundert Kilometer weit weg von Taos.«

»Sogar eine Menge mehr.«

Sie lachte ihn an.

»Danke.«

Sie brauchte nicht mehr zu sagen. Robert hatte zu ihr geschaut und ihre Augen gesehen. Ihr Blick sagte mehr als tausend Dankeschön. Er hätte jetzt mit ihr bis ans Ende der Welt fahren wollen – wenn die Straße nur weit genug führte.

»Weißt du, ob sie John schon suchen? Oder kommt der ungestraft davon?«

Schlagartig wurde Robert klar, dass er noch kein einziges Wort mit ihr über Randerak gewechselt hatte – weder in Mexiko noch auf der Fahrt.

»Er ... er lebt nicht mehr.«

»Was?!«

»Yep. Sie haben nach ihm gefahndet, ihn auch geschnappt. In der Zelle hat er sich umgebracht.«

»Ach du Scheiße!«

»Das Ganze hat eine lange Geschichte. Du warst nämlich nicht die Erste. Die anderen hatten nicht so viel Glück wie du – und damit ich. Zwei Tote fand man vor vielen Jahren dort, wo La Güera dich gerettet hat.«

Marlies starrte nach vorn, sagte nichts. Was mochte jetzt in ihrem Kopf vor sich gehen? Dachte sie an die anderen Opfer? Oder daran, was mit ihr ohne La Güera geschehen wäre? Sie schwiegen. Robert stellte das Radio an.

»This is KGRT on air!«

Ein Oldie ertönte. Eine Melodie, die auch Robert gut kannte.

»If you're goin' to San Francisco ...«

Er summte mit. Als er seinen Kopf zu Marlies drehte, fiel sein Blick auch auf die Plastiktüte hinter dem Beifahrersitz. Die Verabschiedung von La Güera war herzlich gewesen. Welch intensives Gefühl der Vertrautheit nach nur einem Tag! Und Dankbarkeit. Robert hatte nicht in Worte fassen können, wie sehr er sich in ihrer Schuld sah. Ohne die Alte hätte Marlies nicht überlebt, wenn die Diagnose mit dem Rattengift stimmte. Er hatte keinen Grund, an La Güeras Einschätzung zu zweifeln. Hernandez - Robert kannte jetzt den Vornamen des Taxifahrers – hatte in der Früh am Grenzübergang auf seinen Fahrgast gewartet. Als der Mexikaner die beiden später am Grenzübergang abgesetzt hatte, war in Robert ein mulmiges Gefühl aufgestiegen, als er mit Marlies im Arm und den von La Güera mitgegebenen Flaschen in der Tüte zur US-Einwanderung ging. Er wusste ja nicht genau, aus was die Zusammensetzung bestand. Würden die Beamten die Inhaltsstoffe kontrollieren? Marlies benötigte den Heiltrunk in den nächsten Tagen noch. Nervös hatte ihn auch die kleine Dose mit dem Pflanzenpulver gemacht. Der Beamten hatte dann tatsächlich einen Blick in die Tüte geworfen, die beiden nach den Standardfragen und der Passkontrolle mit elektronischem Identitätscheck aber passieren lassen.

Die weitere Fahrt verlief schweigsam. Schnell erreichte er Hatch, wo er auf die Interstate 25 auffuhr. Er hatte den direkten Weg über einen kleineren Highway gewählt, umging so Las Cruces und sparte einiges an Zeit ein. Marlies fiel mehrmals in einen jeweils kurzen Schlaf. *Soll sie sich ausruhen*, dachte Robert.

Am frühen Abend erreichten sie Arroyo Hondo. Ein eigenartiges Gefühl in dem fremden Land: sie kamen nach Hause.

Am nächsten Tag überraschte Marlies ihn mit dem Entschluss, ihre Reise abzubrechen. Obwohl Robert verstand, dass ein Reiseende sinnvoll war, denn Marlies benötigte Ruhe und auch eine regelmäßige ärztliche Kontrolle ihres Vitaminmangels, hatte er sich trotzdem innerlich dagegen gewehrt. Er empfand das als einen Entschluss gegen ihn. Da halfen auch ihre tröstenden Worte nicht.

»Ich werde auf dich warten.«

Ihr trauriger Blick, als sie dies sagte, zeugte von dem Kummer, den auch sie verspürte.

Roberts Bemühungen, für sich selbst eine Buchung auf denselben Flieger zu bekommen, schlugen fehl. Er wusste auch, dass das jetzt eine übertriebene Hektik war. Sie hatten zunächst getrennte Ziele – ob er das wahrhaben wollte oder nicht.

Sie besuchten Lory. Die Fotografin umarmte die beiden überschwänglich, als schlösse sie, die nie Kinder hatte, ihre eigenen in die Arme.

»Ihr könnt euch gar nicht vorstellen, wie glücklich ich bin.«

Haarklein wollte sie alles wissen. Eine unglaubliche Geschichte. Immer wieder blieb ihr Blick lange an Marlies hängen. Sie lachten. Unbekümmertheit machte sich wieder breit.

»Hast du noch irgendetwas zu John erfahren?«

»Oh, Robert, nicht mehr, als ich dir schon am Telefon sagte. Heute Morgen sprach ich noch einmal mit Neil. Ist ja eine treue Seele, der Typ.«

Ihr Lachen nahm verschmitzte Züge an.

»Also nichts Neues?«

»Nein. Sie untersuchen noch, ob John wirklich an einer Vergiftung gestorben ist und wie er das Zeug in die Zelle gebracht hat. Ist jetzt auch egal, oder?«

Es war egal. Sowohl bei Marlies als auch bei Robert heiterte sich die Stimmung auf. Lebensfreude machte sich langsam wieder breit. Lory hatte da ein glückliches Händchen.

Später machte sie noch einige Fotos. Marlies und Robert, Marlies allein, mit der Fernbedienung sie alle drei zusammen.

Abschiedsstimmung.

Schon am nächsten Tag sollte Marlies aufbrechen.

Lory ließ es sich nicht nehmen. Sie wollte Marlies unbedingt selbst in ihrem Toyota die weite Strecke zum Flughafen fahren. Robert ahnte, dass Lory seit Langem keine solche Fahrt mehr unternommen hatte. Sie schien weitaus aufgeregter als Marlies oder er.

Ihm war es trotzdem sehr recht. Das war in jedem Fall besser, als Marlies allein in einem Überlandbus reisen zu lassen.

So standen die drei in Denver vor dem Terminal, als Lorys Handy klingelte. Sie entfernte sich einige Schritte, um ungestört zu reden. Nach zwei Minuten steckte sie das Telefon wieder weg.

»Das war Neil.« Sie lachte. »Er hat – ihr wisst schon, ganz im Vertrauen – das Ergebnis mitgeteilt. Es war wirklich und definitiv eine Vergiftung. In seinem Magen hat man aber nichts gefunden. Nur die Blutanalyse lieferte Hinweise. Seinen Fachausdruck habe ich nicht verstanden. Aber die allgemeine Bezeichnung. Und das macht es noch rätselhafter.«

Sie legte eine Pause ein und genoss die Spannung, die sich in den Gesichtern von Marlies und Robert bildete.

»Curare.«

Robert konnte damit nichts anfangen.

»Und? Das heißt?«

»Ihr kennt euch mit Drogen und Giften wohl nicht so aus wie? Lernt man das heute nicht mehr?«

Sie grinste, als Robert mit den Schultern zuckte.

»Was ist denn daran so Besonderes?«

»John kann das Gift nicht über den Mund eingenommen haben. Man hat im Magen ja auch nichts gefunden. Aber vor allem aber: es wirkt über die Verdauung nicht.«

»Und?«

»Man entdeckte auch nichts, womit er es sich gespritzt haben könnte. Und er wies keinerlei Einstichstellen auf. Schon seltsam. Er kann das Gift aber auch bis zu zwei Tage vor dem Tod aufgenommen haben. Auf jeden Fall wirkt es nur über die Blutbahn.«

Über die Blutbahn – Gedanken verwirrten ihn. Bilder rasten durcheinander. Robert schüttelte sich. Es war ihm egal, wie John gestorben war. Er empfand sogar eine Genugtuung über den Tod. Er erschrak über seine eigene Kälte, dann gewann der Trennungsschmerz wieder Oberhand. Sowohl er als auch Marlies hatten Tränen in den Augen. Sie gab ihm einen innigen, langen Kuss.

»Ich werde auf dich warten. Beeil dich.«

Ihre Hände lösten sich voneinander. Sie verschwand durch den Sicherheitscheck.

2010 - The End

Robert legt den Stein neben die anderen. »Danke Den Den«, in Deutsch mit blauer Farbe gepinselt.

Er ist ihm wichtig, extrem wichtig, wie mir scheint, dieser Besuch am Grab. Zeit haben wir heute genug. Jetzt kenne ich ihn seit zwei Tagen. Seine Schilderungen brachten ihn mir näher – und doch kann ich nicht beurteilen, was ihn in diesem Moment bewegt, bestenfalls erahnen. Der tote Schauspieler scheint eine bedeutsame Rolle in seinen Gedanken und Gefühlen zu spielen. Als verdanke Robert ihm viel. Ich kann nicht nachvollziehen, was.

Ich glaube, er war und ist froh über die Abwechslung, die ich ihm brachte. Ich, die Journalistin aus Kalifornien, die nur auf Grund eines Vierzeilers auf dem Nachrichtenticker hierher nach New Mexiko gekommen ist, um mit ihm über seine Geschichte zu reden. Ich gebe zu, dass ich keine Schlagzeile erzeugen wollte – und auch nicht gefunden habe –, sondern an einer kleinen, bezaubernden Geschichte zweier junger Menschen interessiert war und bin. Ich, eine unverbesserliche Romantikerin. Dass es dabei letztlich auch um die Lebensgefahr für die Niederländerin gegangen ist, spielt nicht die entscheidende Rolle, sondern ist das Salz in der Suppe. Gerne hätte ich auch noch mit Marlies gesprochen, doch sie hat bereits vor vier Tagen die USA über Denver wieder verlassen. Auch ihre Zeitplanung war durch die Ereignisse über den Haufen geworfen worden. Sie brach die Reise ab, wollte ihre vollständige Genesung in der Heimat erleben.

Dass sie sich auf diese Weise so schnell von Robert trennte, stieß dem Jungen bös auf. Und doch lösten ihre Abschiedsworte bei ihm eine Gefühlslawine des Glücks aus. »Ich werde auf dich warten. Beeil dich.« Jedes Mal, wenn er diese Worte in unserem Gespräch zitierte, sah ich die Hoffnung und Sehnsucht in seinem Blick, und sein Lachen zeugte von seinem inneren Schwebezustand.

In den nächsten Wochen werde ich meine Tonaufzeichnungen ausarbeiten und zu Papier bringen. Ein junger Mann aus Europa sucht auf dem Fahrrad seine Freiheit und sich selbst. Er ist sich nicht im Klaren darüber, dass das Verlangen nach Liebe seine wahre Triebfeder ist. ›Triebfeder‹ - welch hübsches Wort in diesem Kontext. Schon der erste Mensch, der ihm auf diesem Kontinent nach seiner Ankunft begegnet, fängt ihn ein, ohne dass er es zunächst merkt. Der Zufall führt die beiden wieder zusammen. Oder war es doch keiner? Die Liebe bricht aus, wie eine plötzliche Epidemie. Ein

Schicksalsschlag, eine Bedrohung von außen, wird zur tödlichen Gefahr. Die geliebte Frau entgleitet dem jungen Mann. Er gibt seiner Reise und damit seinem Leben eine neue Richtung. Er sucht sie und findet die fast Totgeglaubte wieder. Ein neuer Lebensabschnitt beginnt – gemeinsam.

»Wie lange werden wir fahren, Jenny?«

»Zehn oder zwölf Stunden, denke ich. So gegen neun Uhr sollten wir heute Abend in Phoenix ankommen.«

Die Sonne schiebt gerade ihre ersten Strahlen über die Bergrücken. Ein kühler Morgen im frühen August.

Gern hätte ich auch mit jener Lory gesprochen. Doch obwohl sie auch vom Verkauf ihrer Bilder lebt und von daher Menschen an sich heranlassen muss, wollte sie mit mir nicht reden. Sie hasse Journalisten – und in diesem Fall besonders. Verstanden habe ich das nicht, aber Roberts Beschreibungen reichen mir. Ich will ja über ihn schreiben, nicht über nur am Rande Beteiligte. Andererseits – John war auch nur eine Randfigur, aber mit besonderer Bedeutung. Egal. Mit ihm kann ich sowieso nicht mehr sprechen.

Die gemeinsame Fahrt rundet unsere Begegnung ab. Vorbei an Santa Fe, Albuquerque, Holbrook. Der Tag schreitet voran. Robert ist in Gedanken schon weit vorausgeeilt. Er spricht viel über Marlies, die Niederlande, seine Absicht, direkt nach seiner Ankunft zu Hause umzupacken und in Richtung Amsterdam aufzubrechen. Seine Ungeduld erfüllte den Raum in meinem Auto.

Phoenix, sein Ziel, bedeutet für mich keinen Umweg. Wahrscheinlich hätte ich in jedem Fall diese südliche Route gewählt. Ich liebe die Fahrt westlich von Phoenix entlang der mexikanischen Grenze, die ich allerdings nur an ganz wenigen Stellen überhaupt sehen werde. Aber ich weiß, dass sie dort irgendwo ist. Ich meide so den Strom der Pendler zwischen Las Vegas und Los Angeles, in den man auf der nördlichen Route ab Barstow unweigerlich eintaucht, vor allem am Sonntagnachmittag. Ich mag auch den Verkehr um L.A. nicht sonderlich. Vom Pazifik kann ich zwischen Riverside und San Diego sowieso nichts sehen, falls ich nicht die Küstenstraße wähle. Überhaupt – auf der südlichen Route über Phoenix und Yuma bin ich schneller.

Beim Wort ›Mexiko‹ denke ich an mein weiteres Vorgehen. Ich habe die Absicht, mir nach dem Niederschreiben von Roberts Erlebnissen ein eigenes Bild zu machen. Orte, die in meinen Geschichten eine Rolle spielen, selbst in Augenschein zu nehmen, hat schon oft genug ein Bild abgerundet oder auch in Frage gestellt. Örtlichkeiten können sehr aktiv in Handlungen eingreifen, als hätten sie ein eigenes Leben. Das Pueblo und die Dunn Bridge habe ich mir schon gemeinsam mit Robert angeschaut, ebenso die Station in Lamy und das Motel 6. Ich will mit eigenen Augen auch sehen, wo er die Spur zu Marlies fand. Er gab mir die Koordinaten aus dem Polizeibericht. Mit einem GPS-Gerät werde ich schon irgendwie umgehen können, auch wenn ich mich nicht zu den ausgefuchsten Smartphone- und Handheld-Freaks zähle.

Robert schläft, als ich bei Flagstaff auf die Interstate 17 abbiege. Was mag er wohl träumen. Ich versuche mir auszumalen, was in seinem Kopf vorgeht. Ein Bild von Marlies, der reitende Abenteurer Robert, der sie vor dem Banditen rettet? So sähe es wohl in einer meiner Geschichten aus.

Wir tauchen in die Stadt ein. Die I 17 führt mitten durch Phoenix. Leuchtreklamen auf hohen Masten erhellen den Abend. An dem einfachen Motel in der Washington Street halte ich an. Robert wird es morgen nicht sehr weit zum Airport haben, nur etwas mehr als zwei Meilen.

Wir stehen neben dem Auto. Er hat die zwei Packtaschen neben sich auf dem Bürgersteig abgestellt. Die übrigen sind samt Fahrrad schon auf dem Speditionsweg zurück nach Europa. Er benötigt die Sachen in den nächsten Wochen nicht. Vielleicht nie mehr.

Wir sind Fremde – waren es zumindest bis vor zwei Tagen. Umso erstaunlicher erscheint es mir, wie sehr er es mir erlaubt hat, in seine Gefühlswelt einzutauchen. Er sprach offen über das, was ihn bewegt hat. Sind wir noch immer Fremde? Er für mich nicht, ich für ihn sicher. Trotzdem nimmt er mich in den Arm – nicht in einer oft anzutreffenden, Herzlichkeit vorgaukelnden Bussi-Bussi-Umarmung, sondern in einer Intensität, als wäre ich schon seit Langem seine Vertraute. Vielleicht weiß er in diesem Augenblick mehr als ich.

Als ich losfahre, sehe ich ihn im Rückspiegel die Taschen greifen und unter dem Neonlicht ›Office‹ ins Haus verschwinden. In einer Stunde werde auch ich mir eine Bleibe für die Nacht suchen.

Viel Glück, Robert Waldner!

Das Ende?

Auf der Veranda der »Hacienda de Villa«, einem kleinen Motel mit flachem Rezeptionsbau und nur drei im Hof separiert stehenden Übernachtungszimmern in der Größe einzelner Garagen, lässt es sich im Schatten aushalten. Obwohl es noch früh am Tag ist und wir schon späten Oktober haben, treibt mir die Schwüle bereits den Schweiß aus den Poren.

Ich bin gespannt – extrem sogar. Zumindest für mich wird es ein aufregender Tag, da bin ich mir sicher.

Mr. Estevez, der Besitzer, kommt mit zwei Kaffeebechern aus dem Büro, reicht mir einen davon und setzt sich auf den Holzsessel zu meiner Rechten.

»Ich hoffe, Sie lehnen nicht ab, Señora Jones.«

»Nein, ganz im Gegenteil. Danke. Für Kaffee bin ich immer zu haben.«

Vorsichtig schlürfe ich an dem heißen Getränk.

»Es ehrt mich natürlich, dass Sie schon das zweite Mal in so kurzer Zeit bei mir übernachten, Señora. Geschäftlich hier in Columbus?«

»Geschäftlich? Irgendwie ja, Mr. Estevez, aber wohl anders, als Sie meinen. Ich schreibe.«

»Schreiben? Was?«

»Geschichten für Zeitungen, Bücher, Kurzgeschichten für die Veröffentlichung im Internet. Mal dies, mal das.«

»Und jetzt hier auch? Komme ich darin vor?«

Sein breites Lachen gibt den Blick auf seine zwei Zahnlücken frei.

»Wenn Sie es wünschen – mach' ich.« Ich grinse zurück.

»Etwas Spannendes? Ein Krimi?«

»Nein, kein Krimi. Auch wenn am Rande sogar Morde eine Rolle spielen. – Und spannend? Eigentlich nicht, zumindest ist es nicht so gedacht. Genaugenommen geht es nur um eine Reise. – Na ja, *ging* es um eine Reise. Die Geschichte ist eher überraschend als spannend.«

»Aha. Also eine überraschende Story.«

Sein Blick zeigt mir, dass meine Beschreibung ihn irritiert.

»Mag sein, dass Sie Recht haben, Mr. Estevez. Etwas, das weder Krimi noch spannend ist, überrascht den Leser vielleicht nicht. Aber glauben Sie mir – mich als Autorin umso mehr.«

»Sie selbst? Wie soll so etwas gehen?«

Ich nehme noch einen Schluck und denke einen Augenblick lang darüber nach, ob ich ihm etwas erzählen soll. Es spricht nichts dagegen. Ich habe noch fast eine Stunde Zeit. Da tun zehn Minuten Erzählen sicher nicht weh. Warum also nicht?

»Wie ich schon sagte, es ist eine Geschichte über eine Reise. Ich hörte von einem jungen Deutschen, der auf ungewöhnliche Art, nämlich mit dem Fahrrad, durch die Südstaaten fuhr. Und er verliebte sich in ein Mädchen, das er nach einer ersten Begegnung am Tag seines Reisebeginns unerwartet später an einem weit vom Startpunkt entfernten Ort wiedertraf. Die Idee, dass die beiden sich bewusst oder unbewusst gesucht hatten, verursachte schon einen beträchtlichen Teil meiner Faszination. Eines Tages verschwand die junge Frau. Ohne Gepäck, spurlos. Hinweise einer Fotografin auf schon viele Jahre zurück liegende Todesfälle trieben den jungen Mann dann hierher, genauer gesagt in die Gegend dort drüben, jenseits der Grenze, auf der mexikanischen Seite. Tatsächlich konnte er das Mädchen hier ausfindig machen. Er hatte schon das Schlimmste befürchtet und konnte sie dann doch lebend in seine Arme schließen. Durch diese Geschehnisse konnte ein alter Mann überführt werden, der mindestens zwei Morde auf seinem Gewissen hatte, wahrscheinlich sogar drei, eventuell gar mehr. Nachrichten zu diesem Fall machten mich auf die Erlebnisse des Deutschen aufmerksam. Ich eilte mich, reiste nach Taos, traf mich vor seiner Rückreise mit ihm und machte meine umfangreichen Notizen. Das war im August.«

»Aha. Im August. – Aber da waren Sie nicht hier.«

»Stimmt. Da war ich noch nicht hier. Ich zog mich zurück nach Pine Valley und machte mich an die Arbeit zur Geschichte des Robert Waldner, so sein Name.«

»Pine Valley?«

Ich verstehe seinen fragenden Blick.

»Unweit von San Diego. Dort wohne ich. Als ich den ersten Entwurf der Erzählung fertiggestellt hatte, wollte ich die Ereignisse, die hier jenseits der Grenze stattgefunden hatten, mit noch mehr Informationen unterfüttern. Ich musste die Örtlichkeiten sehen, wo Robert seine Suche begonnen hatte. Nicht mehr als Koordinaten in einer fast ebenen, trostlosen Landschaft. Und traf dort überraschend eine ältere Frau, von der ich zwar wusste, dass es sie irgendwo in der Wüste gab, die ich aber nicht wirklich erwartet hatte, wenn ich auch insgeheim auf eine Begegnung gehofft hatte. Sie hatte Robert bei der Rettung des Mädchens geholfen. Wie aus dem Nichts tauchte sie auf. In einer Gegend ohne Baum und Strauch stand sie auf einmal da. Das war im letzten Monat, als ich das erste Mal hier bei Ihnen übernachtete.«

»Und jetzt haben Sie noch mehr Fragen, stimmt's?«

»Ja. Aber anders, als Sie vielleicht meinen. Meine Fragen zu Roberts Reise selbst und dem Auffinden des Mädchens waren schon vor meinem letzten Besuch ausgiebig beantwortet. Robert konnte ja alles haargenau berichten. Es ging mir nur noch um einen optischen Eindruck von der Örtlichkeit und – welch glückliche Fügung – um die Frau in der Wüste. Etwas Geheimnisvolles umgibt sie. Das will ich jetzt genauer ergründen. Es ergab sich bei der Begegnung mit dieser Alten im September ein aufwühlender Nebenaspekt. Etwas Umwerfendes, das manches andere über den Haufen warf. Wie gesagt, ich begegnete der Frau in Mexiko. Auch sie, man nannte sie drüben nur La Güera, die Blonde, hatte eine Geschichte, eine eigene. Ich fiel bei ihrer Schilderung aus allen Wolken. Das vermeintlich Unfassbare, das ich erst bei jenem letzten Besuch erfahren habe, ist, dass sie Roberts Großmutter ist. Ein Mann reist um den halben Erdball und begegnet zufällig und vor allem unwissentlich seiner verschollenen Großmutter. Und dessen nicht genug. Ihr Lebensweg in den Sechzigerjahren hatte direkt etwas mit Roberts Erlebnissen und dem Verschwinden des Mädchens in diesem Jahr zu tun. Eine atemraubende Verzahnung. Die Geschichte, die ich bereits fast fertiggestellt dachte, durfte von mir neu geschrieben und ausgeweitet werden. – Nein, nicht ›durfte‹, sie *musste* ausgedehnt werden.«

»Und jetzt haben Sie noch Fragen zu diesem zweiten Part in der Story.«

»Nein. Genau das eben nicht, auch wenn es auf der Hand zu liegen scheint. Die Geschichte ist tatsächlich schon komplett, jetzt, nach der Überarbeitung. Die Story ist bis auf ein Schlusswort vollständig in einer Rohfassung geschrieben. Robert ist jetzt bei seiner Marlies. Oder sie bei ihm. Die Geschichte der Reise, das Zueinanderfinden der beiden und auch die indirekte Vorgeschichte dazu in den Sechzigerjahren sind zu Ende erzählt. Durch mich hat er zwischenzeitlich auch von La Güeras Identität erfahren. Das war nicht ganz einfach für mich. Ich wusste nicht, ob ich es ihm überhaupt sagen sollte. Er reiste ab, ohne zu ahnen, dass er der Mutter seines verstorbenen Vaters begegnet war. La Güera hatte es ihm nicht offenbart, als er hier war, obwohl sie es wusste.«

»Sie wusste …?«

Ich nicke. Genauso erstaunt wie jetzt Mr. Estevez war auch ich im September, als Cleo es mir sagte.

»Ja, sie besitzt unglaubliche Fähigkeiten. Manche Fragen hat sie mir nicht beantwortet. Es gibt Geheimnisse, die sie wohl für sich behalten will. Ich fürchte auch, dass sie es bereut, mich in das Geheimnis der Verwandtschaft eingeweiht zu haben. Denn sie hätte es lieber gesehen, wenn ich das Wissen für mich behalten hätte. Ich respektiere ihren Wunsch, mit niemandem aus der alten Zeit über ihren Verbleib zu reden. Auch wenn ich denke, dass zumindest Lory, ihre beste Freundin damals, schon ein aufklärendes Gespräch wert gewesen wäre. Ich weiß, wo sie lebt. Aber, wie gesagt, ich respektiere den Wunsch - bis auf eine Ausnahme: ihr Enkel. Bei ihm konnte ich nicht schweigen. Doch ich glaube, sie hat mich verstanden.«

»Sie sagten, sie besitzt unglaubliche Fähigkeiten ...?«

»Ja, wirklich unglaublich. Sie beherrscht Sachen, von deren Unmöglichkeit ich bisher absolut überzeugt war, Meditationstechniken, die Dreh- und Angelpunkte sind. Nur so war es ihr überhaupt möglich gewesen, Marlies, das gesuchte Mädchen, rechtzeitig in der Wüste aufzufinden. Und nur so wusste sie von ihrer eigenen Verbindung zu Robert.«

Mr. Estevez' Blick spricht Bände. Er glaubt meinen letzten Worten nicht. Wie soll ich es ihm verdenken? Für einen Augenblick zögere ich. Doch da ich ihm schon so viel erzählt habe, soll er auch das Wenige, das ich ihm noch erzählen kann, erfahren.

»So wie jetzt Sie so schaute ich wohl auch drein, als La Güera mir Ähnliches andeutete. Ich glaubte ihr nicht. Wir saßen vor ihrer Hütte in einem abgelegenen Tal irgendwo in der Palomas-Wüste. Ich hörte ihr zu, doch ich verstand nicht, wie ein Mensch sich dematerialisieren und die Berge durchsuchen könnte – schwebend wie ein Adler und schnell wie ein Blitz. Aus Pflanzenresten stieß sie ein Pulver, löste es in einem Glas Wasser auf und gab mir zu trinken. Mir wurde speiübel. Während ich mich gerade übergeben wollte, traf mich ein heftiger Stoß in den Rücken, und im nächsten Augenblick schwebte ich hoch über der Wüste. Ich kannte die Gegend nicht, da ich noch nie zuvor hier gewesen war, allerdings entdeckte ich vertraute Stellen, als wir über Columbus kreisten. Hier, dieses Motel, stach mir sofort ins Auge, denn es war mir vertraut. Ich hatte die Nacht zuvor ja hier gewohnt. In der Wüste zeigte sie mir aus der Luft die Stelle, an der sie Marlies entdeckt hatte.«

Für einen Augenblick tauche ich in die Gedanken ab, bin nicht recht bei der Sache. Ich habe an jenem Tag im September zunächst nicht verstanden, was La Güera damit meinte, dass ein Puma und eine Klapperschlange ihr vor über vierzig Jahren das Leben gerettet hatten. Erst in ihren weiteren, knappen Schilderungen wurden mir die Zusammenhänge klar. Der alte Mann, der sie gefunden hatte, hatte an der feuchten Bisswunde direkt erkannt, dass die Blutgerinnung nicht funktionierte. Mit dem Pulver getrockneter Zwiebeln und weiteren Extrakten hatte er dem Gift in ihrem Körper sofort entgegengewirkt. Als der Retter ihr später erklärt hatte, dass sie eine größere Menge Rattengift geschluckt haben musste, konnte sie erahnen, was John ihr angetan hatte. Ohne die schnelle Erkenntnis des Alten hätten die inneren Blutungen ihr Leben in nur wenigen verbleibenden Stunden beendet. Wahrscheinlich hatte John sogar darauf spekuliert, dass wilde Tiere sein Werk vollenden. So hatte der Biss allerdings das Gegenteil dessen bewirkt, was John tatsächlich beabsichtigt hatte. Weil irgendetwas den Puma von seiner Mahlzeit abgehalten und vertrieben hatte. Der Alte hatte auf die Klapperschlange getippt. Sie hätte den Puma wahrscheinlich zum Ablassen von seiner Glücksbeute gebracht. Ohne das Vertreiben des Berglöwen wäre Cleo tatsächlich zu einer Mahlzeit im Kreislauf der Natur geworden. Zwei Tötungsmethoden, die sich ergänzen oder einander absichern sollten, haben sich letztlich neutralisiert. Und der Biss von damals hat über vierzig Jahre später ein weiteres Leben gerettet. Denn bei Marlies wusste La Güera sofort, worauf sie achten musste, obwohl das Mädchen keine offenen Wunden aufwies.

Ein fataler Aspekt an dem Geschehen bereitete mir bei meinem September-Besuch Kopfzerbrechen: hätte Cleo damals nach ihrer Genesung die örtliche Polizei in Taos informiert, wäre weiteres Unglück vermieden worden. La Güera war meiner Frage ausgewichen. Die ursprüngliche Liebe zu John war wohl so tief in ihrem Inneren verhaftet, dass sie nichts unternahm, sich stattdessen von aller Vergangenheit abkoppelte und die Einsamkeit der Wüste und die neuen, ihr von dem Retter offerierten transzendentalen Wege bevorzugte. Als zöge sich eine Frau in ein Kloster zurück und würde Nonne. Hätte sie anders gehandelt, wenn sie von den weiteren Todesfällen junger Frauen gewusst hätte? Müßig, darüber zu spekulieren. Die beiden Toten hatten nicht das Glück gehabt, von ihr entdeckt zu werden. La Güera wusste nicht einmal von ihnen, da sie lange Zeit an einem anderen Ort in Mexiko gelebt und gelernt hatte, und hat erst durch Robert von diesen Parallelitäten erfahren.

Sie hatte die Vergangenheit komplett ad acta gelegt: die Familie, die Freunde, auch die Feinde, die gesellschaftlichen Visionen. Und doch hatte sie einen Aufbruch in eine neue Welt unternommen – nur anders, als je von ihr zuvor angedacht. Deswegen bin ich jetzt hier.

»Wir schwebten also«, nehme ich den Faden wieder auf. »Dann verschwamm alles vor meinen Augen. Ich verspürte den unbändigen Drang, mich zerfließen zu lassen. Es hört sich sicher komisch an, aber genau dieses Gefühl erfüllte und beglückte mich. Zerfließen. Ein weiterer heftiger Schlag holte mich zurück in die bekannte Realität. Ich kotzte.«

Das Lächeln im Gesicht von Mr. Estevez zerrinnt zu einem spöttischen Grinsen.

»Sie nehmen mich auf den Arm.«

Ich verstehe ihn voll und ganz.

»Nein. Aber das ist auch unwichtig. Glauben Sie es oder lassen Sie es. Sie wollten wissen, was ich hier tue.«

Er fängt sich, und das Lachen strahlt wieder seine Herzlichkeit aus.

»Verrückte Geschichte. Wie lange werden Sie zu der Hütte fahren?«

Ich zucke mit den Schultern, spontan, weil es wohl auch meine eigene Skepsis im tiefsten Innern unterstreicht.

»Gar nicht. Und ich weiß es nicht.«

Er zieht die Augenbrauen kraus, bleibt aber stumm.

»›Ich weiß nicht‹ heißt, dass ich schon beim ersten Besuch keinen Plan hatte, wo sie wohnt. Ich hatte ja nicht einmal vor, sie zu treffen. Südlich der Stadt, einige Meilen hinter einem über die Straße laufenden, weiß verputzten Steinbogen mit der Aufschrift »Feliz Viaje«, bog ich in einen nur aus Radspuren bestehenden Weg ein, wie Robert es beschrieben hatte. Bald hatte ich die Stelle mit den richtigen GPS-Koordinaten erreicht. Während ich mich umsah, stand sie plötzlich nur wenige Schritte von mir entfernt. Woher sie auch immer gekommen war, ich hatte sie nicht auftauchen sehen, obwohl ich in keiner Senke oder Creek stand und die Gegend dort gut einsehbar und fast ohne Bewuchs ist. Sie stieg zu mir ins Auto und lotste mich über kleinste Straßen und Staubwege. Das würde ich nie wiederfinden.«

Mr. Estevez schüttelt seinen Kopf. Doch er lächelt noch immer, bleibt dabei stumm.

»Und ›gar nicht‹ bedeutet, dass sie mich keinesfalls zu jener Hütte von vor einem Monat bringen wird. Im Gegensatz zum ersten Mal hatten wir vor dem jetzigen Treffen einen Kontakt. Sie hat mir eine eMail geschickt. Wir werden uns an der Stelle der ersten Begegnung sehen, doch sie hat mit ihren Schwestern mal wieder, wie sie schrieb, das Domizil gewechselt. Ich weiß also nicht, wo wir heute Abend sein werden. Oder morgen. Oder ...«

»Oh, Sie bleiben also länger?«
»Ja, habe ich vor. Und La Güera erwartet dies auch. Sie versprach mir, dass es eine mein Leben verändernde Erfahrung sein werde und ich auf alles vorbereitet sein solle. Ohne Blick zurück. Viel Zeit wäre sinnvoll. Mein Wesen würde passen.«
»Was meint sie damit?«
Ich zucke wieder mit den Schultern. Ich bin nervös, aufgeregt, gespannt.
»Ich weiß es nicht.«
»Und sie lebt dort mit ihren Schwestern?«
»Schwestern? Sicher nicht im Sinne von leiblichen Geschwistern. Es ist wohl eine Gemeinschaft Gleichgesinnter, in der man sich mit ›Schwester‹ und vielleicht auch ›Bruder‹ anredet, wobei – der einzige Mann in ihrem Umfeld scheint der alte Indianer gewesen zu sein, der sie einst in der Wüste rettete. Offenbar war er der Häuptling der Community, bevor er schon vor vielen Jahren fortging.«
»Tot?«
»Keine Ahnung. Sie sprach nicht weiter darüber. Sagte nur, dass er sie verlassen hatte. Ich weiß nicht einmal, ob es wirklich ein Indianer war. Ich schließe es nur aus den wenigen Bemerkungen, die sie machte. Sie ließ sich auf keine Nachfragen zu ihm ein. Nun ja, es ist jetzt eine reine Frauengemeinschaft. Sie allein mit Margarita, Anna und Amalia. Ich bin gespannt, auch die drei kennenzulernen.«
»Und Sie jetzt als fünfte?«
Ich schlucke. Tatsächlich ist auch mir schon der Gedanke nach dieser intensiven Erfahrung an La Güeras Ort gekommen. Aber das will ich nicht. Ich bin wild darauf, in das Geheimnis der Frau und ihrer Lebensweise einzudringen und auch am eigenen Leibe kennenzulernen, was aus den Weltanschauungen der Sechzigerjahre tatsächlich in der Abgeschiedenheit dieser Wüste erwachsen ist, aber ich möchte meine Zelte, mein gewohntes Leben nicht abbrechen. Und doch spüre ich, dass die Frage des Motelbesitzers berechtigt ist.
»Ich denke nicht, Mr. Estevez.«
»Wann ist denn ihr Buch fertig? Ich meine ... so mit mir ...«
Ich muss lachen.
»Ich werde mich beeilen, Mr. Estevez. Versprochen.«
Mein Blick wandert in die Ebene. Ich starre in die Ferne. Mein Gesprächspartner scheint zu fühlen, dass ich zu einem zugegebenermaßen abrupten Ende meine Erzählung gekommen bin. Er lehnt sich, wie ich am Rande meines Gesichtsfeldes erkennen kann, in dem Sessel gemütlich zurück und schlürft an seinem Kaffee. So sitzen wir noch schweigend einige Minuten lang.

Dann stehe ich auf und verabschiede mich.

»¡Feliz viaje!«, gibt er mir mit auf den Weg. »Kommen sie gut an. Und beehren Sie mich wieder, Señora, wenn Sie in der Gegend sind.« Dabei zwinkert er mir zu.

»Versprochen, Mr. Estevez. Versprochen.«

Ich steige in mein Auto, starte den Motor und fahre los. Im Rückspiegel sehe ich den winkenden Mann im aufgewirbelten Staub. Vor mir strahlt ein blauer Himmel. Die Klimaanlage bläst mit voller Kraft. Nur noch drei Meilen bis zur Grenze, dann noch einmal genauso viele bis zum Bogen über die Straße. Und dann ...

Mein Abenteuer mit La Güera kann beginnen.

ENDE

Anmerkungen

Die Namen der Beteiligten sind fiktiv mit Ausnahme von Persönlichkeiten des öffentlichen Lebens oder allgemein bekannten Personen.

Die Königsnatter ist einer der wenigen natürlichen Feinde der Klapperschlangen und gegen das Klapperschlangen-Gift immun.

Die unterschiedlichen Schreibweisen ›Elisabeth‹ und ›Elizabeth‹ ergeben sich aus den Perspektiven der Beteiligten.

Ähnliches gilt für die Verwendung von metrischen und angloamerikanischen Maßeinheiten. Aus der Sicht von Robert dominiert in den subjektiven Bewertungen das metrische System. Er »denkt« metrisch. Jedoch nimmt er offizielle Entfernungsangaben (z.B. auf Schildern oder US-Tachometern) in Meilen wahr und verwendet konsequenterweise auch diese. Niemand rechnet permanent um. Bei Aufenthalt in einem fremden System entwickelt sich in jedem selbst – überspitzt gesagt - eine Art Schizophrenie.

Aus einem ganz grundsätzlichen Standpunkt heraus verwendet der deutsche Autor das Substantiv »Gegenüber« als Bezeichnung für Personen in seinen Werken abweichend vom Duden in personifizierter Form, also je nach Person in femininer oder maskuliner Form.

Über die Autoren

Jennifer Jones-Joyce, Journalistin und Autorin. Nach einer Veränderung im direkten persönlichen Umfeld hängte sie ihren Lehrerjob Anfang des Jahrtausends an den Nagel und konzentriert seitdem ihre schriftstellerische Arbeit auf Kurzgeschichten und Erzählungen über den Südwesten der USA. Bis 2010 lebte sie in der Nähe von San Diego. So fand durch die Nähe zu Mexiko der Gegensatz der Kulturen Einfluss in ihr Werk. Über ihren derzeitigen Wohnort bewahrt sie Stillschweigen.

Co-Autor **Rudy Namtel** besticht gleichermaßen durch seine humoristischen oder romantischen Werke wie auch durch seine Krimis. Historische Bezüge stellen oft bedeutende Ankerpunkte dar. In einigen seiner Werke kommt seine Verbundenheit zu Nordamerika zum Ausdruck. So ist es nicht verwunderlich, dass es zur Zusammenarbeit mit Jennifer Jones-Joyce kam.

»*Entscheidung in Taos County*« entstand als Ausarbeitung des Roh-Manuskripts von J. Jones-Joyce und ist zunächst nur in Deutsch erschienen.

Taschenbücher

Aus dem Taschenbuch-Programm von Rudy Namtel Publishing:

»Nebelmann – Eine Liebe auf Wangerooge« –
Mystische Vorgänge und eine Liebe vor dem Hintergrund historischer Ereignisse. Eine Novelle.

»Der Nebelmann kommt aus dem Nichts – und nicht allein« –
Eine Collection mit »Nebelmann« und sechs Kurzgeschichten

»Das Herz des Potts schlägt am Kanal« –
Fünf Geschichten aus dem Pott in der Sprache des Potts

»Dragos Blutspuren« -
Vier Commedy-Episoden für Liebhaber von Blutsauger-Stories und Hasser von Vampir-Geschichten gleichermaßen. Ehrlich!!

»Signale« -
Beschreibung einer nicht ganz planmäßig verlaufenden Reise durch Land und Liebe

»Rudy Namtel's Cover Art« –
Cover-Entwürfe für die Bücher und Short Stories des Rudy Namtel

»Descriptio Loci – oder die Spuren des Paters« –
Thriller. – Eine 800 Jahre alte Jagd wird wieder aufgenommen …

»Vandark« -
Ein Spooky-Abend am Kamin.
Melanie gerät in eine illustre Abendrunde auf dem Gut Vandark. Mit spukigen Geschichten gewürzt mit einem Schuss Krimi und einer winzigen Prise Vampir.

»Krimi-Reise Reloaded« -
Sieben Krimi-Kurzgeschichten.

»Summertime Blues in Love« -
Variationen über eine Begegnung und andere Short Stories.
Sieben Kurzgeschichten und ein Gedicht.

»Watt-Grab – Die Tote vor Wangerooge« -
Im Watt wird die Leiche einer Frau gefunden. Eine Touristin verschwindet spurlos. Bianca Weeger ermittelt – und gerät selbst in Gefahr. Und da ist noch die junge Julia ...

»Wangerooge – Faszination im Bild« -
Ein Bildband über die Insel im Wetter und im Licht. Mit beeindruckenden Farbspielen.

»Gesamtausgabe 1 – 2012/2013« -
Alle Bücher der Jahre 2012 und 2013 in einem Band.

»Entscheidung in Taos County« (J. Jones-Joyce) -
Eine junge Frau erlebt den Summer of Love. Über vierzig Jahre später bereist ein junger Mann die USA. Die Lebenslinien treffen sich. Ein Leben wird bedroht ...

Die meisten Werke sind auch als eBook erhältlich.

www.RudyNamtel.de